Collection folio junior

dirigée par
Jean-Olivier Héron
et Pierre Marchand

Instituteur, fils d'instituteur, **Louis Pergaud** naquit le 22 juin 1882 à Belmont, petit village du Doubs. Il fit la classe à Durnes d'abord, puis à Landresse, village auquel il devait apporter la notoriété en lui donnant dans son œuvre le nom de Longeverne.

Le 3 août 1915, âgé de 33 ans, il trouve la mort à la tête de sa section, au cours d'une vaine attaque devant Marchéville (Meuse).

Claude Lapointe a dessiné non seulement la couverture de *La guerre des boutons* mais aussi les illustrations intérieures. Professeur à l'École des beaux-arts de Strasbourg, il travaille pour de nombreux éditeurs. Pour folio junior, il a illustré, entre autres, *Le Roi Mathias Ier*, de Janusz Korczak et *Grabuge et l'indomptable Amélie*, d'Elvire de Brissac.

Loi N° 49-956 du 16 juillet 1949
sur les publications destinées à la jeunesse

ISBN 2-07-033436-8

© Mercure de France, 1912, pour le texte
© Éditions Gallimard, 1981, pour les illustrations
© Éditions Gallimard, 1987, pour la présente édition
Dépôt légal : mai 1994
1er dépôt légal dans la même collection : novembre 1987
N° d'éditeur : 68386 – N° d'imprimeur : 64713
Imprimé en France sur les presses de l'Imprimerie Hérissey

Louis Pergaud

La guerre des boutons

Illustrations de Claude Lapointe

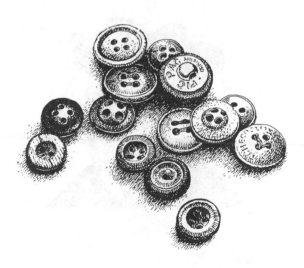

Mercure de France

Cy n'entrez pas, hypocrites, bigotz,
Vieulx matagots, marmiteux borsouflez...

François Rabelais.

Préface

Tel qui s'esjouit à lire Rabelais, ce grand et vrai génie français, accueillera, je crois, avec plaisir, ce livre qui, malgré son titre, ne s'adresse ni aux petits enfants, ni aux jeunes pucelles.

Foin des pudeurs (toutes verbales) d'un temps châtré qui, sous leur hypocrite manteau, ne fleurent trop souvent que la névrose et le poison! Et foin aussi des purs latins : je suis un Celte.

C'est pourquoi j'ai voulu faire un livre sain, qui fût à la fois gaulois, épique et rabelaisien ; un livre où coulât la sève, la vie, l'enthousiasme ; et ce rire, ce grand rire joyeux qui devait secouer les tripes de nos pères : beuveurs très illustres ou goutteux très précieux.

Aussi n'ai-je point craint l'expression crue, à condition qu'elle fût savoureuse, ni le geste leste, pourvu qu'il fût épique.

J'ai voulu restituer un instant de ma vie d'enfant, de notre vie enthousiaste et brutale de vigoureux sauvageons dans ce qu'elle eut de franc et d'héroïque, c'est-à-dire libérée des hypocrisies de la famille et de l'école.

On conçoit qu'il eût été impossible, pour un tel sujet, de s'en tenir au seul vocabulaire de Racine.

Le souci de la sincérité serait mon prétexte, si je voulais me faire pardonner les mots hardis et les expressions violemment colorées de mes héros. Mais personne n'est obligé de me lire. Et après cette

9

préface et l'épigraphe de Rabelais adornant la couverture, je ne reconnais à nul caïman, laïque ou religieux, en mal de morales plus ou moins dégoûtantes, le droit de se plaindre.

Au demeurant, et c'est ma meilleure excuse, j'ai conçu ce livre dans la joie, je l'ai écrit avec volupté, il a amusé quelques amis et fait rire mon éditeur[1] : j'ai le droit d'espérer qu'il plaira aux « hommes de bonne volonté » selon l'évangile de Jésus et pour ce qui est du reste, comme dit Lebrac, un de mes héros, je m'en fous.

L. P.

1. Ceci par anticipation.

Livre I
La guerre

La déclaration de guerre

Quant à la guerre... il est plaisant à considérer par combien de vaines occasions elle est agitée et par combien légières occasions éteinte : toute l'Asie se perdit et se consomma en guerre pour le maquerelage de Paris.

Montaigne (*Livre second,* ch. XII).

— Attends-moi, Grangibus ! héla Boulot, ses livres et ses cahiers sous le bras.

— Grouille-toi, alors, j'ai pas le temps de cotainer [1], moi !

— Y a du neuf ?

— Ça se pourrait !

— Quoi ?

— Viens toujours !

Et Boulot ayant rejoint les deux Gibus, ses camarades de classe, tous trois continuèrent à marcher côte à côte dans la direction de la maison commune.

C'était un matin d'octobre. Un ciel tourmenté de gros nuages gris limitait l'horizon aux collines prochaines et rendait la campagne mélancolique. Les

1. Cotainer signifie muser et bavarder inutilement — se dit surtout en parlant des commères.

pruniers étaient nus, les pommiers étaient jaunes, les feuilles de noyer tombaient en une sorte de vol plané, large et lent d'abord, qui s'accentuait d'un seul coup comme un plongeon d'épervier dès que l'angle de chute devenait moins obtus. L'air était humide et tiède. Des ondes de vent couraient par intervalles. Le ronflement monotone des batteuses donnait sa note sourde qui se prolongeait de temps à autre, quand la gerbe était dévorée, en une plainte lugubre comme un sanglot désespéré d'agonie ou un vagissement douloureux.

L'été venait de finir et l'automne naissait.

Il pouvait être huit heures du matin. Le soleil rôdait triste derrière les nues, et de l'angoisse, une angoisse imprécise et vague, pesait sur le village et sur la campagne.

Les travaux des champs étaient achevés et, un à un ou par petits groupes, depuis deux ou trois semaines, on voyait revenir à l'école les petits bergers à la peau tannée, bronzée de soleil, aux cheveux drus coupés ras à la tondeuse (la même qui servait pour les bœufs), aux pantalons de droguet ou de mouliné rapiécés, surchargés de « pattins » aux genoux et au fond, mais propres, aux blouses de grisette neuves, raides, qui, en déteignant, leur faisaient, les premiers jours, les mains noires comme des pattes de crapauds, disaient-ils.

Ce jour-là, ils traînaient le long des chemins et leurs pas semblaient alourdis de toute la mélancolie du temps, de la saison et du paysage.

Quelques-uns cependant, les grands, étaient déjà dans la cour de l'école et discutaient avec animation. Le père Simon, le maître, sa calotte en arrière et ses lunettes sur le front, dominant les yeux, était installé devant la porte qui donnait sur la rue. Il surveillait l'entrée, gourmandait les traînards, et, au fur et à mesure de leur arrivée, les petits garçons, soulevant leur casquette, passaient devant lui, traversaient le couloir et se répandaient dans la cour.

Les deux Gibus du Vernois et Boulot, qui les avait rejoints en cours de route, n'avaient pas l'air d'être imprégnés de cette mélancolie douce qui rendait traînassants les pas de leurs camarades.

Ils avaient au moins cinq minutes d'avance sur les autres jours, et le père Simon, en les voyant arriver, tira précipitamment sa montre qu'il porta ensuite à son oreille pour s'assurer qu'elle marchait bien et qu'il n'avait point laissé passer l'heure réglementaire.

Les trois compaings entrèrent vite, l'air préoccupé, et immédiatement gagnèrent, derrière les cabinets, le carré en retrait abrité par la maison du père Gugu (Auguste), le voisin, où ils retrouvèrent la plupart des grands qui les y avaient précédés.

Il y avait là Lebrac, le chef, qu'on appelait encore le grand Braque ; son premier lieutenant Camu, ou Camus, le fin grimpeur ainsi nommé parce qu'il n'avait pas son pareil pour dénicher les bouvreuils et que, là-bas, les bouvreuils s'appellent des camus ; il y avait Gambette de sur la Côte dont le père, républicain de vieille souche, fils lui-même de quarante-huitard, avait défendu Gambetta aux heures pénibles ; il y avait La Crique, qui savait tout, et Tintin, et Guignard le bigle, qui se tournait de côté pour vous voir de face, et Tétas ou Tétard, au crâne massif, bref les plus forts du village, qui discutaient une affaire sérieuse.

L'arrivée des deux Gibus et de Boulot n'interrompit pas la discussion ; les nouveaux venus étaient apparemment au courant de l'affaire, une vieille affaire à coup sûr, et ils se mêlèrent immédiatement à la conversation en apportant des faits et des arguments capitaux.

On se tut.

L'aîné des Gibus, qu'on appelait par contraction Grangibus pour le distinguer du P'tit Gibus ou Tigibus son cadet, parla ainsi :

— Voilà ! Quand nous sommes arrivés, mon frère et moi, au contour des Menelots, les Velrans se sont dressés tout d'un coup près de la marnière à Jean-Baptiste. Ils se sont mis à gueuler comme des veaux, à nous foutre des pierres et à nous montrer des triques.

Ils nous ont traités de cons, d'andouilles, de voleurs, de cochons, de pourris, de crevés, de merdeux, de couilles molles, de...

— De couilles molles, reprit Lebrac, le front plissé, et qu'est-ce que tu leur z'y as redit là-dessus ?

— Là-dessus on « s'a ensauvé », mon frère et moi, puisque nous n'étions pas en nombre, tandis qu'eusses, ils étaient au moins tienze [1] et qu'ils nous auraient sûrement foutu la pile.

— Ils vous ont traités de couilles molles ! scanda le gros Camus, visiblement choqué, blessé et furieux de cette appellation qui les atteignait tous, car les deux Gibus, c'était sûr, n'avaient été attaqués et insultés que parce qu'ils appartenaient à la commune et à l'école de Longeverne.

— Voilà, reprit Grangibus, je vous dis maintenant, moi, que si nous ne sommes pas des andouilles, des jeanfoutres et des lâches, on leur z'y fera voir si on en est des couilles molles.

— D'abord, qu'est-ce que c'est t'y que ça, des couilles molles ? fit Tintin.

La Crique réfléchissait.

— Couille molle !... Des couilles, on sait bien ce que c'est, pardine, puisque tout le monde en a, même le Miraut de Lisée, et qu'elles ressemblent à des marrons sans bogue, mais couille molle !... couille molle !...

— Sûrement que ça veut dire qu'on est des pas grand-chose, coupa Tigibus, puisque hier soir, en rigolant avec Narcisse, not'meunier, je l'ai appelé couille molle comme ça, pour voir, et mon père, que j'avais pas vu et qui passait justement, sans rien me dire, m'a foutu aussitôt une bonne paire de claques. Alors...

L'argument était péremptoire et chacun le sentit.

— Alors, bon Dieu ! il n'y a pas à rebeuiller [2] plus longtemps, il n'y a qu'à se venger, na ! conclut Lebrac.

— C'est t'y vot'idée, vous autres ?

— Foutez le camp de là, hein, les chie-en-lit, fit

1. Quinze.
2. Rebeuiller, de beuiller : voir ou bayer. — Regarder avec un étonnement niais.

15

Boulot aux petits qui s'approchaient pour écouter.

Ils approuvèrent le grand Lebrac à l'inanimité, comme on disait. A ce moment le père Simon apparut dans l'encadrement de la porte pour frapper dans ses mains et donner ainsi le signal de l'entrée en classe. Tous, dès qu'ils le virent, se précipitèrent avec impétuosité vers les cabinets, car on remettait toujours à la dernière minute le soin de vaquer aux besoins hygiéniques réglementaires et naturels.

Et les conspirateurs se mirent en rang silencieusement, l'air indifférent, comme si rien ne s'était passé et qu'ils n'eussent pris, l'instant d'avant, une grande et terrible décision.

Cela ne marcha pas très bien en classe, ce matin-là, et le maître dut crier fort pour contraindre ses élèves à l'attention. Non qu'ils fissent du potin, mais ils semblaient tous perdus dans un nuage et restaient absolument réfractaires à saisir l'intérêt que peut avoir pour de jeunes Français républicains l'historique du système métrique.

La définition du mètre, en particulier, leur paraissait horriblement compliquée : dix millionième partie du quart, de la moitié... du... ah, merde ! pensait le grand Lebrac.

Et se penchant vers son voisin et ami Tintin, il lui glissa confidentiellement :

— Eurêquart !

Le grand Lebrac voulait sans doute dire : Eurêka ! Il avait vaguement entendu parler d'Archimède, qui s'était battu au temps jadis avec des lentilles.

La Crique lui avait laborieusement expliqué qu'il ne s'agissait pas de légumes, car Lebrac à la rigueur comprenait bien qu'on pût se battre avec des pois qu'on lance dans un fer de porte-plume creux, mais pas avec des lentilles.

— Et puis, disait-il, ça ne vaut pas les trognons de pommes ni les croûtes de pain.

La Crique lui avait dit que c'était un savant célèbre qui faisait des problèmes sur des capotes de cabriolet, et ce dernier trait l'avait pénétré d'admiration pour un bougre pareil, lui qui était aussi réfractaire aux

beautés de la mathématique' qu'aux règles de l'orthographe.

D'autres qualités que celles-là l'avaient, depuis un
an, désigné comme chef incontesté des Longevernes.

Têtu comme une mule, malin comme un singe,
vif comme un lièvre, il n'avait surtout pas son pareil
pour casser un carreau à vingt pas, quel que fût le
mode de projection du caillou : à la main, à la
fronde à ficelle, au bâton refendu, à la fronde à
lastique [1] ; il était dans les corps à corps un adversaire
terrible ; il avait déjà joué des tours pendables au
curé, au maître d'école et au garde champêtre ; il
fabriquait des kisses [2] merveilleuses avec des branches
de sureau grosses comme sa cuisse, des kisses qui
vous giclaient l'eau à quinze pas, mon ami, voui !
parfaitement ! et des topes [3] qui pétaient comme des
pistolets et *qu'on* ne retrouvait plus les balles d'étoupes.
Aux billes, c'était lui qui avait le plus de pouce ;
il savait pointer et rouletter comme pas un ; quand
on jouait au pot, il vous « foutait les znogs sur les
onçottes » à vous faire pleurer, et avec ça, sans morgue
aucune ni affectation, il redonnait de temps à autre
à ses partenaires malheureux quelques-unes des billes
qu'il leur avait gagnées, ce qui lui valait une réputation de grande générosité.

A l'interjection de son chef et camarade, Tintin
joignit les oreilles ou plutôt les fit bouger comme
un chat qui médite un sale coup et devint rouge
d'émotion.

— Ah ! ah ! pensa-t-il. Ça y est ! J'en étais bien
sûr que ce sacré Lebrac trouverait le joint pour leur
z'y faire !

Et il demeura noyé dans un rêve, perdu dans des
mondes de suppositions, insensible aux travaux de
Delambre, de Méchain, de Machinchouette ou d'autres ; aux mesures prises sous diverses latitudes, lon-

1. Elastique.
2. Kisse ou gicle : seringue faite avec une branche de
sureau.
3. Tope : espèce de pistolet en sureau.

gitudes ou altitudes... Ah ! oui, que ça lui était bien égal et qu'il s'en foutait !

Mais qu'est-ce qu'ils allaient prendre, les Velrans !

Ce que fut le devoir d'application qui suivit cette première leçon, on l'apprendra plus tard ; qu'il suffise de savoir que les gaillards avaient tous une méthode personnelle pour rouvrir, sans qu'il y parût, le livre fermé par ordre supérieur et se mettre à couvert contre les défaillances de mémoire. N'empêche que le père Simon était dans une belle rage le lundi suivant. Mais n'anticipons pas.

Quand onze heures sonnèrent à la tour du vieux clocher paroissial, ils attendirent impatiemment le signal de sortie, car tous étaient déjà prévenus on ne sait comment, par infiltration, par radiation ou d'une tout autre manière, que Lebrac avait trouvé quelque chose.

Il y eut comme d'habitude quelques bonnes bousculades dans le couloir, des bérets échangés, des sabots perdus, des coups de poings sournois, mais l'intervention magistrale fit tout rentrer dans l'ordre et la sortie s'opéra quand même normalement.

Sitôt que le maître fut rentré dans sa boîte, les camarades fondirent tous sur Lebrac comme une volée de moineaux sur un crottin frais.

Il y avait là, avec les soldats ordinaires et le menu fretin, les dix principaux guerriers de Longeverne avides de se repaître de la parole du chef.

Lebrac exposa son plan, qui était simple et hardi ; ensuite il demanda quels seraient les ceusses qui l'accompagneraient le soir venu.

Tous briguèrent cet honneur ; mais quatre suffisaient et on décida que Camus, La Crique, Tintin et Grangibus seraient de l'expédition : Gambette, habitant sur la Côte, ne pouvait s'attarder si longtemps, Guignard n'y voyait pas très clair la nuit et Boulot n'était pas tout à fait aussi leste que les quatre autres.

Là-dessus on se sépara.

Au soir, sur le coup de l'Angelus, les cinq guerriers se retrouvèrent.

— As-tu la craie ? fit Lebrac à La Crique, qui

s'était chargé, vu sa position près du tableau, d'en subtiliser deux ou trois morceaux dans la boîte du père Simon.

La Crique avait bien fait les choses ; il en avait chipé cinq bouts, de grands bouts ; il en garda un pour lui et en remit un autre à chacun de ses frères d'armes. De cette façon, s'il arrivait à l'un d'eux de perdre en route son morceau, les autres pourraient facilement y remédier.

— Alorsse, filons ! fit Camus.

Par la grande rue du village d'abord, puis par le traje[1] des Cheminées rejoignant au gros Tilleul la route de Velrans, ce fut un instant une sabotée sonore dans la nuit. Les cinq gars marchaient à toute allure à l'ennemi.

— Il y en a pour une petite demi-heure à pied, avait dit Lebrac, on peut donc y aller *dedans* un quart d'heure et être rentré bien avant la fin de la veillée.

La galopade se perdit dans le noir et dans le silence ; pendant la moitié du trajet la petite troupe n'abandonna pas le chemin ferré où l'on pouvait courir, mais dès qu'elle fut en territoire ennemi, les cinq conspirateurs prirent les bas côtés et marchèrent sur les banquettes que leur vieil ami le père Bréda, le cantonnier, entretenait, disaient les mauvaises langues, chaque fois qu'il lui tombait un œil. Quand ils furent tout près de Velrans, que les lumières devinrent plus nettes derrière les vitres et les aboiements des chiens plus menaçants, ils firent halte.

— Otons nos sabots, conseilla Lebrac, et cachons-les derrière ce mur.

Les quatre guerriers et le chef se déchaussèrent et mirent leurs bas dans leurs chaussures ; puis ils s'assurèrent qu'ils n'avaient pas perdu leur morceau de craie et, l'un derrière l'autre, le chef en tête, la pupille dilatée, l'oreille tendue, le nez frémissant, ils s'engagèrent sur le sentier de la guerre pour gagner le plus directement possible l'église du village ennemi, but de leur entreprise nocturne.

1. Traje : sentier, raccourci.

Attentifs au moindre bruit, s'aplatissant au fond des fossés, se collant aux murs ou se noyant dans l'obscurité des haies, ils se glissaient, ils s'avançaient comme des ombres, craignant seulement l'apparition insolite d'une lanterne portée par un indigène se rendant à la veillée ou la présence d'un voyageur attardé menant boire son carcan. Mais rien ne les ennuya que l'aboi du chien de Jean des Gués, un salopiot qui gueulait continuellement.

Enfin ils parvinrent sur la place du moutier [1] et ils s'avancèrent sous les cloches.

Tout était désert et silencieux.

Le chef resta seul pendant que les quatre autres revenaient en arrière pour faire le guet.

Alors prenant son bout de craie au fond de sa profonde, haussé sur ses orteils aussi haut que possible, Lebrac inscrivit sur le lourd panneau de chêne culotté et noirci qui fermait le saint lieu, cette inscription lapidaire qui devait faire scandale le lendemain, à l'heure de la messe, beaucoup plus par sa crudité héroïque et provocante que par son orthographe fantaisiste :

Tou lé Velrant çon dé paigne ku !

Et quand il se fut, pour ainsi dire, collé les quinquets sur le bois pour voir « si ça avait bien marqué », il revint près des quatre complices aux écoutes et, à voix basse et joyeusement, leur dit :

— Filons !

Carrément, cette fois, ils s'engagèrent de front sur le milieu du chemin et repartirent, sans faire de bruit inutile, à l'endroit où ils avaient abandonné leurs sabots et leurs bas.

Mais sitôt rechaussés, dédaigneux tout à fait d'inutiles précautions, frappant le sol à pleins sabots, ils regagnèrent Longeverne et leur domicile respectif en attendant avec confiance l'effet de leur déclaration de guerre.

---

1. Moutier : église.

Tension diplomatique

Les ambassadeurs des deux puissances ont échangé des vues au sujet de la question du Maroc.

Les journaux (été 1911).

Quand « *le second* » eut sonné au clocher du village, une demi-heure avant le dernier coup de cloche annonçant la messe du dimanche, le grand Lebrac, vêtu de sa veste de drap taillée dans la vieille anglaise de son grand-père, culotté d'un pantalon de droguet neuf, chaussé de brodequins ternis par une épaisse couche de graisse et coiffé d'une casquette à poil, le grand Lebrac, dis-je, vint s'appuyer contre le mur du lavoir communal et attendit ses troupes pour les mettre au courant de la situation et les informer du plein succès de l'entreprise.

Là-bas, devant la porte de Fricot l'aubergiste, quelques hommes, le brûle-gueule aux dents, se préparaient à aller « piquer une larme »[1] avant d'entrer à l'église.

Camus arriva bientôt avec son pantalon limé aux jarrets et sa cravate rouge comme une gorge de bouvreuil : ils se sourirent ; puis vinrent les deux Gibus,

_____
1. Boire la goutte.

l'air flaireur ; puis Gambette, qui n'était pas encore au courant, et Guignard et Boulot, La Crique, Guerreuillas, Bombé, Tétas et tout le contingent au grand complet des combattants de Longeverne, en tout une quarantaine.

Les cinq héros de la veille recommencèrent au moins dix fois chacun le récit de leur expédition, et, la bouche humide et les yeux brillants, les camarades buvaient leurs paroles, mimaient les gestes et applaudissaient à chaque coup frénétiquement.

Ensuite de quoi Lebrac résuma la situation en ces termes :

— Comme ça ils verront si on en est des couilles molles !

Alors, sûrement, cette après-midi ils viendront se *rétrainer* par les buissons de la Saute, histoire de chercher rogne, et on y sera tous pour les recevoir « un peu ».

Faudra prendre tous les lance-pierres et toutes les frondes. Pas besoin de s'embarrasser des triques, on veut pas se colleter. Avec les habits du dimanche il faut faire attention et ne pas trop se salir, parce que, on se ferait beigner, en rentrant.

Seulement on leur dira deux mots.

Le troisième coup de cloche (le dernier) sonnant à toute volée, les mit en branle et les ramena lentement à leur place accoutumée dans les petits bancs de la chapelle de saint Jospeh, symétrique à celle de la Vierge, où s'installaient les gamines.

— Foutre ! fit Camus en arrivant sous les cloches ; et moi que je dois servir la messe *aujord'hui*, j'vas me faire engueuler par le *noir !*

Et sans prendre le temps de plonger sa main dans le grand bénitier de pierre où les camarades gavouillaient [1] en passant, il traversa la nef en filant tel un zèbre pour aller endosser son surplis de thuriféraire ou d'acolyte.

Quand, à l'*Asperges me,* il passa entre les bancs, portant son baquet d'eau bénite où le curé faisait

1. Gavouiller : agiter l'eau avec la main pour faire des remous, des glouglous.

trempette avec son goupillon, il ne put s'empêcher de jeter un coup d'œil sur ses frères d'armes.

Il vit Lebrac montrant à Boulot une image que lui avait donnée la sœur de Tintin, une fleur de tulipe ou de géranium, à moins que ce ne fût une pensée, soulignée du mot « souvenir » et il clignait de l'œil d'un air don juanesque.

Alors Camus songea lui aussi à la Tavie [1], sa bonne amie, à qui il avait offert dernièrement un pain d'épices, de deux sous s'il vous plaît, qu'il avait acheté à la foire de Vercel, un joli pain d'épices en cœur, saupoudré de bonbonnets rouges, bleus et jaunes, orné d'une devise qui lui avait semblé tout à fait très bien :

> *Je mets mon cœur à vos genoux,*
> *Acceptez-le, il est à vous !*

Il la chercha de l'œil dans les rangs des petites filles et vit qu'elle le regardait. La gravité de son office lui interdisait le sourire, mais il eut un choc au cœur et, légèrement rougissant, se redressa, le bidon d'eau bénite à son poignet raidi.

Ce mouvement n'échappa point à La Crique, qui confia à Tintin :

— « *Ergarde* » donc Camus s'il se rebraque [2] ! On voit bien que la Tavie le reluque.

Et Camus en lui-même pensait : Maintenant que c'est l'école, on va se revoir plus souvent !

Oui... mais la guerre était déclarée !

A la sortie de l'office de vêpres, le grand Lebrac réunit toutes ses troupes et parla en chef :

— Allez mettre vos blousons, prenez un chanteau de pain et rappliquez au bas de la Saute à la Carrière à Pepiot.

Ils s'écampillèrent comme une volée de moineaux et, cinq minutes après, l'un courant derrière l'autre, le quignon de pain aux dents, se rejoignirent à l'endroit désigné par le général.

1. Octavie.
2. Se rebraquer : se redresser, porter le corps en arrière.

24

— Faudra pas dépasser le tournant du chemin, recommanda Lebrac, conscient de son rôle et soucieux de sa troupe.

— Alors tu crois qu'ils vont venir ?

— Autrement, ça serait rien foireux de leur part, et il ajouta pour expliquer son ordre :

— Il y en a qui sont lestes, vous savez, les culs lourds : t'entends, Boulot ! hein ! s'agit pas de se faire chiper.

Prenez des godons[1] « dedans » vos poches ; à ceusses qu'ont des frondes à « *lastique* » donnez-y les beaux cailloux et attention de pas les perdre. On va monter jusqu'au Gros Buisson.

Le communal de la Saute, qui s'étend du bois du Teuré au nord-est au bois de Velrans au sud-ouest, est un grand rectangle en remblais, long de quinze cents mètres environ et large de huit cents. Les lisières des deux forêts sont les deux petits côtés du rectangle ; un mur de pierre doublé d'une haie protégée elle-même par un épais rempart de buissons le borne en bas vers les champs de la fin ; au-dessus la limite assez indécise est marquée par des carrières abandonnées, perdues dans une bande de bois non classée, avec des massifs de noisetiers et de coudriers formant un épais taillis que l'on ne coupe jamais. D'ailleurs, tout le communal est couvert de buissons, de massifs, de bosquets, d'arbres isolés ou groupés qui font de ce terrain un idéal champ de bataille.

Un chemin ferré venant du village de Longeverne gravit lentement en semi-diagonale le rectangle, puis, à cinquante mètres de la lisière du bois de Velrans, fait un contour aigu pour permettre aux voitures chargées d'atteindre sans trop de peine le sommet du « *crêtot* ».

Un grand massif avec des chênes, des épines, des prunelliers, des noisetiers, des coudriers, emplit la boucle du contour : on l'appelle le Gros Buisson.

Des carrières à ciel ouvert exploitées par Pepiot le bancal, Laugu du Moulin, qui s'intitulent *enter-*

---

1. Cailloux.

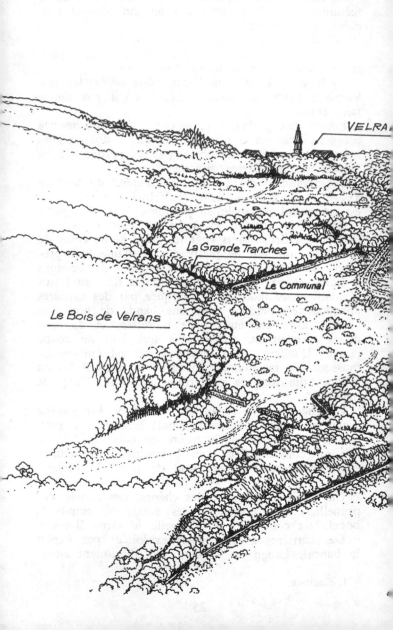

VELRA

La Grande Tranchée

Le Communal

Le Bois de Velrans

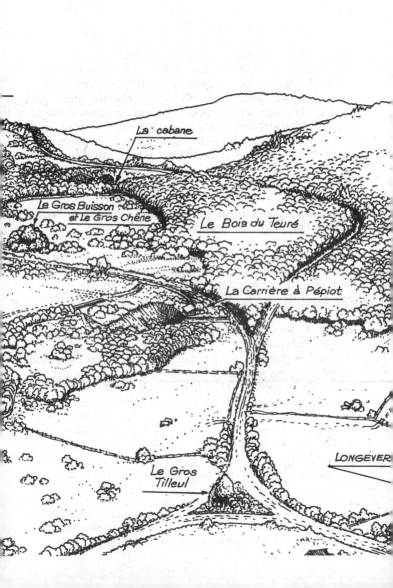

La cabane

Le Gros Buisson
et Le Gros Chêne

Le Bois du Teuré

La Carrière à Pépiot

Le Gros
Tilleul

LONGEVER

preneurs après boire, et quelquefois par Abel le Rat, bordent le chemin vers le bas.

Pour les gosses, elles constituent uniquement d'excellents et inépuisables magasins d'approvisionnement.

C'était sur ce terrain fatal, à égale distance des deux villages, que, depuis des années et des années, les générations de Longeverne et de Velrans s'étaient copieusement rossées, fustigées et lapidées, car tous les automnes et tous les hivers ça recommençait.

Les Longevernes [1] s'avançaient habituellement jusqu'au contour, gardant la boucle du chemin, bien que l'autre côté appartînt encore à leur commune et le bois de Velrans aussi, mais comme ce bois était tout près du village ennemi, il servait aux adversaires de camp retranché, de champ de retraite et d'abri sûr en cas de poursuite, ce qui faisait rager Lebrac :

— On a toujours l'air d'être envahi, nom de D... !

Or, il n'y avait pas cinq minutes qu'on avait fini son pain, que Camus le grimpeur, posté en vigie dans les branches du grand chêne, signalait des remuements suspects à la lisière ennemie.

— Quand je vous le disais, constata Lebrac ! Calez-vous, hein ! qu'ils croient que je suis tout seul ! Je m'en vas les houksser [2] ! kss ! kss ! attrape ! et si des fois ils se lançaient pour me prendre... hop !

Et Lebrac, sortant de son couvert d'épines, la conversation diplomatique suivante s'engagea dans les formes habituelles :

(Que le lecteur ici ou la lectrice veuille bien me permettre une incidente et un conseil. Le souci de la vérité historique m'oblige à employer un langage qui n'est pas précisément celui des cours ni des salons. Je n'éprouve aucune honte ni aucun scrupule à le restituer, l'exemple de Rabelais, mon maître, m'y autorisant. Toutefois, MM. Fallières ou Bérenger ne pouvant être comparés à François Ier, ni moi à mon illustre modèle, les temps d'ailleurs étant changés, je

1. On désigne souvent les habitants d'un pays par le nom de leur village ou du hameau qu'ils habitent ; quelquefois on ajoute un diminutif en ot, qui se veut toujours injurieux.
2. Exciter contre quelqu'un, se dit surtout des chiens.

conseille aux oreilles délicates et aux âmes sensibles de sauter cinq ou six pages. Et j'en reviens à Lebrac :)

— Montre-toi donc, hé grand fendu, cudot, feignant, pourri ! Si t'es pas un lâche, montre-la ta sale gueule de peigne-cul ! va !

— Hé grand'crevure, approche un peu, toi aussi, pour voir ! répliqua l'ennemi.

— C'est l'Aztec des Gués, fit Camus, mais je vois encore Touegueule, et Bancal et Tatti et Migue la Lune : ils sont une chiée.

Ce petit renseignement entendu, le grand Lebrac continua :

— C'est toi hein, merdeux ! qu'as traité les Longevernes de couilles molles. Je te l'ai-t-y fait voir moi, si on est en des couilles molles ! I gn'a fallu tous vos pantets [1] pour effacer ce que j'ai marqué à la porte de vot'église ! C'est pas des foireux comme vous qu'en auraient osé faire autant.

— Approche donc « un peu » « pisque » t'es si malin, grand gueulard, t'as que la gueule... et les gigues [2] pour « t'ensauver » !

— Fais seulement la moitié du chemin, hé ! pattier [3] ! C'est pas passe que ton père tâtait les couilles des vaches [4] sur les champs de foire que t'es devenu riche !

— Et toi donc ! ton bacul où que vous restez est tout crevi [5] d'hypothèques !

— Hypothèque toi-même, traîne-besache [6] ! Quand c'est t'y que tu vas reprendre le fusil de toile de ton grand-père pour aller assommer les portes à coups de « Pater » ?

— C'est pas chez nous comme à Longeverne, où que les poules crèvent de faim en pleine moisson.

— Tant qu'à Velrans c'est les poux qui crèvent

1. Pantets, pans de chemise.
2. Jambes.
3. Pattier, marchand de pattes, c'est-à-dire de chiffons, de guenilles.
4. Authentique.
5. Couvert.
6. Besace.

29

sur vos caboches, mais on ne sait pas si c'est de faim ou de poison.

Velri
Pourri
Traîne la Murie
A vau les vies [1]

Ouhe !... ouhe !... ouhe !... fit derrière son chef le chœur des guerriers Longevernes incapable de se dissimuler et de contenir plus longtemps son enthousiasme et sa colère.

L'Aztec des Gués riposta :

Longeverne
Pique merde,
Tâte merde,
Montés sur quatre pieux
Les diabl' te tir' à eux !

Et le chœur des Velrans applaudit à son tour frénétiquement le général par des Euh ! euh ! prolongés et euphoniques.

Des bordées d'insultes furent jetées de part et d'autre en rafales et en trombes ; puis les deux chefs, également surexcités, après s'être lancé les injures classiques et modernes :

— Enfonceurs de portes ouvertes !

— Etrangleurs de chats par la queue [2] ! etc., etc., revenant au mode antique, se flanquèrent à la face avec toute la déloyauté coutumière les accusations les plus abracadabrantes et les plus ignobles de leur répertoire :

— Hé ! t'en souviens-tu quand ta mère p... dans le rata pour te faire de la sauce !

— Et toi, quand elle demandait les sacs au châtreur de taureaux pour te les faire bouffer en salade !

— Rappelle-toi donc le jour où ton père disait

1. Vies, voies, chemins.
2. De mon temps on ne parlait pas encore de roulure de capote ni d'échappé de bidet. On a fait des progrès depuis.

qu'il aurait plus d'avantage à élever un veau qu'un peut [1] merle comme toi !

— Et toi ? quand ta mère disait qu'elle aimerait mieux faire téter une vache que ta sœur, passe que ça serait au moins pas une putain qu'elle élèverait !

— Ma sœur, ripostait l'autre qui n'en avait pas, elle bat le beurre, quand elle battra la m... tu viendras lécher le bâton ; ou bien : elle est pavée d'ardoises pour que les petits crapauds comme toi n'y puissent pas grimper !

— Attention, prévint Camus, v'là le Touegueule qui lance des pierres avec sa fronde.

Un caillou, en effet, siffla en l'air au-dessus des têtes, auquel des ricanements répondirent, et des grêles de projectiles rayèrent bientôt le ciel de part et d'autre, cependant que le flot écumeux et sans cesse grossissant d'injures salaces continuait de fluctuer du Gros Buisson à la lisière, le répertoire des uns comme des autres étant aussi abondant que richement choisi.

Mais c'était dimanche : les deux partis étaient vêtus de leurs beaux affutiaux et nul, pas plus les chefs que les soldats, ne se souciait d'en compromettre l'ordonnance dans des corps à corps dangereux.

Aussi toute la lutte se borna-t-elle ce jour-là à cet échange de vues, si l'on peut dire, et à ce duel d'artillerie qui ne fit d'ailleurs aucune victime sérieuse, pas plus d'un côté que de l'autre.

Quand le premier coup de la prière sonna à l'église de Velrans, l'Aztec des Gués donna à son armée le signal du retour, non sans avoir lancé aux ennemis, avec une dernière injure et un dernier caillou, cette suprême provocation :

— C'est demain qu'on vous y retrouvera, les couilles molles de Longeverne !

— Tu fous le camp ! hé lâche ! railla Lebrac ; attends un peu, oui, attends à demain, tu verras ce qu'on vous passera, tas de peigne-culs !

Et une dernière bordée de cailloux salua la rentrée

---

1. Peut : vilain.

des Velrans dans la tranchée du milieu qu'ils suivaient pour le retour.

Les Longevernes, dont l'horloge communale retardait ou dont l'heure de la prière était peut-être reculée, profitèrent de la disparition des ennemis et prirent pour le lendemain leurs dispositions de combat.

Tintin eut une idée de génie.

— Il faudra, dit-il, se caler cinq ou six dans ce buisson-là, avant qu'ils n'arrivent, et ne bouger ni pieds ni pattes, et le premier qui passera pas trop loin lui tomber sus le râb'e et « s'ensauver » avec.

Le chef d'embuscade, immédiatement approuvé, choisit parmi les plus lestes les cinq qui l'accompagneraient, pendant que les autres mèneraient l'attaque de front, et tous rentrèrent au village, l'âme bouillonnante d'ardeur guerrière et assoiffée de représailles.

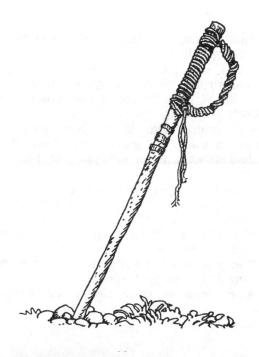

Une grande journée

Vae victis !

Un vieux chef gaulois
aux Romains.

Ce lundi matin, en classe, cela tourna mal, plus mal encore que le samedi.

Camus, sommé par le père Simon de répéter en leçon d'instruction civique ce qu'on lui avait seriné l'avant-veille sur « le citoyen », s'attira des invectives dépourvues d'aménité.

Rien ne voulait sortir de ses lèvres, toute sa face exprimait un travail de gésine intellectuelle horriblement douloureux : il lui semblait que son cerveau était muré.

— Citoyen ! citoyen ! pensaient les autres, moins ahuris, qu'est-ce que ça peut bien être que cette saloperie-là ?

— Moi, m'sieur ! fit La Crique en faisant claquer son index et son médius contre son pouce.

— Non, pas vous ! et s'adressant à Camus, debout, la tête branlante, les yeux éperdus :

— Alors, vous ne savez pas ce que c'est qu'un citoyen ?

— !...

— Je vais vous coller à tous une heure de retenue pour ce soir !

Des frissons froids coururent le long des échines.

— Enfin, vous ! êtes-vous citoyen ? fit le maître d'école qui voulait absolument avoir une réponse.

— Oui, m'sieu ! répondit Camus, se souvenant qu'il avait assisté avec son père à une réunion électorale où m'sieur le marquis, le député, devait offrir un verre à ses électeurs et leur serrer la main, même qu'il avait dit au père Camus :

— C'est votre fils ce citoyen-là ? Il a l'air intelligent !

— Vous êtes citoyen, vous ! ragea l'autre, cramoisi de colère, eh bien ! oui, il est joli le citoyen ! vous m'en faites un propre de citoyen !

— Non, m'sieu, reprit Camus qui, après tout, ne tenait pas à ce titre.

— Alors pourquoi n'êtes-vous pas citoyen ?

— !...

— Dis-y, marmonna entre ses dents La Crique agacé, que c'est parce que t'as pas encore de poil au c...

— Qu'est-ce que vous dites, La Crique ?

— Je... je dis... que... que...

— Que quoi ?

— Que c'est parce qu'il est trop jeune !

— Ah ! eh bien ! maintenant, y êtes-vous ?

On y était. La réponse de La Crique fit l'effet d'une rosée bienfaisante sur le champ desséché de leur mémoire ; des lambeaux de phrases, des morceaux de qualité, des débris de citoyen, se réajustèrent, se replâtrèrent petit à petit, et Camus lui-même, moins ahuri, toute sa personne remerciant véhémentement La Crique le sauveur, contribua à recamper « le citoyen » !

Enfin, c'était toujours ça de passé.

Mais quand on en vint à la correction du devoir de système métrique, cela ne fut pas drôle du tout. Préoccupés comme ils l'étaient l'avant-veille, ils avaient oublié, en copiant, de changer des mots et de faire le nombre de fautes d'orthographe qui correspondait à peu près à leur force respective en la matière, force mathématiquement dosée par des dictées bihebdomadaires. Par contre, ils avaient sauté des mots, mis des majuscules où il n'en fallait pas et ponctué en dépit de tout sens. La copie de Lebrac surtout était lamentable et se ressentait visiblement de ses graves soucis de chef.

Aussi fut-ce lui qui fut amené au tableau par le père Simon, cramoisi de colère, les yeux luisant derrière ses lunettes comme des prunelles de chat dans la nuit.

Comme tous ses camarades d'ailleurs, Lebrac était convaincu d'avoir copié : évidemment, ça ne faisait de doute pour personne, inutile de répliquer ; mais on voulait savoir au moins s'il avait su tirer quelque fruit de cet exercice banni en principe des méthodes de la pédagogie moderne.

— Qu'est-ce que le mètre, Lebrac ?

— !...

— Qu'est-ce que le système métrique ?

— !...

— Comment a-t-on obtenu la longueur du mètre ?

— Euh !...

Trop éloigné de La Crique, Lebrac, les oreilles à l'affût, le front effroyablement plissé, suait sang et eau pour se rappeler quelque vague notion ayant trait à la matière. Enfin, il se remémora vaguement, très vaguement, deux noms propres cités : Delambre et La Condamine, mesureurs célèbres de morceaux de méridien. Malheureusement, dans son esprit, Delambre s'associait aux pipes en écume qui flambaient derrière la vitrine de Léon le buraliste. Aussi, hasarda-t-il, avec tout le doute qui convenait en si grave occurrence :

— C'est, c'est, Lécume et Lecon... Lecon !

— Hein ! qui ! quoi donc ! fit le père Simon au paroxysme de la colère. Voilà que vous insultez les savants maintenant ! Vous en avez un de toupet, par exemple, et un joli répertoire, ma foi ! mes compliments, mon ami !

Et vous savez, ajouta-t-il pour assommer le malheureux, vous savez que votre père m'a recommandé de vous soigner !

Il paraît que vous n'en fichez pas la secousse à la maison ; toujours sur les quat'chemins à faire le galvaudeux, la gouape, le voyou, au lieu de songer à vous décrasser le cerveau.

Eh bien, mon ami ! si vous ne me répétez pas à onze heures tout ce que nous allons redire pour vous et pour vos camarades qui ne valent guère mieux que vous, je vous préviens, moi, que pour commencer, je vous foutrai en retenue de quatre à six tous les soirs, jusqu'à ce que ça marche ! Voilà !

Le tonnerre de Zeus, tombant sur l'assemblée, n'eût pas provoqué stupeur plus profonde. Tous restaient écrasés par cette épouvantable menace.

Aussi Lebrac et les autres, du plus grand au plus petit, écoutèrent-ils ce jour-là avec une attention concentrée les paroles du maître exposant rageusement les abus des anciens systèmes de poids et mesures et la nécessité d'un système unique. Et s'ils n'approuvèrent point en leur for intérieur la mesure du méridien de Dunkerque à Barcelone, s'ils se réjouirent des ennuis de Delambre et des emm...bêtements de Méchain, ils en retinrent avec soin les incidents et péripéties pour leur gouverne personnelle et leur sauvetage immédiat ; mais Camus et Lebrac et Tintin et La Crique même, partisan du « Progrès », et tous les autres, se jurèrent bien, nom de Dieu, qu'en souvenir de cette terrible frousse ils préféreraient toujours mesurer par pieds et par pouces, comme avaient fait leurs pères et grands-pères, qui ne s'en étaient pas portés plus mal (la belle blague !) plutôt que d'employer ce sacré système de bourrique qui avait failli les faire passer pour couillons aux yeux de leurs ennemis.

L'après-midi fut plus calme. Ils avaient retenu l'histoire des Gaulois qui étaient de grands batailleurs et qu'ils admiraient fort. Aussi ni Lebrac, ni Camus, ni personne ne fut gardé à quatre heures, chacun, et le chef en particulier, ayant fait de remarquables efforts pour contenter cette vieille andouille de père Simon.

Cette fois, on allait voir.

Tintin avec ses cinq guerriers, qui avaient eu, à midi, la sage précaution de mettre leur goûter dans leurs poches, prirent les devants pendant que les autres allaient quérir leur morceau de pain, et quand, devant les ennemis apparaissant, retentit le cri de guerre de Longeverne : « A cul les Velrans ! » ils étaient déjà habilement et confortablement dissimulés, prêts à toutes les péripéties du combat corps à corps.

Tous avaient les poches bourrées de cailloux ; quelques-uns même en avaient rempli leur casquette ou leur mouchoir ; les frondeurs vérifiaient les nœuds de leur arme avec précaution ; la plupart des grands étaient armés de triques d'épines ou de lances de coudres avec des nœuds polis à la flamme et des pointes durcies ; certaines s'enjolivaient de naïfs dessins obtenus en faisant sauter l'écorce : les anneaux verts et les anneaux blancs alternaient formant des bigarrures de zèbre ou des tatouages de nègre : c'était solide et beau, disait Boulot, dont le goût n'était peut-être pas si affiné que la pointe de sa lance.

Dès que les avant-gardes eurent pris contact par des bordées réciproques d'injures et un échange convenable de moellons, les gros des deux troupes s'affrontèrent.

A cinquante mètres à peine l'un de l'autre, disséminés en tirailleurs, se dissimulant parfois derrière les buissons, sautant à gauche, sautant à droite pour se garer des projectiles, les adversaires en présence se défiaient, s'injuriaient, s'invitaient à s'approcher, se traitaient de lâches et de froussards, puis se criblaient de cailloux, pour recommencer encore.

Mais il n'y avait guère d'ensemble ; tantôt c'étaient les Velrans qui avaient le dessus, et tout d'un coup les Longevernes, par une pointe hardie, reprenaient l'avantage, les triques au vent ; mais ils s'arrêtaient bientôt devant une pluie de pierres.

Un Velrans avait reçu pourtant un caillou à la cheville et avait regagné le bois en clochant ; du côté de Longeverne, Camus, perché sur son chêne d'où il maniait la fronde avec une dextérité de singe, n'avait pu éviter le godon d'un Velrans, de Touegueule, croyait-il, qui lui avait choqué le crâne et l'avait tout ensaigné.

Il avait même dû descendre et demander un mouchoir pour bander sa blessure, mais rien de précis ne se dessinait. Pourtant, Grangibus tenait absolument à utiliser l'embuscade de Tintin et à en chauffer un, disait-il. C'est pourquoi, ayant communiqué son idée à Lebrac, il fit semblant de se faufiler seul du côté du buisson occupé par Tintin, pour assaillir de flanc les ennemis. Mais il s'arrangea du mieux qu'il put pour être vu de quelques guerriers de Velrans, tout en ayant l'air de ne pas remarquer leur manœuvre. Il se mit donc à ramper et à marcher à quatre pattes du côté du haut et il ricana sous cape quand il aperçut Migue la Lune et deux autres Velrans se concertant pour l'assaillir, sûrs de leur force collective contre un isolé.

Il avança donc imprudemment, tandis que les trois autres se rasaient de son côté.

Lebrac, à ce moment, poussait une attaque vigoureuse pour occuper le gros de la troupe ennemie et Tintin, qui voyait tout de son buisson, prépara ses hommes à l'action :

— Ça va « *viendre* », mes vieux, attention !

Grangibus était à six pas de leur retraite du côté de Velrans quand les trois ennemis, surgissant tout à coup d'entre les buissons, se jetèrent furieusement à sa poursuite.

Tout comme s'il était surpris de cette attaque, le Longeverne fit volte-face et battit en retraite, mais assez lentement pour laisser les autres gagner du terrain et leur faire croire qu'ils allaient le pincer.

Il repassa aussitôt devant le buisson de Tintin, serré de près par Migue la Lune et ses deux acolytes.

Alors Tintin, donnant le signal de l'attaque, bondit à son tour avec ses cinq guerriers, coupant la retraite aux Velrans et poussant des cris épouvantables.

— Tous sur Migue la Lune ! avait-il dit.

Ah ! cela ne fit pas un pli. Les trois ennemis, paralysés de frayeur à ce coup de théâtre inattendu, s'arrêtèrent net, puis crochèrent vivement pour regagner leur camp et deux s'échappèrent en effet comme l'avait prévu Tintin. Mais Migue la Lune fut happé par six paires de griffes et enlevé, emporté comme un paquet dans le camp de Longeverne, parmi les acclamations et les hurlements de guerre des vainqueurs.

Ce fut un désarroi dans l'armée de Velrans, qui battit en retraite sur le bois, tandis que les Longevernes, entourant leur prisonnier, beuglaient haut leur victoire. Migue la Lune, entouré d'une quadruple haie de gardiens, se débattait à peine, écrasé sous l'aventure.

— Ah ! mon ami, « on s'a fait choper », fit le grand Lebrac, sinistre ; eh bien, attends un peu pour voir !

— Euh ! euh ! euh ! ne me faites point de mal, bégaya Migue la Lune.

— Oui, mon p'tit, pour que tu nous traites encore de pourris et de couilles molles !

— C'est pas moi ! Oh ! mon Dieu ! Qu'est-ce que vous voulez me faire ?

— Apportez le couteau, commanda Lebrac.

— Oh ! « moman, moman » ! Qu'est-ce que vous voulez me couper ?

— Les oreilles, beugla Tintin.

— Et le nez, ajouta Camus.

— Et le zizi, continua La Crique.

— Sans oublier les couilles, compléta Lebrac, on va voir si tu les as molles !

— Faudra lui lier le sac avant de couper, comme on fait avec les petits taureaux, fit observer Gambette, qui avait apparemment assisté à ces sortes d'opérations.

— Sûrement ! qui « c'est qu'a la ficelle » ?

— N'en v'là, répondit Tigibus.

— Me faites point de mal ou je le dirai à ma « moman », larmoya le prisonnier.

— Je me fous autant de ta mère que du pape, riposta Lebrac, cynique.

— Et à m'sieur le curé ! ajouta Migue la Lune, épouvanté.

— Je te redis que je m'en refous !

— Et au maître, fit-il encore, miguant [1] plus que jamais.

1. Miguer : cligner des paupières.

— Je l'emmerde !

Ah ! voilà que tu nous menaces par-dessus le marché maintenant ! Manquait plus que ça ! Attends un peu, mon salaud !

Passez-moi le châtre-bique [1].

Et, l'eustache en main, Lebrac aborda sa victime.

Il passa d'abord simplement le dos du couteau sur les oreilles de Migue la Lune qui, croyant au froid du métal que ça y était vraiment, se mit à sangloter et à hurler, puis satisfait il s'arrêta dans cette voie et se mit en devoir de lui « affûter », comme il disait, proprement ses habits.

Il commença par la blouse, il arracha les agrafes métalliques du col, coupa les boutons des manches ainsi que ceux qui fermaient le devant de la blouse, puis il fendit entièrement les boutonnières, ensuite de quoi Camus fit sauter ce vêtement inutile ; les boutons du tricot et les boutonnières subirent un sort pareil ; les bretelles n'échappèrent point, on fit sauter le tricot. Ce fut ensuite le tour de la chemise : du col au plastron et aux manches, pas un bouton ni une boutonnière n'échappa ; ensuite le pantalon fut lui-même échenillé : pattes et boucles et poches et boutons et boutonnières y passèrent ; les jarretières en élastique qui tenaient les bas furent confisquées, les cordons de souliers taillés en trente-six morceaux.

— T'as pas de « caneçon » ? non ! reprit Lebrac, en vérifiant l'intérieur de la culotte qui dégringolait sur les jarrets.

— Eh bien ! maintenant, fous le camp !

Il dit, et, tel un honnête juré qui, sous un régime républicain, sans haine et sans crainte, obéit uniquement aux injonctions de sa conscience, il ne lui lança pour finir qu'un solide et vigoureux coup de pied à l'endroit « ousque » le dos perd son nom.

Rien ne tenait plus des habits de Migue la Lune et il pleurait, misérable et petit, au milieu des ennemis qui le raillaient et le huaient.

— Viens donc m'arrêter, maintenant ! invita Grangibus narquois, tandis que l'autre, ayant remis sur

1. Châtre-bique : couteau.

son tricot qui ne boutonnait plus sa blouse qui pendait en marchand de biques, essayait en vain de rassembler dans son pantalon les pans de sa chemise
débraillée.

— Va voir maintenant ce que veut te dire ta mère,
acheva Camus, retournant le poignard dans la plaie.

Et lent, dans le soir qui tombait, traînant les pieds
où ses souliers tenaient à peine, Migue la Lune, pleurant, geignant et sanglotant, rejoignit dans le bois ses
camarades à l'affût qui l'attendaient anxieusement,
l'entourèrent et lui portèrent aide et secours autant
qu'il était en leur pouvoir de le faire.

Et là-bas, au levant où leur groupe se distinguait
mal maintenant dans le crépuscule, retentissaient les
cris de triomphe et les insultes narquoises des Longevernes victorieux.

Lebrac, enfin, résuma la situation :

— Hein ! on leur z'y a posé ! Ça leur apprendra à
ces Alboches-là !

Puis, comme rien de nouveau n'apparaissait à la
lisière, cette journée étant définitivement la leur, ils
dévalèrent le communal de la Saute jusqu'à la carrière
à Pepiot.

Et de là, par rangs de six, bras dessus, bras dessous,
Lebrac de côté, le bâton brandi, Camus en avant,
son mouchoir rouge de sang servant d'enseigne au
bout de sa trique de bataille, ils partirent au commandement du chef, claquant des talons et marquant le
pas, vers Longeverne en chantant de tous leurs poumons :

> *La victoi-ren chantant,*
> *Nous ou-vre la barriè-re*
> *La li-berté gui-ide nos pas,*
> *Et du No-rau Midi la trom-pette guerrière*
> *A sonné l'heure des com-ombats...*

Premier revers

Ils m'ont entouré comme la beste
et croyent qu'on me prend aux
filetz. Moy, je leur veulx passer
à travers ou dessus le ventre.

Henri IV (*Lettre à M. de Batz,
gouverneur de la ville d'Euse,
en Armagnac*, 11 mars 1586).

Les jours qui suivirent cette mémorable victoire
furent plus calmes. Le grand Lebrac et sa troupe,
confiants dans leur succès, gardaient l'avantage et,
nantis de leurs lances de coudre pointusées au couteau
et polies avec du verre, armés de sabres de bois avec
une garde en fil de fer recouverte de ficelle de pain
de sucre, poussaient des charges terribles qui faisaient frémir les Velrans et les ramenaient jusqu'à
leur lisière parmi des grêles de cailloux.

Migue la Lune, prudent, restait au dernier rang,
et l'on ne fit pas de prisonniers et il n'y eut pas
de blessés.

Cela eût pu durer longtemps ainsi ; malheureusement pour Longeverne, la classe du samedi matin fut
désastreuse. Le grand Lebrac, qui s'était tout de même
fourré dans la tête les multiples et les sous-multiples
du mètre, confiant dans la parole du père Simon,

qui avait dit que quand on les savait pour une sorte de mesures on les savait pour toutes, ne voulut pas entendre dire que le kilolitre et le myrialitre n'existaient point.

Il emmêla si bien l'hectolitre et le double et le boisseau et la chopine, ses connaissances livresques avec son expérience personnelle, qu'il se vit fermement, et sans espoir d'en réchapper, fourrer en retenue de quatre à cinq d'abord, plus longtemps si c'était nécessaire, et s'il ne satisfaisait pas à toutes les exigences récitatoires du maître.

— Quel vieux salaud quand il s'y mettait, tout de même, que ce père Simon !

Le malheur voulut que Tintin se trouvât exactement dans le même cas ainsi que Grangibus et Boulot. Seuls, Camus, qui y avait coupé, et La Crique, qui savait toujours, restaient pour conduire ce soir-là la troupe de Longeverne, déjà réduite par l'absence de Gambette, qui n'était pas venu ce jour-là parce qu'il avait conduit leur cabe [1] au bouc et de quelques autres obligés de rentrer à la maison pour préparer la toilette du lendemain.

— Faudrait peut-être pas aller ce soir ? hasarda Lebrac, pensif.

Camus bondit. — Pas aller ! Ben il la baillait belle, le général. Pour qui qu'on le prenait, lui, Camus ! Par exemple, qu'on allait passer pour couillons !

Lebrac ébranlé se rendit à ces raisons et convint que, sitôt libéré avec Tintin, Boulot et Grangibus (et ils allaient s'y mettre d'attaque), ils se porteraient ensemble à leur poste de combat.

Mais il était inquiet. Ça l'embêtait, na ! que lui, chef, ne fût pas là pour diriger la manœuvre en un jour plutôt difficile.

Camus le rassura et, après de brefs adieux, à quatre heures, fila, flanqué de ses guerriers, vers le terrain de combat.

Tout de même cette responsabilité nouvelle le rendait pensif, et, préoccupé d'on ne sait quoi, le cœur peut-être étreint de sombres pressentiments, il ne

1. Chèvre.

songea point à faire se dissimuler ses hommes avant d'arriver à leur retranchement du Gros Buisson.

Les Velrans, eux, étaient arrivés en avance. Surpris de ne rien voir, ils avaient chargé l'un d'eux, Touegueule [1], de grimper à son arbre pour se rendre compte de la situation.

Touegueule, de son foyard, vit la petite troupe qui s'avançait imprudemment dans le chemin, et une joie débordante et silencieuse, inondant tout son être, le fit se tortiller comme un goujon au bout d'une ligne.

Immédiatement il fit part à ses camarades de l'infériorité numérique de l'ennemi et de l'absence du grand Lebrac.

L'Aztec des Gués, qui ne demandait qu'à venger Migue la Lune, imagina aussitôt un plan d'attaque et il l'exposa.

On n'allait d'abord faire semblant de rien, se battre comme d'habitude, s'avancer, puis reculer, puis avancer de nouveau jusqu'à mi-chemin, et, après une feinte reculade, partir de nouveau tous ensemble, charger en masse, tomber en trombe sur le camp ennemi, cogner ceux qui résisteraient, faire prisonniers tous ceux qu'on attraperait et les ramener à la lisière, où ils subiraient le sort des vaincus.

Ainsi c'était bien compris, quand il pousserait son cri de guerre : « La Murie vous crève ! », tous s'élanceraient derrière lui, la trique au poing.

Touegueule était à peine redescendu de son foyard que l'organe perçant de Camus, du centre du Gros Buisson, lançait le défi d'usage : « A cul les Velrans ! » et que la bataille s'engageait dans les formes ordinaires.

En tant que général, Camus aurait dû rester à terre et diriger ses troupes ; mais l'habitude, la sacrée habitude de monter à l'arbre fit taire tous ses scrupules de commandant en chef, et il grimpa au chêne pour lancer de haut ses projectiles dans les rangs des adversaires.

Installé dans une fourche soigneusement choisie et

1. Surnom qui signifie : tord gueule.

aménagée, commodément assis, il prenait la ligne de mire en tendant l'élastique, le cuir juste au milieu de la fourche, les bandes de caoutchouc bien égales et lâchait le projectile qui partait en sifflant du côté de Velrans, déchiquetant des feuilles ou cognant un tronc en faisant toc.

Camus pensait qu'il en serait ce jour-là comme des jours précédents et ne se doutait mie que les autres tenteraient une attaque et pousseraient une charge puisque chaque engagement, depuis l'ouverture des hostilités, avait vu leur défaite ou leur reculade.

Tout alla bien pendant une demi-heure, et le sentiment du devoir accompli, le souci d'un emploi judicieux de ses cailloux le rasérénaient, lorsque, au cri de guerre de l'Aztec, il vit la horde des Velrans chargeant son armée avec une telle vitesse, une telle ardeur, une telle impétuosité, une telle certitude de victoire qu'il en demeura abasourdi sur sa branche sans pouvoir proférer un mot.

Ses guerriers, en entendant cette ruée formidable, en voyant ce brandissement d'épieux et de triques, effarés, démoralisés, trop peu nombreux, battirent en retraite aussitôt, et, prenant leurs jambes à leur cou, s'enfuirent, leurs talons battant les fesses, à toute allure, dans la direction de la carrière à Laugu, sans oser se retourner et croyant que toute l'armée ennemie leur arrivait dessus.

Malgré sa supériorité numérique, la colonne des Velrans, en arrivant au Gros Buisson, ralentit un peu son élan, craignant quelque projectile désespéré ; mais, ne recevant rien, elle s'engagea brusquement sous le couvert et se mit à fouiller le camp.

Hélas ! on ne voyait rien, on ne trouvait personne, et l'Aztec grommelait déjà, quand il dénicha Camus blotti dans son arbre tel un écureuil surpris.

Il eut un ah ! sonore de triomphe en l'apercevant et, tout en se félicitant intérieurement de ce que l'assaut n'eût pas été inutile, il somma immédiatement son prisonnier de descendre.

Camus, qui savait le sort qui l'attendait s'il abandonnait son asile et avait encore quelques cailloux en poche, répondit par le mot de Cambronne à cette injonction injurieuse. Déjà il fouillait les poches de son pantalon, quand l'Aztec, sans réitérer son invitation discourtoise, ordonna à ses hommes de lui « descendre cet oiseau-là » à coups de cailloux.

Avant qu'il eût bandé sa fronde, une grêle terrible lapida Camus qui croisa ses bras sur sa figure, les mains sur les yeux pour se protéger.

Beaucoup de Velrans manquaient heureusement leur but, pressés qu'ils étaient de lancer leurs projectiles, mais quelques-uns, mais trop touchaient : pan sur le dos ! pan sur la gueule ! pan sur la ratelle ! pan sur le râble ! pan sur les guibolles ! attrape encore « çuilà » mon fils !

— Ah ! t'y viendras, mon salaud ! disait l'Aztec.

Et de fait, le pauvre Camus n'avait pas assez de mains pour se protéger et se frotter, et il allait enfin se rendre à merci, quand le cri de guerre et le rugissement terrible de son chef, ramenant ses troupes au combat, le délivra comme par enchantement de cette terrible position.

Lentement, il décroisa un bras, puis un autre, et se tâta, et regarda et... ce qu'il vit...

Horreur ! trois fois horreur ! L'armée de Longeverne, essoufflée, arrivait au Gros Buisson, hurlante, avec Tintin et Grangibus, tandis qu'à la lisière les Velrans, en troupeau, emmenaient, emportaient Lebrac prisonnier.

— Lebrac ! Lebrac ! nom de Dieu. Lebrac ! piailla-t-il. Comment que ça a pu se faire ? Ah bon Dieu de bon Dieu de nom de Dieu de nom de Dieu de cent dieux !

La malédiction désespérée de Camus eut un retentissement dans la bande de Longeverne arrivant à la rescousse.

— Lebrac ! fit Tintin en écho. Il n'est pas là ? Et il expliqua : On arrivait au bas de la Saute quand on a vu les nôtres qui « s'ensauvaient » comme des lièvres, alors il s'est lancé et leur z'a dit :

— Halte-là !... Où venez-vous ? Et Camus ?

— Camus, qu'a fait j'sais plus qui, il est sur son chêne !

— Et La Crique ?

— La Crique ?... on ne sait pas !

— Et vous les laissez comme ça, nom de Dieu ! prisonniers des Velrans ; vous n'en avez donc point ! En avant ! allez ! en avant !

Alors il « s'a lancé » et on est parti derrière lui en « n'hurlant » ; mais il était en avance d'au moins vingt sauts, et à eux tous ils l'auront sûrement pincé.

— Mais oui, qu'il est chauffé ! ah, nom de Dieu ! souffla Camus suffoqué, dégringolant de son chêne.

— Il n'y a pas à ch..., faut le déprendre !

— Ils sont deux fois plus que nous, remarqua l'un des fuyards rendu prudent, sûrement qu'il y en aura encore des chopés, c'est tout ce qu'on y gagnera. Puisqu'on n'est pas en nombre « gn'a » qu'à attendre, après tout ils ne veulent pas le bouffer sans boire !

— Non, convint Camus ; mais ses boutons ! Et dire que c'est pour me délivrer ! Ah ! malheur de malheur ! Il avait bien raison de nous dire de ne pas venir ce soir. Faut toujours écouter son chef !

— Mais ousqu'est La Crique ? personne n'a vu La Crique ? tu ne sais pas s'il est pris ?

— Non ! reprit Camus, je ne crois pas, j'ai pas vu qu'ils l'aient emmené, il a dû se défiler par les buissons du dessus...

Pendant que les Longevernes se lamentaient et que Camus, dans le désarroi du désastre, reconnaissait les avantages et la nécessité d'une forte discipline, un rappel de perdrix les fit tressaillir.

— C'est La Crique, dit Grangibus.

C'était lui, en effet, qui, au moment de l'assaut, s'était glissé comme un renard entre les buissons et avait échappé aux Velrans. Il venait du haut du communal et avait sûrement vu quelque chose, car il dit :

— Ah ! mes amis, qu'est-ce qu'ils lui passent à Lebrac ! J'ai mal vu, mais ce que ça cognait dur !

Et il réquisitionna la ficelle et les épingles de la bande pour raffubler les habits du général qui certainement n'y couperait pas.

Et, en effet, une scène terrible se déroulait à la lisière.

D'abord enveloppé, enroulé, emporté par le tourbillon des adversaires au point de n'y plus rien comprendre, le grand Lebrac s'était enfin reconnu, était revenu à lui et, quand on voulut le traiter en vaincu et l'aborder l'eustache à la main, il leur fit voir, à ces peigne-culs, ce que c'est qu'un Longeverne !

De la tête, des pieds, des mains, des coudes, des genoux, des reins, des dents, cognant, ruant, sautant, giflant, tapant, boxant, mordant, il se débattait terriblement, culbutant les uns, déchirant les autres, éborgnait celui-ci, giflait celui-là, en bosselait un troisième, et pan par-ci, et toc par-là, et zon sur un autre, tant et si bien que, laissant pour compte une demi-manche de blouse, il se faisait lâcher enfin par la meute ennemie et s'élançait déjà vers Longeverne d'un élan irrésistible, quand un traître croc-en-jambe de Migue la Lune l'allongea net, le nez dans une taupinière, les bras en avant et la gueule ouverte.

Il n'eut pas le temps de dire ouf ; avant qu'il eût songé seulement à se mettre sur les genoux, douze gars se précipitaient derechef sur lui et pif ! et paf ! et poum ! et zop ! vous le saisissaient par les quatre membres tandis qu'un autre le fouillait, lui confisquait son couteau et le bâillonnait de son propre mouchoir.

L'Aztec, dirigeant la manœuvre, arma Migue la Lune, sauveur de la situation, d'une verge de noisetier et lui recommanda, précaution inutile, d'y aller de ses six coups chaque fois que l'autre tenterait la moindre secousse.

De fait, Lebrac n'était pas homme à se tenir comme ça : bientôt ses fesses furent bleues de coups de baguette tant qu'à la fin il dut bien se tenir tranquille.

— Ramasse, cochon ! disait Migue la Lune. Ah ! tu voulais me couper le zizi et les couilles. Eh bien ! si on te les coupait, à toi, maintenant !

Ils ne les lui coupèrent point, mais pas un bouton, pas une boutonnière, pas une agrafe, pas un cordon, n'échappa à leur vigilance vengeresse, et Lebrac, vaincu, dépouillé et fessé, fut rendu à la liberté dans le même état piteux que Migue la Lune cinq jours auparavant.

Mais le Longeverne ne pleurnichait pas comme le Velrans ; il avait une âme de chef, lui, et s'il écumait de rage intérieure, il semblait ne pas sentir la douleur physique. Aussi, dès que débâillonné, il n'hésita pas à cracher à ses bourreaux, en invectives virulentes, son incoercible mépris et sa haine vivace.

C'était un peu trop tôt, hélas ! et la horde victorieuse, sûre de le tenir à sa merci, le lui fit bien voir en le bâtonnant de nouveau à trique que veux-tu et en le bourrant de coups de pieds.

Alors Lebrac, vaincu, gonflé de rage et de désespoir, ivre de haine et de désir de vengeance, partit enfin la face ravagée, fit quelques pas, puis se laissa choir derrière un petit buisson comme pour pleurer à son aise ou chercher quelques épines qui lui permissent de retenir son pantalon autour de ses reins.

Une colère folle le dominait : il tapa du pied, il serra les poings, il grinça des dents, il mordit la terre, puis, comme si cet âpre baiser l'eût inspiré subitement, il s'arrêta net.

Les cuivres du couchant baissaient dans les branches demi-nues de la forêt, élargissant l'horizon, amplifiant les lignes, ennoblissant le paysage qu'un puissant souffle de vent vivifiait. Des chiens de garde, au loin, aboyaient au bout de leurs chaînes ; un corbeau rappelait ses compagnons pour le coucher, les Velrans s'étaient tus, on n'entendait rien des Longevernes.

Lebrac, dissimulé derrière son buisson, se déchaussa (c'était facile), mit ses bas en loques dans ses souliers veufs de lacets, retira son tricot et sa culotte, les roula ensemble autour de ses chaussures, mit ce rouleau dans sa blouse dont il fit ainsi un petit paquet noué aux quatre coins et ne garda sur lui que sa courte chemise dont les pans frissonnaient au vent.

Alors, saisissant son petit baluchon d'une main, de l'autre troussant entre deux doigts sa chemise, il se dressa d'un seul coup devant toute l'armée ennemie et, traitant ses vainqueurs de vaches, de cochons, de salauds et de lâches, il leur montra son cul d'un index énergique, puis se mit à fuir à toutes jambes dans le crépuscule tombant, poursuivi par les imprécations des Velrans, au milieu d'une grêle de cailloux qui bourdonnaient à ses oreilles.

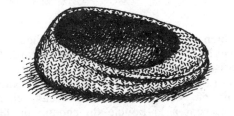

Les conséquences d'un désastre

Coup sur coup. Deuil sur deuil. Ah ! l'épreuve redouble.
Victor Hugo (*L'Année terrible*).

On a bien raison de dire qu'un malheur ne vient jamais seul ! Ce fut La Crique qui, plus tard, formula cet aphorisme, dont il n'était pas l'auteur.

Quand Lebrac, sacrant et vociférant contre ces peigne-culs de Velrans, arriva, cheveux, chemise et le reste au vent à la boucle du chemin de la Saute, ce ne fut pas les compaings qu'il trouva pour le recevoir, mais bien le père Zéphirin, vieux soldat d'Afrique qu'on appelait plus communément Bédouin, et qui remplissait dans la commune les modestes fonctions de garde champêtre, ce qui se voyait d'ailleurs à sa plaque jaune bien astiquée luisant parmi les plis de sa blouse bleue toujours propre.

De bonheur pour le grand Lebrac, Bédouin, représentant de la force publique à Longeverne, était un peu sourd et n'y voyait plus très bien.

Il avait, revenant de sa tournée quotidienne ou presque, été arrêté par les hurlements et les cris de guerre de Lebrac se débattant aux mains des Velrans. Comme il se trouvait, par hasard, qu'il avait déjà été victime de farces et plaisanteries de la part de

54

certains « galapias » du village, il ne douta mie que les invectives virulentes de celui-là fuyant, autant dire à poil, ne fussent à son adresse. Il en douta de moins en moins quand il distingua, entre autres, les syllabes de « cochon » et de « salaud » qui, dans sa pensée droite et logique, ne pouvaient indubitablement s'appliquer qu'à un représentant de la « loa »[1]. Résolu (le devoir avant tout) à punir cet insolent qui attentait du même coup aux bonnes mœurs et à sa dignité de magistrat, il s'élança à sa poursuite pour le rattraper ou tout au moins le reconnaître et lui faire donner par « qui de droit » la fessée qu'il jugeait mériter.

Mais Lebrac vit Bédouin lui aussi, et, reconnaissant des intentions hostiles au « polisson ! » qu'il poussa, il biaisa vivement à gauche vers le haut du communal et disparut dans les buissons pendant que l'autre, brandissant son bâton, criait toujours de toute sa gorge :

— Petit saligaud ! que je t'attrape un peu !

Cachés dans le Gros Buisson, ahuris de cette apparition inattendue, les Longevernes suivaient la poursuite de Bédouin avec des yeux ronds comme des prunelles de chouettes.

— C'est lui ! c'est bien lui ! fit La Crique parlant de son chef.

— Il leur z-y-a encore joué un tour, remarqua Tintin. Quel bougre, tout de même ! et l'inflexion de sa voix disait toute l'admiration qu'il professait pour son général.

— Ce vieux c... va-t-il nous emmerder longtemps ? reprit Camus, frottant de ses paumes sèches et calleuses ses douloureuses meurtrissures.

Et il songeait déjà à déléguer Tintin ou La Crique pour attirer Bédouin hors des lieux où devait se cacher Lebrac, en poussant à l'adresse du garde quelques séries d'épithètes colorées et fortes, telles : vieille tourte, enfifré, sodomiss, vérolard d'Afrique et autres qu'ils avaient retenues au passage de certaines conversations entre les anciens du village.

1. Loi.

Il n'en fut pas réduit à cet expédient, car le vieux briscard redescendit bientôt le chemin, jurant contre ces garnements à qui il tirerait les oreilles et qu'il « foutrait » bien, un jour ou l'autre, à « l'ousteau » communal pour tenir compagnie, durant une heure ou deux, aux rats de la fromagerie.

Immédiatement Camus imita le tirouit de la perdrix grise, signal de ralliement de Longeverne, et, à la réponse qui lui vint, signala par trois nouveaux cris consécutifs, à son féal aux abois, que tout danger était momentanément écarté.

Bientôt, derrière les buissons, on aperçut, s'approchant en effet, la silhouette indécise d'abord et blanche de Lebrac, son petit baluchon à la main, puis se distinguèrent les traits de sa face contractée de colère.

— Ben mon vieux ! ben ma vieille !

Ce fut tout ce que put dire Camus, qui, les larmes aux yeux et les dents serrées, brandit un poing menaçant dans la direction de Velrans.

Et Lebrac fut entouré.

Toutes les ficelles et toutes les épingles de la bande furent réquisitionnées afin de lui refaire une tenue tant qu'à peu près présentable pour rentrer au village. A un soulier, on mit de la ficelle de fouet, à l'autre de la ficelle de pain de sucre prise à une garde d'épée ; des morceaux de tresse serrèrent les bas aux jarrets ; on trouva une épingle de nourrice pour rejoindre et maintenir les deux ouvertures du pantalon ; Camus même, ivre de sacrifice, voulait défaire sa fronde à « lastique » pour en fabriquer une ceinture à son chef, mais l'autre noblement s'y opposa ; quelques épines bouchèrent les plus gros trous. La blouse, ma foi, pendait bien un peu en arrière ; la chemise irrémédiablement bâillait à la cotisse [1] et la manche déchirée dont manquait le morceau était un irrécusable témoin de la lutte terrible qu'avait soutenue le guerrier.

Quand il fut tant bien que mal regaupé [2], jetant

1. Cotisse : col.
2. Regaupé : rajusté.

sur son accoutrement un coup d'œil mélancolique et évaluant en lui-même la quantité de coups de pied au cul que lui vaudrait cette tenue, il résuma ses appréhensions en une phrase lapidaire qui fit frémir jusqu'au cœur toutes les fibres de ses soldats :

— Bon Dieu ! ce que je vais être cerisé [1] en rentrant !

Un silence morne accueillit cette prévision. Le groupe évidemment ne voyait pas d'objections à faire et, dans la nuit qui tombait, ce fut la sabotée lamentable et silencieuse vers le village.

Que différente fut cette rentrée de celle du lundi ! La nuit morne et pesante alourdissait leur tristesse ; pas une étoile ne se levait dans les nuages, qui, tout à coup, avaient envahi le ciel ; les murs gris qui bordaient le chemin avaient l'air d'escorter en silence leur désastre ; les branches des buissons pendaient en saule pleureur, et eux marchaient, traînaient les pieds comme si leurs semelles eussent été appesanties de toute la détresse humaine et de toute la mélancolie de l'automne.

Pas un ne parlait pour ne point aggraver les préoccupations douloureuses du chef vaincu, et, pour augmenter encore leur peine, leur parvenait dans le vent du sud-ouest le chant de victoire des Velrans glorieux qui rentraient dans leurs foyers :

> *Je suis chrétien, voilà ma gloire,*
> *Mon espérance et mon soutien...*

Car on était calotin à Velrans et rouge à Longeverne.

Au Gros Tilleul, on s'arrêta comme de coutume, et Lebrac rompit le silence :

— On se retrouvera demain matin, près du lavoir, au second coup de la messe, fit-il d'une voix qu'il voulait rendre ferme, mais où perçait tout de même, dans une sorte de chevrotement, l'angoisse d'un avenir trouble, très incertain, ou plutôt trop certain.

---

1. Cerisé signifie apparemment secoué, comme le serait un cerisier et même plus.

— Oui, répondit-on simplement, et Camus le lapidé vint lui serrer les mains en silence, pendant que la petite troupe, très vite, s'égrenait par les sentiers et les chemins qui conduisaient chacun à son domicile respectif.

Quand Lebrac arriva à la maison de son père, près de la fontaine du haut, il vit la lampe à pétrole allumée dans la chambre du poêle et, par un entre-bâillement de rideaux, il remarqua que sa famille était déjà en train de souper.

Il en frémit. Cette constatation coupait net ses dernières chances de ne pas être vu en la tenue plutôt débraillée dans laquelle il se trouvait par le plus fatal des destins.

Mais il réfléchit que, un peu plus tôt ou un peu plus tard, il fallait tout de même y passer, et, résolu à tout recevoir, stoïquement, il leva le loquet de la cuisine, traversa la pièce et poussa la porte du poêle.

Le père de Lebrac tenait d'autant plus à « l'estruction »[1] qu'il en était lui-même et totalement dépourvu ; aussi exigeait-il de son rejeton, dès que revenait la saison d'écolage, une application à l'étude qui vraiment ne se trouvait pas être en raison directe des aptitudes intellectuelles de l'élève Lebrac. Il venait de temps à autre conférer de ce sujet avec le père Simon et lui recommandait avec insistance de ne pas manquer son garnement et de le tanner chaque fois qu'il le jugerait bon. Ce ne serait certes pas lui qui le soutiendrait comme certains parents nouillottes « qui savent pas y faire pour le bien de leurs enfants », et quand le gars aurait été puni en classe, lui, le père, redoublerait la dose à la maison.

Comme on le voit, le père de Lebrac avait en pédagogie des idées bien arrêtées et des principes très nets, et il les appliquait, sinon avec succès, du moins avec conviction.

Il avait justement, en abreuvant les bêtes, passé ce

1. Estruction : instruction.

soir-là près du maître d'école qui fumait sa pipe sous les arcades de la maison commune, près de la fontaine du milieu, et il s'était enquis de la façon dont son fils se comportait.

Il avait naturellement appris que Lebrac jeune était resté en retenue jusqu'à quatre heures et demie, heure à laquelle il avait, sans broncher, récité la leçon qu'il n'avait pas sue le matin, ce qui prouvait bien que, quand il voulait... n'est-ce pas...

— Le rossard ! s'était exclamé le père. Savez-vous bien qu'il n'emporte jamais un livre à la maison ? Foutez-lui donc des devoirs, des lignes, des verbes, ce que vous voudrez ! mais n'ayez crainte, j'vas le soigner ce soir, moi !

C'était dans cette même disposition d'esprit qu'il se trouvait, quand son fils franchit le seuil de la chambre.

Chacun était à sa place et avait déjà mangé sa soupe. Le père, sa casquette sur la tête, le couteau à la main, s'apprêtait à disposer sur un ados de choux les tranches de lard fumé coupées en morceaux plus ou moins gros suivant la taille et l'estomac de leur destinataire, quand la porte grinça et que son fils apparut.

— Ah ! te voilà, tout de même ! fit-il d'un petit air mi-sec, mi-narquois qui n'annonçait rien de bon.

Lebrac jugea prudent de ne pas répondre et gagna sa place au bas de la table, ignorant d'ailleurs tout des intentions paternelles.

— Mange ta soupe, grogna la mère, elle est déjà toute « réfroidiete » !

— Et boutonne donc ton blouson, fit le père, tu m'as l'air d'un marchand de cabes [1].

Lebrac ramena d'un geste aussi énergique qu'inutile sa blouse qui pendait dans son dos, mais n'agrafa rien, et pour cause.

— Je te dis d'agrafer ta blouse, répéta le père. Et d'abord, d'où viens-tu comme ça ? Tu sors pas de classe peut-être, à ces heures-ci ?

— J'ai perdu mon crochet de blouson, marmotta Lebrac, évitant une réponse directe.

1. Cabe : bique, chèvre.

60

— Las-moi ! Mon doux Jésus ! s'exclama la mère, quels gouillands ¹ que ces cochons-là ! ça casse tout, ils déchirent tout, ils ravalent tout ! Qu'est-ce qu'on veut devenir avec eux ?

— Et tes manches ? interrompit de nouveau le père. T'as perdu aussi les boutons ?

— Oui ! avoua Lebrac.

Après cette nouvelle découverte, qui, avec la rentrée tardive, décelait une situation particulière et anormale, un examen détaillé s'imposait.

Lebrac se sentit devenir rouge jusqu'à la racine des cheveux.

— Merde ! ça allait rien barder !

— Viens voir un peu ici au milieu !

Et le père, ayant levé l'abat-jour de la lampe, sous les quatre paires d'yeux inquisiteurs de la famille, Lebrac apparut dans toute l'étendue de son désastre, aggravé encore par les réparations hâtives que des mains enthousiastes et bienveillantes certes, mais trop malhabiles, avaient achevé au lieu de le tempérer.

— Ben, nom de Dieu ! ah salaud ! ah cochon ! ah vaurien ! ah rossard ! grognait le père après chaque découverte. Pas un bouton à son tricot ni à sa chemise, des épines pour fermer sa braguette, une épingle de sûreté pour tenir son pantalon, des ficelles à ses souliers !

— Mais, d'où sors-tu donc, nom de Dieu de saligaud, gronda Lebrac père, doutant que lui, calme citoyen, eût pu procréer un garnement pareil, tandis que la mère se lamentait sur le travail continuel que ce polisson, ce boufre de gredin de cochon d'enfant lui donnait quotidiennement.

— Et tu t'imagines que ça va durer longtemps comme ça, peut-être, reprit le père, que je vais dépenser des sous à élever et à nourrir un salopiot comme toi, qui ne fout rien, ni à la maison, ni en classe, ni ailleurs, même que j'en ai parlé ce soir à ton maître d'école ?

— !...

— Ah ! je t'en foutrai, bandit ! Je vas te faire

1. Gouilland : homme de mauvaise vie, ivrogne et débauché.

voir que les maisons de correction elles sont pas faites
pour les chiens. Ah ! rosse !

— !...

— D'abord, tu vas te passer de souper ! Mais vas-tu
me répondre, nom de Dieu ! où t'es-tu arrangé comme
ça ?

— !...

— Ah ! tu ne veux rien dire, crapule, ah oui,
vraiment ! eh bien, attends un peu, nom de Dieu,
je veux bien te faire causer moi, va !

Et saisissant dans le fagot entamé près de la cheminée un raim[1] de coudre souple et dur, arrachant
la chemise, jetant bas la culotte, le père de Lebrac
administra à son rejeton, qui se roulait, se tordait,
écumait, râlait et hurlait, hurlait à faire trembler les
vitres, une de ces raclées qui comptent dans la vie
d'un môme.

Puis, sa justice ayant passé, il ajouta d'un ton sec
et qui n'admettait pas de réplique :

— Et file te coucher maintenant, et vivement, hein !
nom de Dieu ! et que j'entende « quéque chose » !...

Sur sa paillasse de turquit[2] et son matelas de pail-
lette[3], Lebrac s'étendit las intensément, les membres
brisés, le derrière en sang, la tête bouillonnante ; il
se retourna longtemps, médita longuement, longuement
et s'endormit sur son désastre.

1. Forte baguette, mot patois qui vient sans doute de
rameau.
2. Paille de maïs.
3. Balle d'avoine.

Plan de campagne

> ... dans le simple appareil
> D'une beauté qu'on vient d'arracher au sommeil.
>
> Racine (*Britannicus*, acte II, sc. II).

En s'éveillant le lendemain d'un sommeil de plomb lourd comme la cuvée d'une ivresse, Lebrac s'étira lentement avec des sensations de meurtrissure aux reins et de vide à l'estomac.

Le souvenir de ce qui s'était passé lui revint à l'esprit, comme une bouffée de chaleur vous monte à la tête, et le fit rougir.

Ses vêtements, jetés au pied du lit et ailleurs, n'importe où, n'importe comment, attestaient par leur désordre le trouble profond qui avait présidé au déshabillage de leur propriétaire.

Lebrac songea que la colère paternelle devait être un peu émoussée par une nuit de sommeil ; il jugea de l'heure aux bruits de la maison et de la rue ; les bêtes rentraient de l'abreuvoir, sa mère portait le « lécher » aux vaches. Il était temps qu'il se levât et accomplît la besogne qui lui était dévolue chaque dimanche matin, savoir : décrotter et astiquer les cinq paires de souliers de la famille, emplir de bois la caisse et d'eau les arrosoirs, s'il ne voulait pas encourir de nouveau les rigueurs de la correction familiale.

Il sauta du lit et mit sa casquette ; puis il porta les mains à son derrière qui était chaud et douloureux, et, n'ayant pas de glace pour y mirer ce qu'il voulait, tourna autant qu'il put la tête sur les épaules et regarda :

C'était rouge avec des raies violettes !

Etaient-ce les coups de verge de Migue la Lune ou les marques de la trique du père ? Tous les deux sans doute.

Un nouvelle rougeur de honte ou de rage lui empourpra le front :

Salauds de Velrans, ils lui paieraient ça !

Immédiatement il enfila ses bas et se mit en quête de son vieux pantalon, celui qu'il devait porter chaque fois qu'il avait à accomplir une besogne au cours de laquelle il risquait de salir et de détériorer ses « bons habits ». C'était, fichtre ! bien le cas ! Mais l'ironie de sa situation lui échappa et il descendit à la cuisine.

Il commença par mettre à profit l'absence de sa mère pour chiper dans le dressoir un gros quignon de pain qu'il cacha dans sa poche et dont il arrachait de temps à autre, à pleines dents, une énorme bouchée qui lui distendait les mâchoires, puis il se mit à manier les brosses avec ardeur et comme si rien de particulier ne s'était passé la veille.

Son père, raccrochant son fouet au crochet de fer du pilier de pierre qui s'élevait au milieu de la cuisine, lui jeta en passant un coup d'œil rapide et sévère, mais ne desserra pas les dents.

Sa mère, quand il eut fini sa tâche et après qu'il eut déjeuné d'un bol de soupe, veilla à son échenillage dominical...

Il faut dire que Lebrac, de même que la plupart de ses camarades, La Crique excepté, n'avait avec l'eau que des relations plutôt lointaines, extra-familiales, si l'on peut dire, et qu'il la craignait autant que Mitis, le chat de la maison. Il ne l'appréciait vraiment, en effet, que dans les rigoles de la rue où il aimait à patauger et comme force motrice faisant tourner de petits moulins à aubes de sa construction, avec un axe en sureau et des palettes en coudre.

Aussi en semaine, malgré les colères du père Simon, ne se lavait-il jamais, sauf les mains, qu'il fallait présenter à l'inspection de propreté et encore, le plus souvent, se servait-il de sable en guise de savon. Le dimanche il y passait en rechignant. Sa mère, armée d'un rude torchon de grosse toile bise préalablement mouillé et savonné, lui râpait vigoureusement la face, le cou, et les plis des oreilles, et quant au fond d'icelles, il était curé non moins énergiquement avec le coin du linge mouillé tortillé en forme de vrille. Ce jour-là, Lebrac s'abstint de brailler et, quand on l'eut nanti de ses vêtements du dimanche, on lui permit, lorsque sonna le second coup de la messe, de se rendre sur la place en lui faisant toutefois remarquer, avec une ironie totalement dépourvue d'élégance, qu'il n'avait qu'à recommencer comme la veille !

Toute l'armée de Longeverne était déjà là, pérorant et jacassant, remâchant la défaite et attendant anxieusement le général.

Il entra simplement dans le gros de la bande, légèrement ému toutefois de tous ces yeux brillants qui l'interrogeaient muettement.

— Ben oui ! fit-il, j'ai reçu la danse. Et puis quoi ! on n'en crève pas, « pisque » me voilà !

N'empêche que nous leur z-y devons quéque chose et qu'ils le paieront.

Cette façon de parler, qui semblerait au premier abord, et pour quelqu'un de non initié, dépourvue de logique, fut pourtant admise par tous et du premier coup, car Lebrac fut appuyé dans son opinion par d'unanimes approbations.

— Ça ne peut aller comme ça ! continua-t-il. Non, faut absolument trouver quéque chose. J'veux plus me faire taugner [1] à la cambuse, « passe que » d'abord on ne me laisserait plus sortir et puis, il faut leur faire payer la tournée d'hier.

— Faudra y penser pendant la messe et on en recausera ce soir.

1. **Taugner** : rosser.

A ce moment passèrent les petites filles qui, en bande, se rendaient, elles aussi, à l'office. En traversant la place, elles regardèrent curieusement Lebrac « pour voir la gueule qu'il faisait », car elles étaient au courant de la grande guerre et savaient déjà toutes, par leur frère ou leur cousin, que, la veille, le général, malgré une résistance héroïque, avait subi le sort des vaincus et était rentré chez soi dépouillé et en piteux état.

Sous les multiples feux de tous ces regards, Lebrac, bien qu'il fût loin d'être timide, rougit jusqu'au bout des oreilles ; son orgueil de mâle et de chef souffrait horriblement de sa défaite et de cette sorte de déchéance passagère, et ce fut bien pis encore quand sa bonne amie, la sœur de Tintin, lui jeta au passage un regard de tendresse aux abois, un regard désolé, inquiet, humide et tendre qui disait éloquemment toute la part qu'elle prenait à son malheur et tout l'amour qu'elle gardait envers et malgré tout pour l'élu de son cœur.

Malgré ces marques non équivoques de sympathie, Lebrac n'y tint pas ; il voulut à tout prix se justifier complètement aux yeux de son amie ; et, lâchant sa bande, il entraîna Tintin à part et entre quatre-z-yeux lui demanda :

— Y as-tu au moins tout bien raconté à ta sœur ?

— Pour sûr affirma l'autre : elle pleurait de rage, elle disait que « si elle aurait tenu le Migue la Lune elle y aurait crevé les œils ».

— Y as-tu dit que c'était pour délivrer Camus et que si vous aviez été plus lestes, ils ne m'auraient pas chopé comme ça ?

— Mais oui que j'y ai dit ! J'y ai même dit que, tout le temps qu'ils te saboulaient, t'avais pas pleuré une goutte et puis que pour finir tu leur z'y avais montré ton cul. Ah ! ce qu'elle m'écoutait, mon vieux. C'est pas pour dire, tu sais, mais elle te gobe, not' Marie ! Elle m'a même dit de t'embrasser, mais entre nous, tu comprends, entre hommes, ça ne se fait pas, ça a l'air bête ; n'empêche que le cœur y est ; mon vieux, les femmes, quand ça aime... Elle m'a aussi dit qu'une autre fois, quand elle aurait le temps, elle tâcherait de venir par derrière pour, des fois que si tu étais repris, tu comprends, elle te recoudrait des boutons.

— J'y serai pas repris, n.. d. D... ! non, j'y serai pas, fit Lebrac, ému tout de même.

Mais quand je « r'irai » à la foire de Vercel « dis-y » que je lui rapporterai un pain d'épices, pas un petit guiguillon de rien du tout, mais un gros, tu sais, un de six sous avec une double devise !

— Ce qu'elle va être contente, la Marie, mon vieux, quand j'y dirai, reprit Tintin, qui songeait avec émotion que sa sœur partageait toujours avec lui régulièrement ses desserts. Il ajouta même, se trahissant dans un élan de générosité :

— On tâchera de le bouffer tous les trois ensemble.

— Mais, c'est pas pour toi que je l'achèterai, ni pour moi, c'est pour elle !

— Oui, je sais bien, oui ! mais tu comprends, des fois, une idée qu'elle aurait de faire comme ça !

— Tout de même, convint Lebrac pensif, et ils entrèrent avec les autres à l'église, les cloches sonnant à toute volée.

Quand ils se furent casés, chacun à son poste respectif, c'est-à-dire aux places que les convenances, la vigueur personnelle, la solidité du poing leur avaient fait s'attribuer peu à peu après des débats plus ou moins longs (les meilleures étant réputées les plus proches des bancs des petites filles), ils tirèrent de leurs poches qui un chapelet, qui un livre de messe, voire une image pieuse pour avoir « l'air plus convenable ».

Lebrac, comme les autres, extirpa du fond de sa poche de veste un vieux paroissien au cuir usé et aux lettres énormes, héritage d'une grand-tante à la vue faible, et l'ouvrit n'importe où, histoire d'avoir lui aussi une contenance à peu près exempte de reproches.

Peu curieux des oraisons, il tourna son livre à l'envers et, tout en fixant, sans les voir, les immenses caractères d'une messe de mariage en latin, de laquelle il se fichait pas mal, il réfléchit à ce qu'il proposerait le soir à ses soldats, car il se doutait bien que ces sacrés asticots-là ne trouveraient comme d'habitude

rien du tout, du tout, et se reposeraient encore sur lui du soin de décider ce qu'il faudrait faire pour remédier au danger terrible dont ils étaient tous plus ou moins menacés.

Tintin dut le pousser pour le faire agenouiller, lever et asseoir aux moments désignés par le rituel et il jugea de la terrible contention d'esprit de son chef à ce que celui-ci ne jeta pas une seule fois les yeux sur les gamines, qui, elles, de temps en temps, le reluquaient pour voir « quelle gueule qu'on fait » quand on a reçu une bonne volée.

Des divers moyens qui s'offrirent à son esprit, Lebrac, partisan des solutions radicales, n'en retint qu'un, et le soir, après vêpres, quand le conseil général des guerriers de Longeverne fut réuni à la carrière à Pepiot, il le proposa carrément, froidement et sans tergiversations.

— Pour ne pas se faire esquinter ses habits, il n'y a qu'un moyen sûr, c'est de n'en pas avoir. Je propose donc qu'on se batte à poil !...

— Tout nus ! se récrièrent bon nombre de camarades, surpris, étonnés et même un peu effrayés de ce procédé violent qui choquait peut-être aussi leurs sentiments de pudeur.

— Parfaitement, reprit Lebrac. Si vous aviez reçu la danse, vous n'hésiteriez pas à dire comme moi.

Et par le menu, sans désir d'épater la galerie, pour la convaincre seulement, Lebrac narra les souffrances physiques et morales de sa captivité au bord du bois et la rentrée cuisante à la maison.

— Tout de même, objecta Boulot, s'il venait à passer du monde, si un mendiant venait à rouler par là et qu'il nous ratiboise nos frusques, si Bédouin nous retombait dessus !

— D'abord, reprit Lebrac, les habits on les cachera, et puis au besoin on mettra quelqu'un pour les garder !

S'il passe des gens et que ça les gêne, ils n'auront qu'à ne pas regarder et, pour ce qui est du père Bédouin, on l'emm... ! vous avez bien vu comme j'ai fait hier au soir.

— Oui, mais... fit Boulot, qui, décidément, n'avait

pas du tout l'air de tenir à se montrer dans le simple appareil...

— C'est bon ! coupa Camus, clouant son adversaire par un argument péremptoire, toi ! on sait bien pourquoi tu n'oses pas te mettre tout nu. C'est « passe que » t'as peur qu'on voie la tache de vin que tu as au derrière et qu'on se foute de ta fiole. T'as tort, Boulot ! Ben quoi, la belle affaire ! une tache au cul, c'est pas être estropié ça, et il n'y a pas à en avoir honte ; c'est ta mère qu'a eu une envie quand elle était grosse : elle a eu idée de boire du vin et « alle » s'est gratté le derrière à ce moment-là. C'est comme ça que ça arrive. Et ça, ça n'est pas une mauvaise envie.

Les femmes grosses, y en a qu'ont toutes sortes d'idées et des bien plus dégoûtantes, mes vieux ; moi j'ai entendu la bonne femme[1] de Rocfontaine qui disait à la mère que y en avait qui voulaient manger de la merde dans ces moments-là !

— De la merde !

— Oui !

— Oh !...

— Oui, mes vieux, parfaitement, de la merde de soldat même et toutes sortes d'autres saloperies que les chiens même ne voudraient pas renifler de loin.

— Elles sont donc folles à ce moment-là ? s'exclama Tétard.

— Elles le sont pendant, avant et après, à ce qui paraît.

— Toujours est-il que c'est mon père qui dit comme ça, et pour quant à y croire, j'y crois, on ne peut rien faire sans qu'elles ne gueulent comme des poules qu'on plumerait tout vif et pour des choses de rien elles vous foutent des mornifles.

— Oui, c'est vrai, les femmes c'est de la sale engeance !

— C'est-y entendu, oui ou non, qu'on se battra à poil ? répéta Lebrac.

— Il faut voter, exigea Boulot, qui, décidément,

1. Sage-femme.

ne tenait pas à exhiber la tache de vin dont l'envie maternelle avait décoré son postère.

— Que t'es bête ! mon vieux, fit Tintin, puisqu'on te dit qu'on s'en fout !

— Je ne dis pas, vous autres, mais... les Velrans, si... ils la voyaient... eh bien ! eh bien !... ça m'embêterait, na !

— Voyons, intervint La Crique, essayant d'arranger les choses, une supposition que Boulot garderait le saint frusquin et que nous autres on se battrait ? hein !

— Non, non ! opinèrent certains guerriers qui, intrigués par les révélations de Camus et curieux de l'anatomie de leur camarade, voulaient, *de visu,* se rendre compte de ce que c'est qu'une envie et tenaient absolument à ce que Boulot se déshabillât comme tout le monde.

— Montre-leur z'y, va, Boulot ! à ces idiots-là, reprit La Crique : ils sont plus bêtes que mes pieds, on dirait qu'ils n'ont jamais rien vu, pas même une vache qui vêle ou une cabe qu'on mène au bouc.

Boulot comprit, fut héroïque et se résigna. Il déboutonna ses bretelles, laissa tomber sa culotte, troussa sa chemise et montra à tous les guerriers de Longeverne, plus ou moins intéressés, « l'envie » qui ornait la face postérieure de son individu. Et sitôt qu'il eut fait, la motion de Lebrac, appuyée par Camus, Tintin, La Crique et Grangibus, fut adoptée à « l'inanimité », comme d'habitude.

— C'est pas tout ça, maintenant, reprit Lebrac : il faut savoir où l'on se déshabillera et ousqu'on cachera les habits. Si, des fois, Boulot voyait s'amener quelqu'un comme le père Simon ou le curé, vaudrait tout de même mieux qu'ils ne nous voient pas à poil, sans quoi on pourrait bien tous prendre quelque chose en rentrant chez soi.

— Je sais, moi, déclara Camus. Et l'éclaireur volontaire conduisit la petite armée dans une sorte de vieille carrière entourée de taillis, abritée de tous les côtés, et d'où l'on pouvait facilement, par une espèce de sous-bois, arriver derrière le retranchement du Gros Buisson, c'est-à-dire au champ de bataille.

Dès qu'arrivés ils se récrièrent :

— Chicard !

— Chouette !

— Merde ! c'est épatant !

C'était très bien, en effet. Et il fut conclu *illico* que le lendemain, après avoir dépêché en éclaireurs Camus avec deux autres bons gaillards qui protégeraient le gros de l'armée, on viendrait s'installer là pour se mettre, si l'on peut dire, en tenue de campagne.

En s'en retournant, Lebrac s'approcha de Camus et confidentiellement lui demanda :

— Comment que t'as pu faire pour dégoter un si chouette coin pour se déshabiller ?

— Ah ! ah ! répondit Camus, regardant d'un petit air égrillard son camarade et général.

Et passant sa langue sur ses lèvres et clignant de l'œil devant l'interrogation muette du chef :

— Mon vieux ! ça c'est des affaires de femme ! Je te raconterai tout plus tard, quand nous ne serons rien que les deux.

Nouvelles batailles

> Panurge soubdain leva en l'air la main dextre, puys d'icelle mist le pouce dedans · la narine d'ycellui cousté, tenant les quatre doigtz estenduz et serrez par leur ordre en ligne parallèle à la pene du nez, fermant l'œil gauche entièrement, et guaignant du dextre avecques profonde dépression de la sourcille et paulpière...
>
> Rabelais (livre II, chap. xix).

Lebrac arriva en classe le lundi matin à huit heures avec son pantalon raccommodé et une blouse à deux manches de couleurs différentes, ce qui lui donnait un peu l'air d'un « carnaval ».

Sa mère, en partant, l'avait sévèrement prévenu qu'il eût à prendre un soin spécial de ses habits et que si, le soir, on relevait dessus la plus petite tache de boue ou la moindre déchirure, il saurait de nouveau ce que cela lui coûterait. Aussi était-il un peu gêné aux entournures et assez mal à l'aise dans ses mouvements, mais cela ne dura pas.

Tintin, dès son entrée dans la cour, lui transmit de nouveau, confidentiellement, les serments d'éternel amour de sa sœur et les offres plus terre à terre, mais non moins importantes, de réparation mobilière des vêtements le cas échéant.

Cela leur prit une demi-minute à peine et ils gagnèrent immédiatement le groupe principal où Grangibus pérorait avec volubilité, expliquant pour la septième fois comme quoi son frère et lui avaient failli, la veille au soir, tomber derechef dans l'embuscade des Velrans, qui ne s'en étaient pas tenus comme la première fois à des injures et à des cailloux lancés, mais avaient bel et bien voulu se saisir de leurs précieuses personnes et les immoler à leur insatiable vengeance.

Heureusement les Gibus n'étaient pas loin de la maison ; ils avaient sifflé Turc, leur gros chien danois, qui était justement lâché ce jour-là (une veine !) et la venue du molosse qu'ils avaient « houkssé » aussitôt contre leurs ennemis, ses grondements, ses mines de s'élancer, ses crocs montrés derrière les babines rouges avaient mis prudemment en fuite la bande des Velrans.

Et dès lors, disait Grangibus, ils avaient demandé à Narcisse de détacher le chien tous les jours vers cinq heures et demie et de l'envoyer à leur rencontre pour qu'il pût, en cas de malheur, protéger leur rentrée à la maison.

— Les salauds ! grommelait Lebrac. Ah ! les salauds ! ils nous le paieront, va ! et cher !

C'était une belle journée d'automne : les nuages bas qui avaient protégé la terre de la gelée s'étaient évanouis avec l'aurore ; il faisait tiède : les brouillards du ruisseau du Vernois semblaient se fondre dans les premiers rayons du soleil, et derrière les buissons de la Saute, tout là-bas, la lisière ennemie hérissait dans la lumière les fûts jaunes et dégarnis par endroits de ses baliveaux et de ses futaies.

Un vrai beau jour pour se battre.

— Attendez un peu à ce soir, disait Lebrac, le sourire aux lèvres. Un vent de joie passait sur l'armée de Longeverne. Les moineaux et les pinsons pépiaient et sifflaient sur les tas de fagots et dans les pruniers des vergers ; comme les oiseaux, eux aussi, ils chantaient ; le soleil les égayait, les rendait confiants, oublieux et sereins. Les soucis de la veille et la raclée du général étaient déjà loin et on fit une épique partie de saute-mouton jusqu'à l'heure de l'entrée en classe.

Il y eut, au coup de sifflet du père Simon, une véritable suspension de joie, des plis soucieux sur les fronts, des marques d'amertume aux lèvres et du regret dans les yeux. Ah ! la vie !...

— Sais-tu tes leçons, Lebrac ? demanda confidentiellement La Crique.

— Heu oui... pas trop ! Tâche de me souffler si tu peux, hein ! S'agirait pas ce soir de se faire coller comme samedi. J'ai bien appris le système métrique, j'sais tous les poids par cœur : en fonte, en cuivre, à godets et les petites lames par-dessus le marché, mais j'sais pas ce qu'il faut pour être électeur. Comme mon père a vu le père Simon, je vais sûrement pas y couper à une leçon ou à une autre ! Pourvu que j'y saute en système métrique !

Le vœu de Lebrac fut exaucé, mais la chance qui le favorisa faillit bien, par contre-coup, être fatale à son cher Camus, et sans l'intervention aussi habile que discrète de La Crique, qui jouait des lèvres et des mains comme le plus pathétique des mimes, ça y était bien, Camus était bouclé pour le soir.

Le pauvre garçon qui, on s'en souvient, avait déjà failli écoper les jours d'avant à propos du « citoyen », ignorait encore et totalement les conditions requises pour être électeur.

Il sut tout de même, grâce à la mimique de La Crique brandissant sa dextre en fourchette, les quatre doigts en l'air et le pouce caché, qu'il y en avait quatre.

Pour les déterminer, ce fut beaucoup plus dur.

Camus, simulant une amnésie momentanée et partielle, le front plissé, les doigts énervés, semblait profondément réfléchir et ne perdait pas de vue La Crique, le sauveur, qui s'ingéniait.

D'un coup d'œil expressif il désigna à son camarade la carte de France par Vidal-Lablache appendue au mur ; mais Camus, peu au courant, se méprit à ce geste équivoque et au lieu de dire qu'il faut être Français, il répondit à l'ahurissement général qu'il fallait savoir « sa giografie ».

Le père Simon lui demanda s'il devenait fou ou s'il se fichait du monde, tandis que La Crique, navré d'être si mal compris, haussait imperceptiblement les épaules en tournant la tête.

Camus se ressaisit. Une lueur brilla en lui et il dit :

— Il faut être du pays !

— Quel pays ? hargna le maître, furieux d'une réponse aussi imprécise, de la Prusse ou de la Chine ?

— De la France ! reprit l'interpellé : être Français !

— Ah ! tout de même ! nous y sommes ! Et après ?

— Après ? et ses yeux imploraient La Crique.

Celui-ci saisit dans sa poche son couteau, l'ouvrit, fit semblant d'égorger Boulot, son voisin, et de le dévaliser, puis il tourna la tête de droite à gauche et de gauche à droite.

Camus saisit qu'il ne fallait pas avoir tué ni volé ; il le proclama incontinent et les autres, par l'organe autorisé de La Crique, auquel ils mêlèrent leurs voix, généralisèrent la réponse en disant qu'il fallait jouir de ses droits civils.

Cela n'allait fichtre pas si mal et Camus respirait. Pour la troisième condition, La Crique fut très expressif : il porta la main à son menton pour y caresser une absente barbiche, effila d'invisibles et longues moustaches, porta même ailleurs ses mains pour indiquer aussi la présence en cet endroit discret d'un système pileux particulier, puis, tel Panurge faisant quinaud l'Angloys qui arguoit par signe, il leva simultanément en l'air et deux fois de suite ses deux mains, tous doigts écartés, puis le seul pouce de la dextre, ce qui évidemment signifiait vingt et un. Puis il toussa en faisant han ! et Camus, victorieux, sortit la troisième condition :

— Avoir vingt et un ans.

— A la quatrième ! maintenant, fit le père Simon, tel un patron de jeu de tourniquet, le soir de la fête patronale.

Les yeux de Camus fixèrent La Crique, puis le plafond, puis le tableau, puis de nouveau La Crique ;

ses sourcils se froncèrent comme si sa volonté impuissante brassait les eaux de sa mémoire.

La Crique, un cahier à la main, traçait de son index d'invisibles lettres sur la couverture.

Qu'est-ce que ça pouvait bien vouloir dire ? Non, ça ne disait rien à Camus ; alors le souffleur fronça le nez, ouvrit la bouche en serrant les dents, la langue sur les lèvres, et une syllabe parvint aux oreilles du naufragé :

— Iste !

Il ne pigeait pas davantage et tendait de plus en plus le cou du côté de La Crique, tant et tant que le père Simon, intrigué de cet air idiot que prenait l'interrogé, fixant obstinément le même point de la salle, eut l'idée saugrenue, bizarre et stupide de se retourner brusquement.

Ce fut un demi-malheur, car il surprit la grimace de La Crique et l'interpréta fort mal, en déduisant que le garnement se livrait derrière son dos à une mimique simiesque dont le but était de faire rire les camarades aux dépens de leur maître.

Aussi lui bombarda-t-il aussitôt cette phrase vengeresse :

— La Crique, vous me ferez pour demain matin le verbe « faire le singe » et vous aurez soin au futur et au conditionnel de mettre « je ne ferai plus » et « je ne ferais plus le singe » au lieu de « je ferai », c'est compris ?

Il se trouva dans la salle un imbécile pour rire de la punition : Bacaillé, le boiteux, et cet acte stupide de mauvaise camaraderie eut pour conséquence immédiate de mettre en colère le maître d'école, lequel s'en prit violemment à Camus, qui risquait fort la retenue :

— Enfin vous ! allez-vous me dire la quatrième condition ?

La quatrième condition ne venait pas ! La Crique seul la connaissait.

— Foutu pour foutu, pensa-t-il ; il fallait au moins en sauver un, aussi avec un air plein de bonne volonté et fort innocent, comme s'il eût voulu faire oublier sa mauvaise action d'auparavant, répondit-il en lieu et place de son féal et très vite pour que l'instituteur ne pût lui imposer silence.

— Etre inscrit sur la liste électorale de sa commune !

— Mais qui est-ce qui vous demande quelque chose ? Est-ce que je vous interroge, vous, enfin ? tonna le père Simon de plus en plus monté, tandis que son meilleur écolier prenait un petit air contrit et idiot qui jurait avec son ressentiment intérieur.

Ainsi s'acheva la leçon sans autre anicroche ; mais Tintin glissa dans l'oreille de Lebrac :

— T'as-t'y vu, ce sale bancal ? tu sais, je crois qu'il faut faire attention ! y a pas de fiance à avoir en lui, il doit cafarder !

— Tu crois ? sursauta Lebrac. Ah ! par exemple !

— J'ai pas de preuves, reprit Tintin, mais ça m'épaterait pas, il est en « dessour », c'est un « surnois » et j'aime pas ces types-là, moi !

Les plumes grincèrent sur le papier pour la date qu'on mettait. Lundi... 189...

Ephémérides : commencement de la guerre avec les Prussiens. Bataille de Forbach !

— Dis, Tintin, demanda Guignard, je vois pas bien, est-ce que c'est Forbach ou Morbach ?

— C'est Forbach ! Des Morbachs, c'est l'artilleur de chez Camus qui en parlait aux Chantelots l'autre dimanche qu'il était en permission. Forbach ! ça doit être un pays !

Le devoir se fit en silence, puis un marmottement sourd, croissant peu à peu en volume et en intensité, indiqua qu'il était fini et que les écoliers profitaient du répit qu'ils avaient entre les deux exercices pour repasser la leçon suivante ou échanger des vues personnelles sur les situations respectives des deux armées belligérantes.

Lebrac triompha en système métrique. Les mesures de poids c'est comme les mesures de longueur, il y a même deux multiples en plus ; et il jonglait intellectuellement avec les myriagrammes et les quintaux métriques ni plus ni moins qu'un athlète forain avec des haltères de vingt kilos ; il ébahit même le père Simon en lui débitant du plus gros au plus petit tous les poids usuels, sans rien omettre de leur description particulière.

— Si vous saviez toujours vos leçons comme celle-ci, affirma le maître, je vous mènerais au Certificat l'année prochaine.

Le certificat d'études, Lebrac n'y tenait pas : s'appuyer des dictées, des calculs, des compositions françaises, sans compter la « giographie » et l'histoire, ah ! mais non, pas de ça ! Aussi les compliments ni les promesses ne l'émurent, et s'il eut le sourire, ce fut tout simplement parce qu'il se sentait sûr maintenant, même s'il flanchait un peu en histoire et en grammaire, d'être lâché quand même le soir à cause de la bonne impression qu'il avait produite le matin.

Quand quatre heures sonnèrent, qu'ils eurent filé à la maison prendre le chanteau de pain habituel et qu'ils se trouvèrent de nouveau rassemblés à la carrière à Pepiot, Camus, certain d'être en avance, partit avec Grangibus et Gambette pour surveiller la lisière, pendant que le reste de l'armée filait en toute hâte se mettre en tenue de bataille.

Camus, arrivé, monta sur son arbre et regarda. Rien encore n'apparaissait ; il en profita pour resserrer les ficelles qui rattachaient les élastiques à la fourche et au cuir de sa fronde et pour trier ses cailloux : les meilleurs dans les poches de gauche, les autres dans celles de droite.

Pendant ce temps, sous la garde de Boulot, qui désignait à chacun sa place et alignait de grosses pierres pour y poser les habits afin qu'ils ne se salissent point, les soldats de Lebrac et le chef se déshabillaient.

— Prends mon fiautot [1], fit Tintin à Boulot, et grimpe sur le chêne que voilà. Si, des fois, tu voyais le noir ou le fouette-cul ou quelqu'un que tu ne connaisses pas, tu sifflerais deux coups pour qu'on puisse se sauver.

A ce moment, Lebrac, qui était en tenue, poussa une exclamation de colère en se frappant le front :

1. Fiautot : sifflet.

— Nom de Dieu de nom de Dieu ! Comment que j'y ai pas songé ? on n'a point de poche pour mettre les cailloux.

— Merde ! c'est vrai ! constata Tintin.

— Ce qu'on est bête, confessa La Crique. Il n'y a que les triques, c'est pas assez !

Et il réfléchit une seconde...

— Prenons nos mouchoirs et mettons les cailloux dedans. Quand il n'y aura pus rien à lancer, chacun roulera le sien autour de son poignet.

Bien que les mouchoirs ne fussent souvent que des morceaux hors d'usage de vieilles chemises de toile ou des débris de torchons, il se trouva une bonne demi-douzaine de combattants qui n'en étaient point pourvus, et ce, pour la simple raison que, leurs manches de blouses les remplaçant avantageusement à leur gré, ils ne tenaient point du tout, en sages qu'ils étaient, à s'encombrer de ces meubles inutiles.

Prévenant l'objection de ces jeunes philosophes, Lebrac leur désigna comme « musette à godons » leur casquette ou celle de leur voisin, et tout fut ainsi réglé au mieux des intérêts de la troupe.

— On y est ? demanda-t-il ensuite... En avant, alorsse !

Et, lui en tête, Tintin le suivant, puis La Crique, puis les autres, au petit bonheur, tous, le bâton à la main droite, le mouchoir lié aux quatre coins et plein de cailloux à l'autre, ils avancèrent lentement, leurs formes fluettes ou rondouillardes, légèrement frissonnantes, se découpant en blanc sur la couleur sombre du défilé. En cinq minutes, ils furent au Gros Buisson.

Camus, juste à ce moment, engageait les hostilités et « ciblait » Migue la Lune à qui il voulait absolument, disait-il, casser la gueule.

Il était temps cependant que le gros des forces de Longeverne arrivât. Les Velrans, prévenus par Touegueule, émule et rival de Camus, de la seule présence de quelques ennemis, et enfiévrés encore au souvenir de leur victoire de l'avant-veille, se préparaient à ne faire qu'une bouchée de ceux qui se trouvaient devant eux. Mais au moment précis où ils débouchaient de la forêt pour se former en colonne d'assaut, une gerbe écrasante de projectiles leur dégringola sur les épaules qui les fit tout de même réfléchir et émoussa leur enthousiasme.

Touegueule, qui était descendu pour prendre part à la curée, regrimpa sur son foyard pour voir si, d'aventure, des renforts n'étaient pas arrivés au Gros Buisson ; mais il s'aperçut tout simplement que Camus était redescendu de son arbre et, la fronde bandée, se tenait près de Grangibus et de Gambette, ces derniers aussi sur la défensive. Rien de nouveau par conséquent. C'est que les guerriers de Longeverne, tout transis et grelottants, s'étaient coulés silencieusement derrière les fûts des arbres et sous les fourrés épais et ne bougeaient « ni pieds ni pattes ».

— Ils vont recommencer l'assaut, prédit Lebrac à mi-voix ; on a eu tort peut-être de lancer trop de cailloux tout à l'heure ; pourvu qu'ils ne se doutent pas qu'on les attend.

— Attention ! prenez vos godons, laissez-les venir tout près, alors je commanderai le feu et aussitôt la charge !

L'Aztec des Gués, rassuré par l'exploration de Touegueule, pensa que si les ennemis ne se montraient pas et faisaient ainsi que le samedi d'avant, c'était qu'ils se trouvaient, de même que ce jour-là, sans chef et en état d'infériorité numérique notoire. Il décida donc, immédiatement approuvé par les grands conseillers, enthousiastes encore au souvenir de la prise de Lebrac, qu'il serait bon aussi de piger Camus qui justement remontait sur son chêne.

Celui-là sûrement n'aurait pas le temps de fuir, il n'y couperait pas cette fois, il serait « chauffé » et y passerait tout comme Lebrac. Depuis longtemps déjà ses cailloux et ses billes faisaient trop de blessés dans leurs rangs, il était urgent vraiment de lui donner une bonne leçon et de lui rafler sa fronde.

Ils le laissèrent commodément s'installer.

Les dispositions de combat n'étaient pas longues à prendre pour ces escarmouches où la valeur personnelle et l'élan général décidaient le plus souvent de la victoire ou de la défaite ; aussi, l'instant d'après, les bâtons follement tournoyant, poussant des ah ! ahr !

gutturaux et féroces, les Velrans, confiants en leur force, fondirent impétueusement sur le camp ennemi.

On aurait entendu voler une mouche au Gros Buisson de Longeverne : seule la fronde de Camus claquait, lançant ses projectiles...

Les gars nus, tapis, à genoux ou accroupis, frissonnant de froid sans oser se l'avouer, tenaient tous le caillou dans la main droite et la trique en la gauche.

Lebrac au centre, au pied du chêne de Camus, debout, le corps entièrement dissimulé par le fût du gros arbre, tendait en avant sa tête farouche, dardant sous ses sourcils froncés ses yeux fixes et flamboyants, le poing gauche nerveusement serrant son sabre de chef à garde de ficelle de fouet.

Il suivait le mouvement ennemi, les lèvres frémissantes, prêt à donner le signal.

Et tout d'un coup, se détendant comme un diable qui sort d'une boîte, tout son corps contracté bondit sur place, en même temps que sa gorge hurlait comme dans un accès de démence le commandement impétueux :

— Feu !

Un frondonnement courut comme un frisson.

La rafale de cailloux de l'armée de Longeverne frappa la troupe des Velrans en plein centre, cassant son élan, en même temps que la voix de Lebrac, beuglant rageusement et de tous ses poumons, reprenait :

— En avant ! en avant ! en avant, nom de Dieu !

Et telle une légion infernale et fantastique de gnomes subitement surgis de terre, tous les soldats de Lebrac, brandissant leurs épieux et leurs sabres et hurlant épouvantablement, tous, nus comme des vers, bondirent de leur repaire mystérieux et s'élancèrent d'un irrésistible élan sur la troupe des Velrans.

La surprise, l'effarement, la frousse, la panique passèrent successivement sur la bande de l'Aztec des Gués qui s'arrêta, paralysée, puis, devant le danger imminent et qui grandissait de seconde en seconde, tourna bride d'un seul coup et plus vite encore qu'elle n'était venue, à enjambées doubles, affolée littéralement, fila vers sa lisière protectrice sans qu'un

seul parmi les fuyards osât seulement tourner la tête.

Lebrac, en avant toujours, brandissait son sabre ; ses grands bras nus gesticulaient ; ses jambes nerveuses faisaient des bonds de deux mètres, et toute son armée, libre de toute entrave, heureuse de se réchauffer, accourant d'une folle allure, tâtait déjà de la pointe de ses épieux et de ses lances les côtes des ennemis qui arrivaient enfin à la grande tranchée. On allait en chauffer.

Mais la fuite des Velrans ne s'arrêta point pour si peu. Le mur d'enceinte était là, avec le taillis derrière, clairsemé à la lisière pour s'épaissir après par degrés. La troupe en déroute de l'Aztec des Gués ne perdit pas son temps à chercher à passer à la queue leu-leu dans la Grande Tranchée. Les premiers la prirent, mais les derniers n'hésitèrent point à bondir en plein taillis et à se frayer, des pieds et des mains et coûte que coûte, un chemin de retraite.

La tenue simplifiée des Longevernes ne leur permettait malheureusement pas de continuer la poursuite dans les ronces et les épines et, du mur de la forêt, ils virent leurs ennemis fuyant, lâchant leurs bâtons, perdant leurs casquettes, semant leurs cailloux, qui s'enfonçaient meurtris, fouettés, égratignés, déchirés parmi les épines et les fourrés de ronces comme des sangliers forcés ou des cerfs aux abois.

Lebrac, lui, avait enfilé la Grande Tranchée avec Tintin et Grangibus. Il allait poser la griffe sur l'épaule frémissante de peur de Migue la Lune, dont il venait déjà de tanner les reins avec son sabre, quand deux stridents coups de sifflet venant de son camp, en achevant la déroute ennemie, les arrêtèrent net eux aussi, lui et ses soldats.

Migue la Lune, laissant derrière lui un sillage odorant caractéristique qui témoignait de sa frousse intense, put s'échapper comme les autres et disparut dans le sous-bois.

Qu'y avait-il ?

Lebrac et ses guerriers s'étaient retournés, inquiets du signal de Boulot et soucieux quand même de ne pas se laisser surprendre dans cette tenue équivoque par un des gardiens laïque ou ecclésiastique, naturel

ou autre, de la moralé publique de Longeverne ou d'ailleurs.

Jetant un regard de regret sur la silhouette de Migue la Lune, Lebrac remonta la tranchée pour regagner la lisière où ses soldats, écarquillant les prunelles, cherchaient, en attendant son retour, à se rendre compte de ce qui avait bien pu motiver le signal d'alarme de Boulot.

Camus qui, au moment de l'assaut, était redescendu de l'arbre, et avait, on s'en souvient, gardé ses vêtements, s'avança prudemment jusqu'au contour du chemin pour explorer les alentours.

Ah, ce ne fut pas long ! Il vit qui ?

Parbleu, cette vadrouille de vieille brute de père Bédouin, lequel, ahuri lui aussi de ces deux coups de sifflet qui l'avaient fait tressauter, bourrait ses mauvais quinquets de tous les côtés, afin de saisir la cause mystérieuse de ce signal insolite et vaguement sinistre.

Justes représailles

Donec ponam inimicos tuos, sca-
bellum pedum tuorum.

(*Vêpres du Dimanche.*)
(Psalmo... nescio quo).

Janotus de Bragmardo [1].

Le père Bédouin vit Camus en même temps que
l'aperçut celui-ci, mais si le gosse avait parfaitement
reconnu le vieux du premier coup, la réciproque
n'était heureusement pas vraie.

Seulement, le garde champêtre sentant, avec son
flair de vieux briscard, que le galapiat qu'il avait devant
lui devait être pour quelque chose dans cette nouvelle
affaire ou tout au moins pourrait lui donner quelques
renseignements ou explications, il lui fit signe de
l'attendre et marcha droit à lui.

Cela faisait bien l'affaire de Boulot qui appréhendait
fort que ce vieux sagouin ne vînt de son côté et ne
découvrît le garde-meuble des camarades de Longeverne. Boulot, pour l'empêcher de parvenir à cet
endroit, était résolu à tout employer et le meilleur

1. Par Dieu ! monsieur mon amy, *magis magnos clericos
non sunt magis magnos sapientes* (livre I, chap. XXXIX,
Rabelais).

89

moyen était encore l'injure à courte distance, pourvu toutefois qu'on eût, comme c'était le cas, des arbres et des buissons afin de se dissimuler et de n'être point reconnu. De cette façon, en jouant habilement des jambes, on pouvait entraîner le vieux très loin du terrain de combat :

> *Quand la perdrix*
> *Voit ses petits*
> *En danger, et n'ayant qu'une plume nouvelle...*

Boulot avait appris la fable ; cette ruse d'oiseau lui avait plu et, comme il n'était pas plus bête qu'une perdrix dont il imitait à s'y méprendre le « tirouit », il saurait bien, lui aussi, entraîner au loin et semer Zéphirin.

Ce petit jeu cependant n'allait pas sans quelques risques et complications, dont les plus graves étaient la présence ou la venue en ces lieux d'un habitant du village ayant bon pied et bon œil qui le dénoncerait au garde, ou même (ça s'était vu), s'il était parent, allié ou ami, s'autoriserait de cette familiarité pour venir attraper par l'oreille le délinquant et le conduire en cette posture au représentant de la force publique, situation fâcheuse comme on peut croire.

Et comme Boulot était prudent, il préférait ne pas se mettre dans le cas d'encourir ce risque. Il n'avait, d'autre part, pas de notions exactes sur l'issue de la bataille et la façon dont Lebrac avait dirigé ses troupes. Les cris entendus lui avaient seulement appris qu'un sérieux assaut avait été donné. Oui, mais où en étaient maintenant les camarades ?

Graves questions !

Camus, lui, comme bien on pense, ne perdit pas son temps à attendre le garde champêtre. Dès qu'il eut vu que l'autre voulait le rejoindre et se dirigeait de son côté, il fit prestement demi-tour, se baissa en sautant dans le ravin et fila vers les camarades en leur criant, pas trop fort du reste, de fuir par en haut, puisque le Charognard, ainsi désignait-il le trouble-guerre, venait du côté du bas.

Zéphirin, voyant s'enfuir Camus, ne douta pas un

seul instant que ces sales morveux étaient encore en train « de lui en jouer une » ; il se souvint du coup de l'avant-veille où l'autre lui avait montré son derrière sans voiles et, comme il se sentait d'attaque ce soir-là, il piqua un pas de gymnastique pour rattraper le galopin.

Suant et soufflant, il arriva juste à point pour voir la nichée des gaillards, nus comme des vers, fuir et disparaître entre les buissons du haut de la Saute, tout en hurlant à son adresse des injures sur le sens desquelles il n'y avait pas à se méprendre.

— Vieux salaud ! putassier ! vérolard ! vieux bac ! hé ! on t'emm... !

— Petits cochons, ah ! dégoûtants, polissons, mal élevés, ripostait le vieux, reprenant sa course. Ah ! que j'en attrape un seulement ; je lui coupe les oreilles, je lui coupe le nez, je lui coupe la langue, je lui coupe...

Bédouin voulait tout couper.

Mais pour en attraper un, il aurait fallu avoir des jambes plus agiles que ses vieilles guibolles ; il battit bien les buissons de tous côtés, mais ne trouva rien et suivit de loin, à la voix, une trace qu'il crut bonne, mais qui devait bientôt lui faire faux bond elle aussi.

Camus, Grangibus et La Crique, tous trois vêtus, pour protéger le retour et la mise en tenue de leurs camarades, avaient réalisé ce que Boulot avait eu un instant l'intention de faire et attiré Zéphirin par les pâtures de Chasalans, loin, loin, du côté de Velrans, afin aussi de lui donner le change et lui laisser croire, sa faible vue aidant, que c'étaient les gamins du village ennemi qui étaient les seuls coupables de cet attentat à sa dignité de vieux défenseur de la « Pâtrie » et de représentant de la « loâ ».

Tous les signaux de méfiance et de ralliement étant convenus d'avance, le bois ennemi étant désert, Camus et ses deux acolytes, quand ils jugèrent le moment venu, cessèrent de crier des injures à Bédouin, firent un brusque crochet dans les champs, longèrent en rampant le mur de la pâture à Fricot, rentrèrent dans le bois et, par la tranchée du haut, vinrent déboucher dans les buissons du communal, à une centaine de mètres au-dessus du coude du chemin, c'est-à-dire du champ de bataille.

Il était bien désert à ce moment-là, le champ de bataille, et rien n'y rappelait la lutte épique de l'heure précédente ; mais, dans les buissons du bas, ils entendirent le tirouit des Longevernes qui, régulièrement, les rappelait.

Grâce à leur habile diversion, en effet, la troupe surprise avait pu regagner le camp que gardait Boulot et, à la hâte, dare-dare, remettre chemises, culottes et blousons et souliers. Boulot, affairé, allait de l'un à l'autre, aidant de toutes ses mains, n'ayant pas assez de ses dix doigts pour rentrer les pans de chemises, ajuster les bretelles, boutonner les pantalons, ramasser les casquettes, lacer des cordons de souliers et veiller à ce que personne ne perdît ni n'oubliât rien.

En moins de cinq minutes, jurant et grognant contre cette sacrée vieille fripouille de garde qui se trouvait toujours où on ne le demandait pas, les soldats de l'armée ayant, avec une juste satisfaction, réintégré leurs pelures, et demi-satisfaits d'une demi-victoire dans laquelle on n'avait pas fait de prisonniers, s'échelonnaient du haut en bas en quatre ou cinq groupes pour rappeler les trois éclaireurs aux prises avec Bédouin.

— Il me le paiera celui-là ! faisait Lebrac, oui, il me le paiera. C'est pas la première fois que ça lui arrive de chercher à me faire des misères. Ça ne peut pas se passer comme ça, ou ben y aurait pus de bon Dieu, pus de justice, pus rien ! Ah ! non ! nom de Dieu, non ! ça ne se passera pas comme ça !

Et le cerveau de Lebrac ruminait une vengeance compliquée et terrible, et ses camarades, eux aussi, réfléchissaient profondément.

— Dis donc, Lebrac, proposa Tintin, il y a ses pommes au vieux, si on allait un peu lui caresser ses arbres à coups « d'avarchots » [1], pendant qu'il nous cherche à Chasalans ! hein ! qu'en dis-tu ?

— Et lui faire sauter son carré de choux, compléta Tigibus.

1. Bout de bois qu'on lance pour faire tomber les fruits.

— Lui casser ses carreaux ! fit Guerreuillas.

— Ça, c'est des idées ! convint Lebrac qui, lui aussi, avait la sienne ; mais attendons les autres. Et puis, on ne peut guère faire ça de jour. Des fois que si on était vu, il pourrait bien nous faire aller en prison avec des témoins... un vieux cochon comme ça, que ça n'a ni cœur ni entrailles, faut pas s'y fier, vous savez. Enfin, on verra bien.

— Tirouit ! interrogea-t-on dans les buissons du couchant.

— Les voici ! fit Lebrac, et il imita à trois reprises le rappel de la perdrix grise.

Une forte sabotée, frappant le sol à coups redoublés, lui apprit la venue des trois éclaireurs et le rassemblement à son poste des divers groupes disséminés par le coteau. Quand tout le monde fut réuni, les coureurs s'expliquèrent :

Zéphirin, assurèrent-ils, jurait les tonnerre et les bordel de Dieu contre ces sales petits morpions de Velrans qui venaient emmerder les honnêtes gens jusque sur leur territoire, et le pauvre bougre suait et s'épongeait et soufflait, tel un carcan poussif qui tire une voiture de deux mille, en montant une levée de grange rapide comme un toit.

— Ça va bien ! affirma Lebrac. Il veut repasser par ici, faudra que quelqu'un reste pour le guetter.

La Crique, qui était déjà psychologue et logicien, émit une opinion :

— Il a eu chaud, par conséquent il a soif ; donc il va s'en retourner tout droit au pays pour aller prendre sa purée chez Fricot l'aubergiste. Faudrait peut-être bien que quelqu'un aille aussi par là-bas !

· — Oui, approuva le chef, c'est vrai : trois ici, trois là-bas ; les autres vont tous venir avec moi dans le bois du Teuré ; maintenant, j'sais ce qu'il faut faire.

— Il en faudra un malin près de chez Fricot, continua-t-il ; La Crique va y partir avec Chanchet et Pirouli : vous jouerez aux billes sans avoir l'air de rien.

Boulot, lui, restera ici, calé dans la carrière avec deux autres : faudra bien regarder et bien écouter ce qu'il dira ; quand le vieux sera loin et qu'on saura ce qu'il va faire, vous viendrez tous nous retrouver au bout de la vie [1] à Donzé, près de la Croix du Jubilé. Alors on verra et je vous dirai de quoi il retourne.

La Crique fit remarquer que ni lui ni ses camarades n'avaient de billes et Lebrac, généreusement, lui en donna une douzaine (pour un sou, mon vieux) afin qu'ils pussent, devant le garde, soutenir convenablement leur rôle.

Et, sur une dernière recommandation du chef, La Crique, plein de confiance en soi, ricana :

— T'embête pas, ma vieille ! je me charge bien de lui monter le coup proprement à ce vieux trou du c.. là !

La dislocation s'opéra sans tarder.

Lebrac avec le gros de la troupe gagna le bois du Teuré et, sitôt qu'on y fut, ordonna à ses hommes d'arracher des grands arbres les plus longues chaînes de véllie ou véliere (clématite) qu'ils pourraient trouver.

— Pour quoi faire ? demandèrent-ils. Pour fumer ? Ah ! ah ! on va faire des cigares, chouette !

— Ne la cassez pas, surtout, reprit Lebrac, et trouvez-en autant que vous pourrez : vous verrez bien plus tard.

Toi, Camus, tu grimperas aux arbres pour la détacher, tu monteras haut, il en faut de longs bouts.

— Pour ça, je m'en charge, fit le lieutenant.

— Auparavant, y en a-t-il qui auraient de la ficelle, par hasard ? questionna le chef.

Tous en avaient des morceaux d'une longueur variant de un à trois pieds. Ils les présentèrent.

— Gardez-les ! — Oui ! conclut-il en réponse à une question intérieure qu'il s'était posée, gardez-les et trouvons de la véllie.

Dans la vieille coupe, ce n'était pas difficile à découvrir, c'était ça qui manquait le moins. Le long des grands chênes, des foyards, des charmes, des bouleaux, des poiriers sauvages, de presque tous les arbres, les souples et durs lacets montaient, grimpaient, s'accro-

1. Voie, chemin.

chaient par leurs feuilles en vrilles aux fûts noueux, s'enroulaient, serpents végétaux et vivaces, pour escalader l'azur, conquérir la lumière et boire, avec chaque aurore, leur lampée de soleil. Il y avait en bas et presque partout sur le sol des vieilles souches grises, dures et raides, s'écaillant en filaments comme du bœuf bouilli trop cuit, pour s'effiler au sommet en fouets souples et résistants.

Camus grimpait ; Tétas et Guignard aussi ; ils formaient trois chantiers qui opéraient simultanément sous l'œil vigilant de Lebrac.

Ah ! c'était bientôt fait, l'escalade.

Quelque gros que fût l'arbre, Camus, comme un lutteur antique, l'attaquait à bras le corps, franchement ; souvent même ses bras trop courts n'arrivaient pas à en étreindre complètement le tronc.

Qu'importe ! Ses mains aplaties s'accrochaient comme des ventouses à tous les nœuds d'écorce, ses jambes se croisaient enlaçantes comme des ceps de vigne tortus et une détente solide de jarrets vous le projetait d'un seul coup à trente ou cinquante centimètres plus haut ; là, nouvel agrippement de mains, nouvel arrimage de jarrets et, en quinze ou vingt secondes, il accrochait la première branche.

Alors ça ne traînait plus : un rétablissement sur les avant-bras et la poitrine d'abord, puis les genoux arrivaient à hauteur de cette barre fixe naturelle et s'y installaient, et puis les pieds ne tardaient pas à remplacer les genoux, et la montée jusqu'au sommet s'opérait ensuite aussi naturellement et facilement que par le plus commode des escaliers.

La liane végétale tombait vite entre leurs mains, car, au pied de l'arbre, un camarade à l'eustache tranchant rasait la tige au niveau du sol tandis que trois ou quatre autres gars, tirant dessus avec toutes les précautions d'usage, l'amenaient à eux par degrés.

Que de fois les petits bergers avaient fait cela en été, à la Saint-Jean, et enguirlandé de verdure et de fleurs des champs les cornes de leurs bêtes ! La clématite, le lierre, les bleuets, les coquelicots, les marguerites, les scabieuses mariaient leurs couleurs parmi la verdure sombre des couronnes tressées, pour lesquelles on rivalisait d'ingéniosité et de goût et c'était une joie, le soir, de voir revenir à pas pesants et faisant tinter leurs clochettes, les bonnes vaches aux grands yeux limpides, fleuries et couronnées comme des mariées de mai.

En rentrant, on accrochait le bouquet au-dessus de la porte de la cuisine, parmi les grands clous de « baudrions » où la panoplie luisante et rustique des faux jette ses feux sombres, et on l'y laissait, sous l'abri de l'auvent, se dessécher jusqu'à l'année suivante et plus longtemps quelquefois.

Mais il ne s'agissait pas de cela aujourd'hui.

— Dépêchons-nous, pressa Lebrac, qui voyait tomber la nuit et les brouillards du couchant se lever sur le moulin de Velrans.

Et, ayant fait rassembler le butin, après s'être livré mentalement à des opérations mathématiques compliquées et avoir avec soin auné de ses bras étendus les liens dont on disposait, il décida le départ pour le carrefour de la Croix du Jubilé en passant entre les haies de la vie à Donzé.

Lebrac avait quatre morceaux de résistance, longs chacun d'environ dix mètres, et huit autres plus petits.

Chemin faisant, après avoir soigneusement recommandé de ne pas casser les grands bouts, il ordonna de nouer autant que possible les petits deux à deux et cependant que seize soldats portaient ces engins de combat et que les autres les regardaient, lui, le chef, se mit à réfléchir profondément jusqu'à l'arrivée au point de concentration.

— Qu'est-ce qu'on va faire, Lebrac ? interrogeaient tour à tour les gars.

La nuit tombait peu à peu.

— Ça dépend ! répondit évasivement le chef.

— Il va bientôt être temps de rentrer, constata un des petits.

— Les autres ne viennent pas, ni Boulot, ni La Crique !

— Qu'est-ce qu'ils font ? Qu'est-ce qu'à pu devenir le vieux ?

On s'impatientait enfin, et l'air mystérieux du chef n'était pas pour calmer l'énervement général :

— Ah ! voici Boulot avec ses hommes ! s'esjouit Camus.

— Eh bien ! Boulot ?

— Eh bien ! reprit l'autre, il a passé par la grand-route, tout en bas, et on aurait pu l'attendre long-temps, si j'avais pas eu l'œil ! Il a dû redescendre le bois et regagner la route par le petit sentier qui part de la sommière.

Nous l'avons vu de la Carrière. Il faisait des grands moulinets avec ses bras, tout comme Kinkin quand il est saoul. Il doit être salement en colère.

— Tigibus, commanda Lebrac, va voir ce que fait La Crique et tu z'y diras de venir me dire tout de suite ce qui se passe.

Tigibus, docile, partit au triple galop, mais à trente sauts du groupe, un « tirouit » discret l'arrêta.

— C'est toi, La Crique ! Viens vite, mon vieux, viens vite dire où que ça en est !

Ils arrivèrent en quelques secondes.

La Crique fut entouré et parla.

— Un quart d'heure avant, rouge comme un coq, Bédouin s'était amené alors qu'ils jouaient tous trois bien tranquillement aux billes devant chez Fricot.

Tous en chœur lui avaient souhaité le bonsoir et le vieux leur avait dit :

— A la bonne heure ! au moins, vous, vous êtes de bons petits garçons ; c'est pas comme vos camarades, un tas de salauds, de grossiers, je les foutrai dedans !

La Crique avait regardé le garde avec des quinquets comme des portes de grange qui disaient sa stupéfaction, puis il avait répondu à M. Zéphirin qu'il devait sûrement se tromper, qu'à cette heure tous leurs camarades devaient être rentrés chez eux où ils aidaient la maman à faire les provisions d'eau et de bois pour le lendemain, ou bien secondaient à l'écurie le papa en train d'arranger les bêtes.

— Ah ! qu'avait fait Zéphirin. Alorsse, qui c'est donc qu'était à la Saute tout à l'heure ?

— Ça, m'sieu le garde, j'sais pas, mais ça m'étonne-rait pas que ça « soye » les Velrans. Hier encore, tenez, ils ont « acaillené » les deux Gibus quand ils retournaient au Vernois.

« C'est des gosses mal élevés, on voit bien que c'est des cafards, allez ! avait-il ajouté hypocritement, flagornant l'anticléricalisme du vieux soldat.

— Je m'en doutais, n.. d. D...! grogna Bédouin en grinçant ce qui lui restait de dents, car, on s'en souvient, Longeverne était rouge, et Velrans blanc, oui, n.. d. D...! je m'en doutais ; les mal élevés ! c'est ça leur religion, montrer son cul aux honnêtes gens ! Race de curés, race de brigands ! ah ! les salauds ! que j'en attrape un !

Et ce disant, Zéphirin, après avoir souhaité aux gosses de bien s'amuser et d'être toujours sages, était entré boire sa petite « purée » chez Fricot.

— Il crevait de soif ! continua La Crique ; aussi elle n'a pas fait long feu, maintenant il sirote la seconde ; j'ai laissé Chanchet et Pirouli là-bas pour le surveiller et venir nous prévenir au cas où il sortirait avant mon retour.

— Ça va très bien ! conclut Lebrac, se déridant tout à fait. Maintenant quels sont ceusses qui peuvent rester encore un petit moment ici ? Nous n'avons pas besoin d'être tous ensemble, au contraire !

Huit se décidèrent, les chefs naturellement.

Gambette, parmi eux, fut plus long à prendre une résolution, il habitait loin, lui ! Mais Lebrac lui fit remarquer que les Gibus restaient bien et que, comme c'était lui le plus leste, on aurait sûrement besoin de son concours. Stoïque, il se rendit aux raisons de son chef, risquant la raclée paternelle si l'alibi ne prenait pas.

— Maintenant, vous autres, exposa Lebrac, c'est pas la peine de vous faire engueuler à la maison, allez-vous-en ! on fera bien sans vous ; demain on vous racontera comment que les choses se sont passées ; ce soir, vous nous gêneriez plutôt, et dormez tranquilles, le vieux va nous payer ses dettes. Surtout, ajouta-t-il, écampillez-vous, ne restez pas en bande, on pourrait peut-être se douter de « quéqué chose » et il ne faut pas de ça.

Quand la bande fut réduite à Lebrac, Camus,

Tintin, La Crique, Boulot, les deux Gibus et Gambette, le chef exposa son plan.

Ils allaient tous, en silence, leurs cordes de *véllie* à la main traînant derrière eux, descendre la grande rue du village et les hommes désignés à cet effet se placeraient aux endroits voulus, entre deux fumiers se faisant face.

Deux groupes de deux gars suffiraient pour tendre, en travers de la route, au passage du garde, les rets traîtres qui le feraient trébucher, rouler à terre et passer pour plus saoul encore qu'il ne serait. Il y aurait quatre endroits où l'on tendrait les embuscades.

On descendit : au fumier de chez Jean-Baptiste on laissa un lien et un autre à celui de chez Groscoulas : Boulot et Tigibus devaient revenir au dernier, La Crique et Grangibus à l'avant-dernier. En attendant ils continuèrent tous à avancer et Boulot, chef d'embuscade, s'arrêta avec son camarade au fumier de chez Botot, tandis que La Crique et son copain venaient se poster à celui de chez Doni.

Les autres allèrent relever de leur faction Chanchet et Pirouli qu'ils renvoyèrent d'abord et immédiatement dans leurs foyers. Ensuite de quoi, ils s'en furent, à travers les carreaux, reluquer ce que faisait le vieux.

Il en était à sa troisième absinthe et pérorait comme un député sur ses campagnes réelles ou imaginaires, imaginaires plutôt, car on l'entendait dire : « Oui, un jour que je m'en devais venir en permission depuis Alger à Marseille, j'arrive juste n.. de D... que le bateau venait de partir.

« Qu'est-ce que je fais ? — Y avait justement une bonne femme du pays qui lavait la buée [1] au bord de la mer. Je ne fais ni une ni deusse, j'y fous le nez dans un baquet, je renverse son cuveau, je saute dedans et avec ma crosse de fusil je rame dans le « suillage » du bateau et je suis arrivé quasiment avant lui à Marseille. »

On avait le temps ! Gambette fut laissé en embuscade derrière un tas de fagots. Il devait, le moment

1. Lavait la lessive.

venu, prévenir les deux groupes ainsi que Lebrac et ses acolytes de la sortie de Zéphirin.

En attendant, il put entendre le récit de la dernière entrevue de Bédouin avec son vieux copain « l'empereur » Napoléon III.

— Oui, comme je passais à Paris, près des Tuileries, je m'demandais si j'entrerais lui donner le bonjour, quand j'sens quelqu'un qui me tape sur l'épaule. Je me retourne...

C'était lui ! — Oh ! ce sacré Zéphirin, qu'il a fait, comme ça se trouve ! Entrons, on va boire la goutte !

— Génie [1], cria-t-il à l'impératrice, c'est Zéphirin ; on va trinquer, rince deux verres !

Les trois gaillards, pendant ce temps, remontaient le village et arrivaient à la maison du garde.

Par une lucarne de la remise, Lebrac se glissa à l'intérieur, ouvrit à ses camarades une petite porte dérobée et tous trois, de couloir en couloir, pénétrèrent dans l'appartement de Bédouin où, un quart d'heure durant, ils se livrèrent à un mystérieux travail parmi les arrosoirs, les marmites, les lampes, le bidon de pétrole, les buffets, le lit et le poêle.

Ensuite de quoi, le tirouit de Gambette annonçant le retour de leur victime, ils se retirèrent aussi discrètement qu'ils étaient entrés.

Vivement ils accoururent au deuxième poste de Boulot où ils arrivèrent bien avant la venue de ce dernier.

Le père Zéphirin, après avoir en effet une dernière fois encore raconté à Fricot des histoires sur les « Arbis » et les « chacails » et parlé des « raquins » qui *infectaient* la rade d'Alger, même qu'une de ces sales bêtes avait, un jour qu'ils se baignaient, coupé le « zobi » à un de ses camarades et que la mer s'était toute teinte de sang, partit en titubant et en traînant les semelles sous les regards amusés du bistro et de sa femme.

Quand il arriva vers chez Doni, pouf ! il prit une première bûche en jurant des « tonnerre de Dieu ! » contre ce sale chemin que le père Bréda, le cantonnier

---

1. Génie : abréviation d'Eugénie.

(un feignant qui n'avait fait que sept ans et la campagne d'Italie, quelle foutaise !) entretenait salement mal. Puis, après y avoir mis le temps, il se redressa et repartit.

— Je crois qu'il a sa malle, jugea Fricot en refermant sa porte.

Un peu plus loin, la liane de Boulot, traîtreusement tendue devant ses pas, le fit rouler dans le ruisseau de purin, tandis que filaient en silence, emportant leur lien, les deux ténébreux machinateurs.

Au fumier de chez Groscoulas, il ne manqua pas non plus de reprendre la bûche, en sacrant de tous ses poumons contre ce salaud de pays où l'on n'y voyait pas plus clair que dans le c.. d'une négresse.

Cependant les gens, attirés pas son vacarme, sortaient sur le pas de leurs portes et disaient :

— Eh bien, je crois qu'il a sa paille, le vieux briscard, ce soir : pour une belle cuite, c'est une belle cuite !

Et quinze ou vingt paires d'yeux purent constater que, vingt pas plus loin, le vieux, méconnaissant encore les lois de l'équilibre, reprenait une de ces bûches qui comptent dans la vie d'un poivrot.

— J'suis pourtant pas saoul ! nom de Dieu ! bégayait-il en portant la main à son front bossué et à son nez meurtri. J'ai presque rien bu. C'est la colère qui m'a monté à la tête ! ah les salauds !

Il n'avait plus de genoux à son pantalon et il mit bien cinq minutes à trouver sa clef, ensevelie au fond de sa poche sous son ample mouchoir à carreaux, parmi son couteau, sa bourse, sa tabatière, sa pipe, sa blague et sa boîte d'allumettes.

Enfin il entra.

Les curieux qui le suivirent, au nombre desquels les huit moutards, constatèrent dès ses premiers pas un vacarme d'arrosoirs renversés. C'était prévu, ils les avaient disposés pour cela. Enfin, le vieux, s'étant frayé tout de même un passage, arriva au réduit creusé dans le mur où il logeait ses allumettes.

Il en frotta une sur son pantalon, sur la boîte, sur le tuyau du poêle, sur le mur : elle ne prit point ; il en frotta une deuxième, puis une troisième, une quatrième, une cinquième, toujours sans résultat malgré les changements de frottoirs.

— Frotte, mon vieux ! ricanait Camus qui les avait toutes trempées dans l'eau. Frotte ! ça t'amusera.

Las de frotter en vain, Zéphirin en chercha une dans sa poche, la frotta, l'enflamma et voulut allumer sa lampe à pétrole ; mais la mèche fut récalcitrante elle aussi et ne voulut jamais prendre.

Zéphirin par contre s'échauffait :

— Sacré nom de Dieu de nom de Dieu de saloperie de putasserie de vache ! Ah ! nom de Dieu ! tu ne veux pas prendre ! ah ! tu ne veux pas prendre, vraiment ! ah oui, c'est comme ça, eh bien ! tiens ! nom de Dieu ! prends celle-là, saleté, fit-il en la lançant de toutes ses forces contre son poêle, où elle se brisa avec fracas.

— Mais, il va foutre le feu à sa boîte ! fit quelqu'un.

— Pas de danger, pensait Lebrac, qui avait remplacé le pétrole par un reste de vin blanc traînant au fond d'une bouteille.

Après cet exploit, le vieux, ambulant dans l'obscurité, heurta son poêle, renversa des chaises, donna du pied dans les arrosoirs, tituba parmi les marmites, beugla, jura, injuria tout le monde, tomba, se releva, sortit, rentra et finalement, fatigué et meurtri, se coucha tout habillé sur son lit où un voisin, le lendemain matin, alla le trouver, ronflant comme un tuyau d'orgue au milieu d'un magnifique désordre qui n'était pas pour autant un effet de l'art.

Peu de temps après, on entendait dire par le village, et Lebrac et les copains en riaient sous cape, que le père Bédouin était « si tellement » saoul la veille au soir, qu'il était tombé huit fois en sortant de chez Fricot, qu'il avait tout renversé en rentrant chez lui, cassé sa lampe, pissé au lit et ch.. dans sa marmite.

Livre II
De l'argent !

Le trésor de guerre

L'argent est le nerf de la guerre.

Bismarck.

Les camarades, le lendemain, en se rendant à l'école, apprirent lambeau par lambeau l'histoire du père Zéphirin. Le village, tout entier en rumeur, commentait joyeusement les diverses phases de cette bachique équipée : seul le héros principal, ronflant d'un sommeil d'ivrogne, ignorait encore les dégâts commis dans son ménage et les coups de mine dont sa conduite de la veille avait sapé sa réputation.

Dans la cour de l'école, le groupe des grands, Lebrac au centre, se tordait de rire, chacun racontant très haut, pour que le maître entendît, tout ce qu'il savait des histoires scabreuses qui couraient les rues, et tous insistaient avec force sur les détails salaces et verts : la marmite et le lit. Ceux qui ne disaient rien riaient de toutes leurs dents et leurs yeux orgueilleux luisaient d'un feu vainqueur, car ils songeaient qu'ils avaient tous plus ou moins coopéré à ces équitables et dignes représailles.

Ah ! il pouvait gueuler maintenant, Zéphirin ! Quel respect voulez-vous qu'on porte à un type qui se saoule « si tellement » qu'on le ramasse plein comme une vache dans les fosses à purin de la commune et perd la tramontane à un tel point qu'il en vient à considérer son lit comme une pissotière et à prendre sa marmite pour un pot de chambre.

Seulement, en sourdine, les plus grands, les guerriers importants, sollicitaient des explications et réclamaient des détails. Bientôt tous connurent la part que chacun des huit avait eue dans l'œuvre de vengeance.

Ils surent ainsi que le coup des arrosoirs et celui des allumettes étaient de Camus, Tintin guettant l'arrivée et le signal de Gambette, et que les grosses opérations étaient les fruits de l'imagination de Lebrac.

Le vieux s'apercevrait encore plus tard que le vin restant dans sa bouteille avait un goût de pétrole ; il se demanderait quel cochon de chat avait mis le nez dans son bol de cancoillotte [1] et pourquoi ce reste de fricot d'oignons était si salé...

Oui, et ce n'était pas tout. Qu'il recommençât seulement pour voir, à em... nuyer Lebrac et sa troupe ! et on lui réserverait quéque chose de mieux encore et de plus soigné. Le chef ruminait, en effet, de lui boucher sa cheminée avec de la marne, de lui démonter sa charrette et d'en faire disparaître les roues, de venir lui « râper la tuile » [2] tous les soirs pendant huit jours, sans compter le pillage des fruits de son verger et la mise à sac de son potager.

— Ce soir, conclut-il, on sera tranquille. Il n'osera pas sortir. D'abord il est tout « beugné » d'avoir piqué des têtes dans les rigoles et puis il a assez de travail chez lui. Quand on a de la besogne chez soi, on ne fourre pas le nez dans celle des autres !

— Est-ce qu'on va se remettre encore à poil ? questionna Boulot.

— Mais, puisque nous ne seront pas embêtés, fit Lebrac, bien sûr !

— C'est que, hasardèrent plusieurs voix, mon vieux,

1. Fromage mou particulier à la Comté.
2. Râper la tuile, farce consistant à frotter une forte tuile contre la façade extérieure du mur d'une maison. Il se produit à l'intérieur un vacarme mystérieux, d'autant plus mystérieux qu'on le croit intérieur et qu'on ne peut en découvrir la source.

tu sais, il ne faisait guère chaud hier au soir, on en était tout « rengremesillé » avant la charge.

— J'avais la peau comme une poule déplumée, moi, déclara Tintin, et le zizi qui fondait « si tellement » que y en avait pus.

— Et puis les Velrans ne veulent pas venir ce soir. Hier, ils ont trop eu le trac. Ils ne savaient pas ce qui leur arrivait dessus. Ils ont cru qu'on tombait de la lune.

— C'était pas ce qui manquait, les lunes, remarqua La Crique.

— Sûrement que ce soir ils vont muser à ce qu'ils pourraient bien trouver et on en serait pour se moisir là-bas, sur place !

— Si Bédouin ne vient pas ce soir, il peut venir quelqu'un d'autre (il a dû blaguer chez Fricot) et on risque bien plus encore de se faire piger ; tout le monde n'est pas aussi décati que le garde !

— Et puis, nom de Dieu ! non ! je ne me bats plus à poil, articula Guerreuillas, levant carrément l'étendard de la révolte ou tout au moins de la protestation irréductible.

Chose grave ! Il fut appuyé par de très nombreux camarades qui s'en étaient toujours remis docilement aux décisions de Lebrac. La raison de ce désaccord, c'est que la veille, au cours de la charge, en plus du froid ressenti, ils s'étaient en outre qui planté une épine dans le pied, qui écorché les orteils sur des chardons ou blessé les talons en marchant sur des cailloux.

Bientôt toute l'armée bancalerait ! Ce serait du propre ! Non vraiment, ça n'était pas un métier !

Lebrac, seul, ou presque, de son opinion, dut convenir que le moyen qu'il avait préconisé offrait en effet de notoires inconvénients et qu'il serait bon d'en trouver un autre.

— Mais lequel ? Trouvez-en puisque vous êtes si malins ! reprit-il, vexé au fond du peu de succès en durée qu'avait eu son entreprise.

On chercha.

— On pourrait peut-être se battre en manches de chemises, proposa La Crique ; les blouses au moins

110

n'auraient pas de mal et, avec des ficelles pour les souliers et des épingles pour le pantalon, on pourrait rentrer.

— Pour te faire punir le lendemain par le père Simon qui te dira que tu as une tenue débraillée et qui en préviendra tes vieux ! hein ! Qui c'est qui te remettra des boutons à ta chemise et à ton tricot ? Et tes bretelles ?

— Non, c'est pas un moyen ça ! Tout ou rien trancha Lebrac ! Vous ne voulez pas de rien, il faut tout garder.

— Ah ! fit La Crique, si on avait quelqu'un pour nous recoudre des boutons et refaire les boutonnières !

— Et aussi pour te racheter des cordons, et des jarretières, et des bretelles, hein ! Pourquoi pas pour te faire pisser pendant que tu y es et puis torcher le « jacquot » à « mocieu » quand il a fini de se vider le boyau gras, hein !

— Ce qu'il faut, je vous le dis encore, moi, na ! « pisse que » vous ne trouvez rien, reprit Lebrac, ce qu'il nous faut, c'est des sous !

— Des sous ?

— Oui, bien sûr ! parfaitement ! des sous ! Avec des sous on peut acheter des boutons de toutes sortes, du fil, des aiguilles, des agrafes, des bretelles, des cordons de souliers, du « lastique », tout, que je vous dis, tout !

— C'est bien vrai ça, tout de même ; mais pour acheter ce fourbi que tu dis, il faudrait qu'on nous en donne beaucoup de sous, p't'être bien cent sous !

— Merde ! une roue de brouette ! jamais on n'aura ça.

— Pour qu'on nous les donne d'un seul coup, sûrement non ; il n'y a pas à y compter, mais écoutez-moi bien, insista Lebrac, il y aurait un moyen tout de même d'avoir presque tout ce qu'il nous faut.

— Un moyen que tu...

— Ecoute donc ! C'est pas tous les jours qu'on est fait prisonnier, et puis nous en rechiperons des p'tits Migue la Lune et alors...

— Alors ?

— Alors nous les garderons, leurs boutons, leurs agrafes, leurs bretelles, aux peigne-culs de Velrans ; au lieu de couper les cordons, on les mettra de côté pour avoir une petite réserve.

— Il ne faut pas vendre la peau de l'ours avant de l'avoir pris, interrompit La Crique, qui, bien que jeune, avait déjà des lettres. Si nous voulons être sûrs d'avoir des boutons, et nous pouvons en avoir besoin d'un jour à l'autre, le meilleur est d'en acheter.

— T'as des ronds ? ironisa Boulot.

— J'en ai sept dans une tirelire en forme de « guernouille », mais il n'y a pas à compter dessus, la guernouille les dégobillera pas de sitôt ; ma mère sait « combien qu'il y en a », elle garde le fourbi dans le buffet. Elle dit qu'elle veut m'acheter un chapeau à Pâques... ou à la Trinité, et si j'en faisais couler un je recevrais une belle dinguée.

— C'est toujours comme ça, bon Dieu ! ragea Tintin. Quand on nous donne des sous, c'est jamais pour nous ! Faut absolument que les vieux posent le grappin dessus. Ils disent qu'ils font de grands sacrifices pour nous élever, qu'ils en ont bien besoin pour nous acheter des chemises, des habits, des sabots, j'sais ti quoi ! moi ; mais je m'en fous de leurs nippes, je voudrais qu'on me les donne, mes ronds, pour que je puisse acheter quelque chose d'utile, ce que je voudrais : du chocolat, des billes, du lastique pour une fronde, voilà ! mais il n'y a vraiment que ceux qu'on accroche par-ci par-là qui sont bien à nous et encore faut pas qu'il traînent longtemps dans nos poches !

Un coup de sifflet interrompit la discussion, et les écoliers se mirent en rang pour entrer en classe.

— Tu sais, confia Grangibus à Lebrac, moi, j'ai deux ronds qui sont à moi et que personne ne sait. C'est Théodule d'Ouvans qui est venu au moulin et qui me les a donnés passe que j'ai tenu son cheval. C'est un chic type, Théodule, il donne toujours quéque chose... tu sais bien, Théodule, le républicain, celui qui pleure quand il est saoul !

— Taisez-vous, Adonis ! — Grangibus était pré-nommé Adonis — fit le père Simon, ou je vous punis !

— Merde ! fit Grangibus entre ses dents.

— Qu'est-ce que vous marmottez ? reprit l'autre qui avait surpris le tremblement des lèvres ; on verra comme vous bavarderez tout à l'heure quand je vous interrogerai sur vos devoirs envers l'Etat !

— Dis rien, souffla Lebrac, j'ai une idée.

Et l'on entra.

Dès que Lebrac fut installé à sa place, ses cahiers et ses livres devant lui, il commença par arracher proprement une feuille double du milieu de son cahier de brouillons. Il la partagea ensuite, par pliages successifs, en trente-deux morceaux égaux sur lesquels il traça, il condensa cette capitale interrogation :

Hattu unçou ? (traduire : as-tu un sou ?)

puis il mit sur chacun desdits morceaux, dûment pliés, les noms de trente-deux de ses camarades et poussant d'un seul coup de coude brusque Tintin, il lui glissa, subrepticement et l'une après l'autre, les trente-deux missives en les accompagnant de la phrase sacramentelle : « Passe ça à ton voisin ! »

Ensuite, sur une grande feuille, il réinscrivit ses trente-deux noms et pendant que le maître interrogeait, lui aussi, du regard, demandait successivement à chacun de ses correspondants la réponse à sa question, pointant au fur et à mesure, d'une croix ($+$) ceux qui disaient oui, d'un trait horizontal (—) ceux qui disaient non. Puis il compta ses croix : il y en avait vingt-sept.

— Y a du bon ! pensa-t-il. Et il se plongea dans de profondes réflexions et de longs calculs pour établir un plan dont son cerveau depuis quelques heures ébauchait les grandes lignes.

A la récréation, il n'eut point besoin de convoquer ses guerriers. Tous vinrent d'eux-mêmes immédiatement se placer en cercle autour de lui, dans leur coin, derrière les cabinets, tandis que les tout-petits, déjà complices, mais qui n'avaient pas voix délibérative, formaient en jouant un rempart protecteur devant eux.

— Voilà, exposa le chef. Il y en a déjà vingt-sept qui peuvent payer et j'ai pas pu envoyer de lettre à tous. Nous sommes quarante-cinq. Quels sont ceux à qui je n'ai pas écrit et qui ont aussi un sou à eux ? Levez la main !

Huit mains sur treize se dressèrent.

— Ça fait vingt-sept et huit. Voyons, vingt-sept et huit... vingt-huit, vingt-neuf, trente... fit-il en comptant sur ses doigs.

— Trente-cinq, va ! coupa La Crique.

— Trente-cinq ! t'es bien sûr ? ça fait donc trente-cinq sous. Trente-cinq sous, c'est pas cent sous, en effet, mais c'est quéque chose. Eh bien ! voici ce que je propose :

On est en république, on est tous égaux, tous camarades, tous frères : Liberté, Egalité, Fraternité ! on doit tous s'aider, hein, et faire en sorte que ça marche bien. Alors on va voter comme qui dirait l'impôt, oui, un impôt pour faire une bourse, une caisse, une cagnotte avec quoi on achètera notre trésor de guerre. Comme on est tous égaux, chacun paiera une cotisation égale et tous auront droit, en cas de malheur, à être recousus et « rarrangés » pour ne pas être « zonzenés » en rentrant chez eux.

Il y a la Marie de chez Tintin qui a dit qu'elle viendrait recoudre le fourbi de ceux qui seraient pris ; comme ça, vous voyez, on pourra y aller carrément. Si on est chauffé, tant pis ; on se laisse faire sans rien dire et au bout d'une demi-heure on rentre propre, reboutonné, retapé, requinqué, et qui c'est qu'est les cons ? C'est les Velrans !

— Ça, c'est chouette ! Mais des sous, on n'en a guère, tu sais, Lebrac ?

— Ah ! mais, sacré nom de Dieu ! est-ce que vous ne pouvez pas faire un petit sacrifice à la Patrie ! Seriez-vous des traîtres par hasard ? Je propose, moi, pour commencer et avoir tout de suite quelque chose, qu'on donne dès demain un sou par mois. Plus tard, si on est plus riches et si on fait des prisonniers, on ne mettra plus qu'un sou tous les deux mois.

— Mince, mon vieux, comme tu y vas ! T'es donc « méllionnaire », toi ? Un sou par moi ! c'est des sommes ça ! Jamais je pourrai trouver un sou à donner tous les mois.

— Si chacun ne peut pas se dévouer un tout

petit peu, c'est pas la peine de faire la guerre ; vaut mieux avouer qu'on a de la purée de pommes de terre dans les veines et pas du sang rouge, du sang français, nom de Dieu ! Etes-vous des Alboches ? oui ou merde ? Je comprends pas qu'on hésite à donner ce qu'on a pour assurer la victoire ; moi je donnerai même deux ronds... quand j'en aurai.

— ...

— Alors c'est entendu, on va voter.

Par trente-cinq voix contre dix, la proposition de Lebrac fut adoptée. Votèrent contre, naturellement, les dix qui n'avaient pas en leur possession le sou exigible.

— Pour ce qui est de vot'affaire, trancha Lebrac, j'y ai pensé aussi, on réglera ça à quatre heures à la carrière à Pepiot, à moins qu'on aille à celle ousqu'on était hier pour se déshabiller. Oui, on y sera mieux et plus tranquilles.

On mettra des sentinelles pour ne pas être surpris au cas où, par hasard, les Velrans viendraient quand même, mais je ne crois pas.

Allez, ça va bien ! ce soir tout sera réglé !

Faulte d'argent, c'est doleur non pareille

Toustefois, il avoit soixante et
trois manières d'en trouver toujours
à son besoing, dont la plus hono-
rable et la plus commune estoit
par façon de larrecin furtivement
faict.

Rabelais (livre II, chap. XVI).

Cela pinçait sec, ce soir-là. Il faisait un temps clair
de nouvelle lune. La fine corne d'argent pâle, trans-
lucide encore aux derniers rayons du soleil, prédisait
une de ces nuits brutales et franches qui vous rasent
les feuilles, les dernières feuilles, claquant sur leurs
branches désolées comme les grelots fêlés des cavales
du vent.

Boulot, frileux, avait rabattu sur ses oreilles son
béret bleu ; Tintin avait baissé les oreillères de sa
casquette ; les autres aussi s'ingéniaient à lutter contre
les épines de la bise ; seul, Lebrac, nu-tête, tanné
encore du soleil d'été, la blouse ouverte, faisait fi
de ces froidures de rien du tout, comme il disait.

Les premiers arrivés à la Carrière attendirent les
retardataires et le chef chargea Tétas, Tigibus et Guignard d'aller un moment surveiller la lisière ennemie.

Il conféra à Tétas les pouvoirs de chef et lui dit :

« Dedans » un quart d'heure, quand on sifflera, si t'as rien vu, tu monteras sur le chêne à Camus et si tu ne vois rien encore, c'est qu'ils ne viendront sûrement pas ; alors vous reviendrez nous rejoindre au camp.

Les autres, dociles, acquiescèrent, et, pendant qu'ils allaient prendre leur quart de garde, le reste de la colonne monta au repaire de Camus, où l'on s'était déshabillé la veille.

— Tu vois bien, vieux, constata Boulot, qu'on n'aurait pas pu se déshabiller aujourd'hui !

— C'est bon ! dit Lebrac : du moment qu'on a décidé de faire autre chose, il n'y a pas à revenir sur ce qui est passé.

On était vraiment bien dans la cachette à Camus ; du côté de Velrans, au couchant et au midi et du côté du bas, la carrière à ciel ouvert formait un rempart naturel qui mettait à l'abri des vents de pluie et de neige ; des autres côtés, de grands arbres, laissant entre eux et les buissons quelques passages étroits, arrêtaient les vents du nord et d'est pas chauds pour un liard ce soir-là.

— Asseyons-nous, proposa Lebrac.

Chacun choisit son siège. Les grosses pierres plates s'offraient d'elles-mêmes, il n'y avait qu'à prendre. Chacun trouva la sienne et regarda le chef.

— C'est donc entendu, articula ce dernier, rappelant brièvement le vote du matin, qu'on va se cotiser pour avoir un trésor de guerre.

Les dix pannés protestèrent unanimement.

Guerreuillas, ainsi nommé parce qu'à côté du sien le regard de Guignard était d'un Adonis et que ses gros yeux ronds lui sortaient effroyablement de la tête, prit la parole au nom des sans-le-sou.

C'était le fils de pauvres bougres de paysans qui peinaient du 1er janvier à la Saint-Sylvestre pour nouer les deux bouts et qui, naturellement, n'offraient pas souvent à leur rejeton de l'argent de poche pour ses menus plaisirs.

— Lebrac ! dit-il, c'est pas bien ! tu fais honte aux pauvres ! T'as dit qu'on était tous égaux et tu sais bien que ça n'est pas vrai et que moi, que Zozo, que Bati et les autres, nous ne pourrons jamais avoir un radis. J'sais bien que t'es gentil avec nous, que quand t'achètes des bonbons tu nous en donnes un de temps en temps et que tu nous laisses des fois lécher tes raies de chocolat et tes bouts de réglisse ; mais tu sais bien que si, par malheur, on nous donne un rond, le père ou la mère le prennent aussitôt pour acheter des fourbis dont on ne voit jamais la couleur. On te l'a déjà dit ce matin. Y a pas moyen qu'on paye. Alors on est des galeux ! C'est pas une république, ça, na, et je ne peux pas me soumettre à la décision.

— Nous non plus, firent les neuf autres.

— J'ai dit qu'on arrangerait ça, tonna le général, et on l'arrangera, na ! ou bien je ne suis plus Lebrac, ni chef, ni rien, nom de Dieu !

« Ecoutez-moi, tas d'andouilles, puisque vous ne savez pas vous dégrouiller tout seuls.

« Croyez-vous qu'on m'en donne, à moi, des ronds et que le vieux ne me les chipe pas, lui aussi, quand mon parrain ou ma marraine ou n'importe qui vient boire un litre à la maison et me glisse un petit ou un gros sou ? Ah ouiche ! Si j'ai pas le temps de me trotter assez tôt et dire que j'ai acheté des billes ou du chocolat avec le sou qu'on m'a donné, on a bientôt fait de me le raser. Et quand je dis que j'ai acheté des billes, on me les fait montrer, passe que si c'était pas vrai on me le ferait « rena- quer » le sou, et quand on les a vues, pan ! une paire de gifles pour m'apprendre à dépenser mal à propos des sous qu'on a tant de maux de gagner ; quand je dis que j'ai acheté des bonbons, j'ai pas besoin de les montrer, on me fout la torgnole avant, en disant que je suis un dépensier, un gourmand, un goulu, un goinfre et je ne sais quoi encore.

« Voilà ! eh ben, il faut savoir se débrouiller dans la vie du monde et j'vas vous dire comment qu'y faut s'y prendre.

« Je parle pas des commissions que tout le monde peut réussir à faire pour la servante du curé ou la femme au père Simon, ils sont si rapiats qu'ils ne se fendent pas souvent ; je parle pas non plus des sous qu'on peut ramasser aux baptêmes et aux mariages, c'est trop rare et il n'y a pas à compter dessus ; mais voici ce que tout le monde peut faire :

« Tous les mois le pattier [1] s'amène sur la levée de grange de Fricot et les femmes lui portent leurs vieux chiffons et leurs peaux de lapins ; moi je lui donne des os et de la ferraille, les Gibus aussi, pas vrai, Grangibus ?

— Oui, oui !

— Contre ça il nous donne des images, des plumes dans un petit tonneau, des décalcomanies ou bien un sou ou deux, ça dépend de ce qu'on a ; mais il n'aime pas donner des ronds, c'est un sale grippe-sou qui nous colle toujours des saloperies qui ne décalquent pas, contre de bons gros os de jambons et de la belle ferraille, et puis ses décalcomanies ça ne sert à rien. Il n'y a qu'à lui dire carrément selon ce qu'on porte : Je veux un rond ou deux, même trois, s'il y a beaucoup de fourbi. S'il dit non, on n'a qu'à lui répondre : Mon vieux, t'auras peau de zébi ! et remporter son truc ; il veut bien vous rappeler ce sale juif-là, allez !

« Je sais bien que des os et de la ferraille, il n'y en a pas des tas, mais le meilleur c'est de chiper des pattes [2] blanches ; elles valent plus cher que les autres, et lui vendre le prix et au poids.

— C'est pas commode chez nous, objecta Guerreuillas, la mère a un grand sac sur le buffet et elle fourre tout dedans.

— T'as qu'à tomber sur son sac et en faire un petit avec. C'est pas tout. Vous avez des poules, tout le monde a des poules ; eh bien, un jour on chipe un œuf dans le nid, un autre jour un autre, deux jours après un troisième ; on y va le matin avant que les poules aient toutes pondu ; vous cachez bien vos œufs dans un coin de la grange, et quand vous avez votre douzaine ou vot' demi-douzaine, vous prenez bien gentiment un panier et, tout comme si on vous envoyait en commission, vous les portez à

1. Chiffonnier.
2. Chiffons.

120

la mère Maillot ; elle les paye quelquefois en hiver jusqu'à vingt-quatre sous la douzaine ; avec une demi il y a pour toute une année d'impôt !

— C'est pas possible chez nous, affirma Zozo. Ma vieille est si tellement à cheval sur ses gélines que tous les soirs et tous les matins elle va leur tâter au cul pour sentir si elles ont l'œuf. Elle sait toujours d'avance combien qu'elle en aura le soir. S'il en manquait un, ça ferait un beau rafut dans la cambuse !

— Y a encore un moyen qu'est le meilleur. Je vous le recommande à tertous.

« Voilà, c'est quand le père prend la cuite. J'suis content, moi, quand je vois qu'il graisse ses brodequins pour aller à la foire à Vercel ou à Baume.

« Il dîne bien là-bas avec les " montagnons " ou les " pays bas ", il boit sec, des apéritifs, des petits verres, du vin bouché ; en revenant il s'arrête avec les autres à tous les bouchons et avant de rentrer il prend encore l'absinthe chez Fricot. Ma mère va le chercher, elle est pas contente, elle grogne, ils s'engueulent chaque fois, puis ils rentrent et elle lui demande combien qu'il a dépensé. Lui, il l'envoie promener en disant qu'il est le maître et que ça ne la regarde pas et puis il se couche et fout ses habits sur une chaise. Alors moi, pendant que la mère va fermer les portes et " clairer les bêtes ", je fouille les poches et la bourse.

Il ne sait jamais au juste ce qu'il y a dedans ; alors c'est selon, je prends deux sous, trois sous, quatre sous une fois même j'ai chipé dix sous, mais c'est trop et j'en reprendrai jamais autant parce que le vieux s'en est aperçu.

— Alors, il t'a foutu la peignée ? émit Tintin.

— Penses-tu, c'est la mère qui a reçu la danse, il a cru que c'était elle qui lui avait refait sa pièce et il lui a passé quéque chose comme engueulade.

— Ça, c'est vraiment un bon truc, convint Boulot, qu'en dis-tu, Bati ?

— Je dis, moi, que ça ne me servira à rien du tout le truc à Lebrac, passe que mon père ne se saoule jamais.

— Jamais ! s'exclama en chœur toute la bande étonnée.

— Jamais ! reprit Bati, d'un air navré.

— Ça, fit Lebrac, c'est un malheur, mon vieux ! oui, un grand malheur ! un vrai malheur ! et on n'y peut rien.

— Alors ?

— Alors t'as qu'à rogner quand t'iras en commission. Je « m'esplique » : quand tu as une pièce à changer, tu cales un sou et tu dis que tu l'as perdu. Ça te coûtera une gifle ou deux, mais on n'a rien pour rien en ce bas monde, et puis on gueule avant que les vieux ne tapent, on gueule tant qu'on peut et ils n'osent pas taper si fort ; quand c'est pas une pièce, par exemple quand c'est de la chicorée que tu vas acheter, il y a des paquets à quatre sous et à cinq sous, eh bien si t'as cinq sous tu prends un paquet de quatre sous et tu dis que ça a augmenté ; si on t'envoie acheter pour deux sous de moutarde, tu n'en prends que pour un rond et tu racontes qu'on ne t'a donné que ça. Mon vieux, on ne risque pas grand-chose, la mère dit que l'épicier est un filou et une fripouille et cela passe comme ça.

« Et puis, enfin, à l'impossible personne n'est tenu. Quand vous aurez trouvé des sous, vous payerez ; si vous ne pouvez pas, tant pis, en attendant on s'arrangera autrement.

« Nous avons besoin de sous pour acheter du fourbi ; eh bien ! quand vous trouverez un bouton, une agrafe, un cordon, un lastique, de la ficelle à rafler, foutez-les dedans votre poche et aboulez-les ici pour grossir le trésor de guerre.

« On estimera ce que cela vaut, en tenant compte que c'est du vieux et pas du neuf. Celui qui gardera le trésor tiendra un calepin sur lequel il marquera les recettes et les dépenses, mais ça serait bien mieux si chacun arrivait à donner son sou. Peut-être que, plus tard, on aurait des économies, une petite cagnotte quoi, et qu'on pourrait se payer une petite fête après une victoire.

— Ce serait épatant ça, approuva Tintin. Des pains d'épices, du chocolat...

— Des sardines !

— Trouvez d'abord les ronds, hein ! repartit le général.

« Voyons, il faut être bien nouille, après tout ce que je viens de vous dire, pour ne pas arriver à dégoter un radis tous les mois.

— C'est vrai, approuva le chœur des possédants.

Les purotins, enflammés par les révélations de Lebrac, acquiescèrent cette fois à la proposition d'impôt et jurèrent que pour le mois prochain ils remueraient ciel et terre pour payer leur cotisation. Pour le mois courant, ils s'acquitteraient en nature et remettraient tout ce qu'ils pourraient accrocher entre les mains du trésorier.

Mais qui serait trésorier ?

Lebrac et Camus en qualité de chef et de sous-chef ne pouvaient remplir cet emploi ; Gambette, manquant souvent l'école, ne pouvait lui non plus occuper ce poste ; d'ailleurs, ses qualités de lièvre agile le rendaient indispensable comme courrier en cas de malheur. Lebrac proposa à La Crique de se charger de l'affaire : La Crique était bon calculateur, il écrivait vite et bien, il était tout désigné pour cette situatior de confiance et ce métier difficile.

— Je ne peux pas, déclina La Crique. Voyons, mettez-vous à ma place. Je suis l'écolier le plus près du bureau du maître ; à tout moment il voit ce que je fais. Quand c'est-il alors que je pourrais tenir mes comptes ? C'est pas possible ! Il faut que le trésorier soit dans les bancs du fond. C'est Tintin qui doit l'être.

— Tintin, fit Lebrac.

« Oui, après tout, mon vieux, c'est toi qui dois prendre ça, puisque c'est la Marie qui viendra recoudre les boutons de ceux qui auront été faits prisonniers. Oui, il n'y a que toi.

— Oui, mais si je suis pris, moi, par les Velrans, tout le trésor sera foutu.

— Alors, tu ne te battras pas, tu resteras en arrière et tu regarderas ; faut bien savoir des fois faire des sacrifices, ma vieille branche.

— Oui, oui, Tintin trésorier !

Tintin fut élu par acclamations et, comme tout était réglé ou à peu près, on alla voir au Gros Buisson ce que devenaient les trois sentinelles que, dans la chaleur de la discussion, on avait oublié de rappeler.

Tétas n'avait rien vu et ils blaguaient en fumant des tiges de clématite ; on leur fit part de la décision prise, ils approuvèrent, et il fut convenu que dès le lendemain tout le monde apporterait à Tintin sa cotisation, en argent ceux qui pourraient, et en nature les autres.

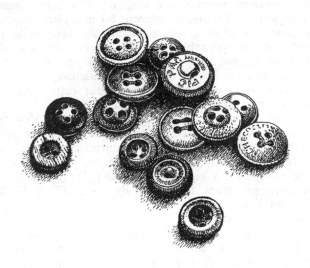

La comptabilité de Tintin

Il est vrai que j'ai donné, depuis
que je suis arrivée, d'assez grosses
sommes : un matin, huit cents
francs ; l'autre jour, mille francs ;
un autre jour, trois cents écus.

*Lettre de Mme de Sévigné à
Mme de Grignan.* (15 juin 1680.)

Tintin, dès son arrivée dans la cour de l'école,
commença par prélever, auprès de ceux qui avaient
leurs cahiers, une feuille de papier brouillard afin de
confectionner tout de suite le grand livre de caisse
sur lequel il inscrirait les recettes et les dépenses de
l'armée de Longeverne.

Il reçut ensuite des mains des cotisants les trente-
cinq sous prévus, empocha des payeurs en nature sept
boutons de tailles et de formes diverses, plus trois
bouts de ficelle, et se mit à réfléchir profondément.

Toute la matinée, le crayon à la main, il fit des
devis, retranchant ici, rajoutant là ; à la récréation
il consulta Lebrac et Camus, et La Crique, les principaux en somme, s'enquit du cours des boutons,
du prix des épingles de sûreté, de la valeur de l'élastique, de la solidité comparée des cordons de souliers, puis en fin de compte résolut de prendre conseil

127

de sa sœur Marie, plus versée qu'eux tous dans ces sortes d'affaires et cette branche du négoce.

Au bout d'une journée de consultations et après une contention d'esprit qui faillit, à plusieurs reprises, lui mériter des verbes et la retenue, il avait barbouillé sept feuilles de papier, puis dressé tant qu'à peu près, et sauf modifications, le projet de budget suivant qu'il soumit le lendemain, dès l'arrivée en classe, à l'examen et à l'approbation de l'assemblée générale des camarades :

BUDGET DE L'ARMÉE DE LONGEVERNE

Boutons de chemises	1 sou
Boutons de tricot et de veste	4 sous
Boutons de culotte	4 sous
Crochets de derrière pour pattes de pantalons.	4 sous
Ficelle de pain de sucre pour bretelles	5 sous
Lastique pour jarretières	8 sous
Cordons de souliers	5 sous
Agrafes de blouses	2 sous
Total	33 sous
Reste en réserve	2 sous

en cas de malheur.

— Et les aiguilles, et le fil que t'as oubliés, observa La Crique ; hein, on serait des propres cocos si j'y songeais pas ! avec quoi qu'on se raccommoderait ?

— C'est vrai, avoua Tintin, alors changeons quelque chose.

— J'suis d'avis qu'on garde les deux ronds de réserve, émit Lebrac.

— Ça, oui, approuva Camus, c'est une bonne idée, on peut perdre quelque chose, une poche peut être percée, faut songer à tout.

— Voyons, reprit La Crique on peut rogner deux sous sur les boutons de tricot, ça ne se voit pas, le tricot ! Avec un bouton au-dessus, deux au plus, ça tient assez ; il n'y a pas besoin d'être boutonné tout du long comme un artilleur.

Et Camus, dont le grand frère était dans l'artillerie de forteresse et qui buvait ses moindres paroles, entonna là-dessus, guilleret et à mi-voix, ce refrain entendu un jour que leur soldat était venu en permission :

> *Rien n'est si beau*
> *Qu'un artilleur sur un chameau !*
> *Rien n'est si vilain*
> *Qu'un fantassin sur une p... !*

Toute la bande, éprise de choses militaires et enthousiaste de nouveauté, voulut apprendre aussitôt la chanson que Camus dut reprendre plusieurs fois de suite, et puis on en revint aux affaires et, en continuant l'épluchage du budget, on trouva également que quat' sous pour des boucles ou crochets de pantalon c'était exagéré, il n'en fallait jamais qu'une par falzar, encore beaucoup de petits n'avaient-ils pas de culotte avec patte bouclant derrière ; donc en réduisant à deux sous ce chapitre, cela irait encore et cela ferait quatre sous de disponibles à employer de la façon suivante :

> *1 sou de fil blanc.*
> *1 sou de fil noir.*
> *2 sous d'aiguilles assorties.*

Le budget fut voté ainsi ; Tintin ajouta qu'il prenait note des boutons et des ficelles que lui avaient remis les payeurs en nature et que, le lendemain, son carnet serait en ordre. Chacun pourrait en prendre connaissance et vérifier la caisse et la comptabilité à toute heure du jour.

Il compléta ses renseignements en confiant en outre que sa sœur Marie, la cantinière de l'armée, si on voulait bien, avait promis de lui confectionner un petit sac à coulisses comme ceux « ousqu'on » mettait les billes, pour y remiser et concentrer le trésor de guerre. Elle attendait seulement de voir la quantité que ça ferait, pour ne le faire ni trop grand, ni trop petit.

On applaudit à cette offre généreuse et la Marie Tintin, bonne amie comme chacun savait du général Lebrac, fut acclamée cantinière d'honneur de l'armée de Longeverne. Camus annonça également que sa cousine, la Tavie [1] des Planches, se joindrait aussi souvent que possible à la sœur de Tintin, et elle eut sa part dans le concert d'acclamations ; Bacaillé, toutefois, n'applaudit pas, il regarda même Camus de travers. Son attitude n'échappa point à La Crique le vigilant et à Tintin le comptable et ils se dirent même qu'il devait y avoir du louche par là-dessous.

— Ce midi, fit Tintin, j'irai avec La Crique acheter le fourbi chez la mère Maillot.

— Va plutôt chez la Jullaude, conseilla Camus, elle est mieux assortie qu'on dit.

— C'est tous des fripouilles et des voleurs, les commerçants, trancha, pour les mettre d'accord, Lebrac, qui semblait avoir, avec des idées générales, une certaine expérience de la vie ; prends-en, si tu veux, la moitié chez l'un, la moitié chez l'autre : on verra pour une autre fois ousqu'on est le moins étrillé.

— Vaudrait peut-être mieux acheter en gros, déclara Boulot, il y aurait plus d'avantages.

— Après tout, fais comme tu voudras, Tintin, t'es trésorier, arrange-toi, tu n'as qu'à montrer tes comptes quand tu auras fini : nous, on n'a pas à y fourrer le nez avant.

La façon dont Lebrac émit cette opinion coupa la discussion, qui eût pu s'éterniser ; il était temps, d'ailleurs, car le père Simon, intrigué de leur manège, l'oreille aux écoutes, sans faire semblant de rien, passait et repassait pour essayer de saisir au vol quelque bribe de leur conversation.

Il en fut pour ses frais, mais il se promit de surveiller avec soin Lebrac, qui donnait des signes manifestes et extra-scolaires d'exaltation intellectuelle.

La Crique, ainsi appelé parce qu'il était sec comme un coucou, mais par contre éveillé et observateur autant que tous les autres à la fois, éventa la pensée du maître d'école. Aussi, comme Tintin se trouvait être en classe le voisin du chef, et que l'un pincé, l'autre pourrait se trouver compromis et fort embarrassé pour expliquer la présence dans sa poche d'une somme

1. Octavie.

130

aussi considérable, il lui confia qu'il eût, durant le cours de la séance, à se méfier du « vieux » dont les intentions ne lui paraissaient pas propres.

A onze heures, Tintin et La Crique se dirigèrent vers la maison de la Jullaude, et, après avoir salué poliment et demandé un sou de boutons de chemises, ils s'enquirent du prix de l'élastique.

La débitante, au lieu de leur donner le renseignement sollicité, les fixa d'un œil curieux et répondit à Tintin par cette doucereuse et insidieuse interrogation :

— C'est pour votre maman ?

— Non ! intervint La Crique, défiant. C'est pour sa sœur. Et comme l'autre, toujours souriante, leur donnait des prix, il poussa légèrement du coude son voisin en lui disant : Sortons !

Dès qu'ils furent dehors, La Crique expliqua sa pensée :

— T'as pas vu cette vieille bavarde qui voulait savoir pourquoi, comment, ousque, quand et puis encore quoi ?

Si nous avons envie que tout le village le sache bientôt que nous avons un trésor de guerre, il n'y a qu'à acheter chez elle. Vois-tu, il ne faut pas prendre ce qu'il nous faut tout d'un coup, ou bien cela donnerait des soupçons ; il vaut mieux que nous achetions un jour une chose, l'autre jour une autre et ainsi de suite, et quant à aller encore chez cette sale cabe-là, jamais !

— Ce qu'il y a encore de mieux, répliqua Tintin, vois-tu, c'est d'envoyer ma sœur Marie chez la mère Maillot. On croira que c'est ma mère qui l'envoie en commission et puis, tu sais, elle s'y connaît mieux que nous pour ces affaires-là, elle sait même marchander, mon vieux ; t'es sûr qu'elle nous fera avoir la bonne mesure de ficelle et deux ou trois boutons par-dessus.

— T'as raison, convint La Crique.

Et comme ils rejoignaient Camus, sa fronde à la main, en train de viser des moineaux qui picoraient sur le fumier du père Gugu, ils lui montrèrent les boutons de chemise en verre blanc cousus sur un petit carton bleu ; il y en avait cinquante et ils lui confièrent qu'à cela se bornaient leurs achats du moment, lui donnèrent les raisons de leur abstention prudente et lui affirmèrent que, pour une heure, tout serait quand même acheté.

De fait, vers midi et demi, comme Lebrac sortant de table se rendait en classe les mains dans les poches, en sifflant le refrain de Camus alors fort à la mode parmi eux, il aperçut, l'air très affairé, sa bonne amie qui se dirigeait vers la maison de la mère Maillot par le traje des « Cheminées ».

Comme personne n'était à ce moment sur le pas de sa porte et qu'elle ne le voyait pas, il attira son attention par un « tirouit » discret qui la prévint de sa présence.

Elle sourit, puis lui fit un signe d'intelligence pour indiquer où elle allait, et Lebrac, tout joyeux, répondit lui aussi par un franc et large sourire qui disait la belle joie d'une âme vigoureuse et saine.

Dans la cour de l'école, dans le coin du fond, tous les yeux des présents fixaient obstinément et impatiemment la porte, espérant d'instant en instant l'arrivée de Tintin. Chacun savait déjà que la Marie s'était chargée de faire elle-même les achats et que Tintin l'attendait derrière le lavoir, pour recevoir de ses mains le trésor qu'il allait bientôt présenter à leur contrôle.

Enfin il apparut, précédé de La Crique, et un ah ! général d'exclamation, salua son entrée. On se porta en masse autour de lui, l'accablant de questions :

— As-tu le fourbi ?

— Combien de boutons de veste pour un sou ?

— Y en a-t-il long de ficelle ?

— Viens voir les boucles !

— Est-ce que le fil est solide ?

— Attendez ! nom de Dieu, gronda Lebrac. Si vous causez tous à la fois, vous n'entendrez rien du tout et si tout le monde lui grimpe sur le dos personne ne verra. Allez, faites le cercle ! Tintin va tout nous montrer.

On s'écarta à regret, chacun désirant se trouver être le plus près du trésorier et palper, si possible, le butin. Mais Lebrac fut intraitable et défendit à

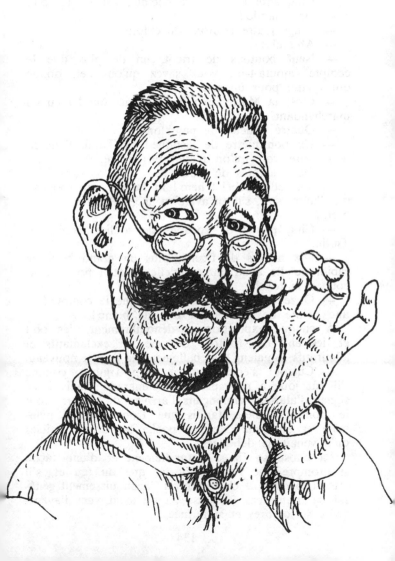

Tintin de rien sortir de sa « profonde » avant qu'il ne fût absolument dégagé.

Quand ce fut fait, le trésorier, triomphant, tira un à un de sa poche divers paquets enveloppés de papier jaune et dénombra :

— Cinquante boutons de chemise sur un carton !

— Oh ! merde !

— Vingt-quatre boutons de culotte !

— Ah ! ah !

— Neuf boutons de tricot, un de plus que le compte, ajouta-t-il ; vous savez qu'on n'en donne que quatre pour un sou.

— C'est la Marie, expliqua Lebrac, qui l'a eu en marchandant.

— Quatre boucles de pantalon !

— Un bon mètre de lastique ! Et Tintin l'étendit pour faire voir qu'on n'était pas grugé.

— Deux agrafes de blouse !

— Sont-elles belles ! hein ! fit Lebrac, qui songeait que l'autre soir, s'il en avait eu une, peut-être, enfin... bref...

— Cinq paires de cordons de souliers, renchérit Tintin.

— Dix mètres de ficelle, plus un grand bout de rabiot qu'elle a eu parce qu'elle achetait pour beaucoup à la fois !

— Onze aiguilles ! une de plus que le compte ! et une pelote de fil noir et une de blanc !

A chaque exposition et dénombrement, des oh ! et des ah ! des foutre ! des merde ! exclamatifs et admiratifs saluaient le déballement de l'achat nouveau.

— Chicot ! s'écria tout à coup Tigibus, comme s'il eût joué à poursuivre un camarade ; mais à ce signal d'alarme, annonçant l'arrivée du maître, tout le monde se mêla, tandis que Tintin fourrait pêle-mêle et entassait dans sa poche les divers articles qu'il venait de déballer.

La chose se fit si naturellement et d'une façon si prompte que l'autre n'y vit que du feu et, s'il remarqua quelque chose, ce fut l'épanouissement géné- ral de toutes ces frimousses qu'il avait vues l'avant- veille si sombres et si fermées.

— C'est étonnant, pensa-t-il, combien le temps, le soleil, l'orage, la pluie ont d'influence sur l'âme des enfants ! Quand il va tonner ou pleuvoir on ne peut pas les tenir, il faut qu'ils bavardent et se chamaillent et se remuent ; quand une série de beau temps s'annonce, ils sont naturellement travailleurs et dociles et gais comme des pinsons.

Brave homme qui ne soupçonnait guère les causes occultes et profondes de la joie de ses élèves et, le cerveau farci de pédagogies fumeuses, cherchait midi à quatorze heures.

Comme si les enfants, vite au courant des hypocrisies sociales, se livraient jamais en présence de ceux qui ont sur eux une parcelle d'autorité ! Leur monde est à part, ils ne sont eux-mêmes, vraiment eux-mêmes qu'entre eux et loin des regards inquisiteurs ou indiscrets. Et le soleil comme la lune n'exerçaient sur eux qu'une influence en l'occurrence bien secondaire.

Les Longevernes commencèrent à se poursuivre, à se « couratter » dans la cour, se disant lorsqu'ils se rejoignaient :

— Alors, ça y est, c'est ce soir qu'on leur z'y fout !

— Ce soir, voui !

— Ah ! nom de dious, ils n'ont qu'à venir, qu'est-ce qu'on va leur passer !

Un coup de sifflet, puis la voix naturellement rogue du maître : « Allons, en rangs, dépêchons-nous ! » interrompirent ces évocations de bataille et ces perspectives de prouesses guerrières futures.

Le retour
des victoires

Reviendrez-vous un jour, ô fières
exilées ?

Séb. Ch. Leconte
(*Le Masque de fer*).

Ce soir-là, une fougue indescriptible animait les
Longevernes ; rien, nul souci, nulle perspective fâcheuse
n'entravait leur enthousiasme. Les coups de trique,
ça passe, et ils s'en fichaient, et quant aux cailloux,
on avait le temps, presque toujours, quand ils ne
venaient pas de la fronde de Touegueule, d'éviter leur
trajectoire.

Les yeux riaient, pétillants, vifs dans les faces épa-
nouies par le rire, les grosses joues rouges, rebondies
comme de belles pommes, hurlaient la santé' et la
joie ; les bras, les jambes, les pieds, les épaules, les
mains, le cou, la tête, tout remuait, tout vibrait
tout sautait en eux. Ah ! ils ne pesaient pas lourd
aux pieds, les sabots de peuplier, de tremble ou de
noyer et leur claquement sec sur le chemin durci
était déjà une fière menace pour les Velrans.

Ils se récriaient, s'attendaient, se rappelaient, se
bousculaient, se chipotaient, s'excitaient, tels des chiens
de chasse, longtemps tenus à l'attache, qu'on mène
enfin courir le lièvre ou le goupil, se mordillent

les oreilles et les jambes pour se féliciter réciproque-
ment et se témoigner leur joie.

C'était vraiment un enthousiasme entraînant que
le leur. Derrière leur élan vers la Saute, derrière leur
joie en marche, comme à la suite d'une musique
guerrière, toute la vie jeune et saine du village semblait
happée et emportée : les petites filles timides et rou-
gissantes les suivirent jusqu'au gros tilleul, n'osant
aller plus loin, les chiens couraient sur leur flanc en
gambadant et en jappant, les chats eux-mêmes, les
prudents matous, s'avançaient sur les murs d'enclos
avec une vague idée de les suivre, les gens sur le
seuil des portes les interrogeaient du regard. Ils répon-
daient en riant qu'ils allaient s'amuser, mais à quel
jeu !

Lebrac, dès la Carrière à Pepiot, canalisa l'enthousiasme en invitant ses guerriers à bourrer leurs poches
de cailloux.

— Faudra n'en garder sur soi qu'une demi-
douzaine, dit-il, et poser le reste à terre sitôt qu'on
sera arrivé, car, pour pousser la charge, il ne s'agit
pas de peser comme des sacs de farine.

Si on manque de munitions, six des petits pren-
dront chacun deux bérets et partiront les remplir à
la carrière du Rat (c'est la plus près du camp).
Il désigna ceux qui, le cas échéant, seraient chargés
du ravitaillement ou plutôt du réapprovisionnement
des munitions. Puis il fit exhiber à Tintin les diverses
pièces du trésor de guerre afin que les camarades
fussent tous tranquilles et bien affermis, et il donna
le signal de la marche en avant, lui prenant la tête
et comme toujours servant d'éclaireur à sa troupe.

Son arrivée fut saluée par le passage d'un caillou
qui lui frisa le front et lui fit baisser le crâne ; il
se retourna simplement pour indiquer aux autres,
par un petit hochement de tête, que l'action était
commencée. Aussitôt ses soldats s'écampillèrent et il
les laissa se placer à leur convenance, chacun à son
poste habituel, assuré qu'il était que leur flair guer-
royeur ne serait pas ce soir-là mis en défaut.

Quand Camus fut juché sur son arbre, il exposa la
situation.

Ils y étaient tous à leur lisière, les Velrans, du plus grand au plus petit, de Touegueule le grimpeur à Migue la Lune l'exécuté.

— Tant mieux ! conclut Lebrac, ce sera au moins une belle bataille.

Pendant un quart d'heure, le flot coutumier d'injures flua et reflua entre les deux camps, mais les Velrans ne bougeaient pas, croyant peut-être que leurs ennemis nus pousseraient encore, comme l'avant-veille, une charge ce soir-là. Aussi les attendaient-ils de pied ferme, bien amunitionnés qu'ils étaient par un service récemment organisé de galopins charriant continuellement et à pleins mouchoirs des picotins de cailloux qu'ils allaient quérir aux roches du milieu du bois et venaient verser à la lisière.

Les Longevernes ne les voyaient que par intermittences derrière leur mur et derrière leurs arbres.

Cela ne faisait guère l'affaire de Lebrac qui eût voulu les attirer tous un peu en plaine, afin de diminuer la distance à parcourir pour les atteindre.

Voyant qu'ils ne se décidaient pas vite, il résolut de prendre l'offensive avec la moitié de sa troupe.

Camus, consulté, descendit et déclara que, pour cette affaire-là, c'était lui que ça regardait. Tintin, par derrière, se mangeait les sangs à les voir ainsi se trémousser et s'agiter.

Camus ne perdit point de temps. La fronde à la main, il fit prendre quatre cailloux, pas plus, à chacun de ses vingt soldats, et commanda la charge.

C'était entendu : il ne devait pas y avoir de corps à corps ; on devait seulement approcher à bonne portée de l'ennemi qui serait sans doute ébahi de cette attaque, lancer dans ses rangs une grêle de moellons et battre en retraite immédiatement pour éviter la riposte qui serait sûrement dangereuse.

Espacés de quatre ou cinq pas en tirailleurs, Camus en avant, tous se précipitèrent et, en effet, le feu de l'ennemi cessa un instant devant ce coup d'audace. Il fallait en profiter. Camus saisissant son cuir de fronde prit la ligne de mire et visa l'Aztec des Gués, tandis que ses hommes, faisant tournoyer leurs bras, criblaient de cailloux la section ennemie.

— Filons, maintenant ! cria Camus, en voyant la bande de l'Aztec se ramasser pour l'élan.

Une volée de pierres leur arriva sur les talons pendant que d'effroyables cris, poussés par les Velrans, leur apprenaient qu'ils étaient poursuivis à leur tour.

L'Aztec, ayant vu qu'ils n'étaient plus dévêtus, avait jugé inutile et stérile une plus longue défensive.

Camus, entendant ce vacarme et se fiant à ses jambes agiles, se retourna pour voir « comme ça en allait » ; mais le général ennemi avait avec lui ses meilleurs coureurs, Camus était déjà un peu en retard sur les autres, il fallait filer et sec s'il ne voulait pas être pincé. Ses boutons, il le savait, non moins que sa fronde, étaient rudement convoités par la bande de l'Aztec, qui l'avait raté le soir de Lebrac.

Aussi voulut-il jouer des jambes.

Malheur ! un caillou lancé terriblement, un caillou de Touegueule, bien sûr ! ah le salaud ! vint lui choquer violemment la poitrine, l'ébranla, et l'arrêta un instant. Les autres allaient lui tomber dessus.

— Ah ! nom de Dieu ! Foutu !

Et Camus, en moins de temps qu'il ne faut pour le dire et pour l'écrire, porta d'un geste désespéré sa main à sa poitrine et tomba en arrière, sans souffle et la tête inerte.

Les Velrans étaient sur lui.

Ils avaient suivi la trajectoire du projectile de Touegueule et remarqué le geste de Camus, ils le virent, pâle, s'affaler de tout son long sans mot dire ; ils s'arrêtèrent net.

— S'il était tué !...

Un rugissement terrible, le cri de rage et de vengeance de Longeverne, se fit entendre aussitôt, monta, grandit, emplit la combe, et un brandissement fantastique d'épieux et de sabres pointa désespérément sur leur groupe.

En une seconde ils eurent tourné bride et regagné leur abri où ils se tinrent de nouveau sur la défensive, le caillou à la main, tandis que toute l'armée de Longeverne arrivait près de Camus.

A travers ses paupières demi-closes et ses cils

papillotants, le guerrier tombé avait vu les Velrans s'arrêter court devant lui, puis faire demi-tour et finalement s'enfuir.

Alors, comprenant aux grondements furieux accourant à lui que les siens venaient à la rescousse et les mettaient en fuite, il rouvrit les yeux, s'assit sur son derrière, puis se releva paisiblement, campa ses poings sur ses hanches et fit aux Velrans, dont les têtes inquiètes apparaissaient à niveau du mur d'enceinte, sa plus élégante révérence.

— Cochon ! salaud ! ah traître ! lâche ! beuglait l'Aztec des Gués, voyant que son prisonnier, car il l'était, lui échappait encore par ruse ; ah ! je t'y rechoperai ! je t'y rechoperai ! et tu n'y couperas pas, fainéant !

Lors Camus, très calme et toujours souriant, l'armée de Longeverne étonnée étant derrière lui, porta son index à sa gorge et le passa quatre fois d'arrière en avant, du cou au menton ; puis, pour compléter ce que ce geste avait déjà d'expressif, se souvenant opportunément que son grand frère était artilleur, il se frappa vivement de la dextre sur la cuisse droite, retourna la main, la paume en dehors, le pouce à l'ouverture de la braguette :

— Et çui-là ! reprit-il, quand c'est-y que tu le choperas, hé ! trop bête !

— Bravo, bravo, Camus ! ouhe ! ouhe ! ouhe ! hihan ! bouaou ! meuh ! bê ! couâ ! keureukeukeue : c'était l'armée de Longeverne qui, par des cris divers, témoignait ainsi son mépris pour la sotte crédulité des Velrans et ses félicitations au brave Camus, qui venait de l'échapper belle et de leur jouer un si bon tour.

— T'as tout de même reçu le gnon, rugissait Touegueule ballotté de sentiments divers, content au fond de la tournure qu'avaient prise les choses et furieux cependant de ce que ce salaud de Camus, qui lui avait pour rien fichu la frousse, eût échappé au châtiment qu'il méritait si bien.

— Toi, mon petit, répliqua Camus, qui avait son idée, « soye » tranquille ! je te retrouverai !

Et les cailloux commençant à tomber parmi les rangs découverts des Longevernes armés seulement de leurs triques, ils firent prestement demi-tour et regagnèrent leur camp.

Mais l'élan était donné, la bataille reprit de plus belle, car les Velrans, bernés, furieux de leur déconvenue — avoir été joués, raillés, insultés, ça se paierait et tout de suite ! — voulurent reprendre l'offensive.

On avait déjà chipé le général, ce serait bien le tonnerre de diable si on n'arrivait pas encore à pincer quelques soldats.

— Ils vont revenir, pensait Lebrac.

Et Tintin, en arrière, ne tenait pas en place. Quel sale métier que d'être trésorier !

Cependant l'Aztec des Gués, ayant de nouveau rassemblé ses hommes surexcités et furieux et pris conseil, décida d'un assaut général.

Il poussa un sonore et rugissant : « La murie vous crève ! » et triques brandies, bâtons serrés, s'élança dans la carrière, toute son armée avec lui.

Lebrac n'hésita pas davantage. Il répliqua par un « A cul les Velrans ! » aussi sonore que le cri de guerre de son rival et les épieux et les sabres de Longeverne pointèrent encore une fois en avant leurs estocs durcis.

— Ah Prussiens ! ah salauds ! — triples cochons ! — andouilles de merde ! — bâtards de curés ! — enfants de putains ! — charognards ! —, pourriture ! — civilités ! — crevures ! — calotins ! — sectaires ! — chats crevés ! — galeux ! — mélinards ! — combisses ! — pouilleux ! telles furent quelques-unes des expressions qui s'entrecroisèrent avant l'abordage.

Non, on peut le dire, les langues ne chômaient pas !

Quelques cailloux passèrent encore en rafales, frondonnant au-dessus des têtes, et une effroyable mêlée s'ensuivit : on entendit des triques tomber sur des caboches, des lances et des sabres craquer, des coups de poings sonner sur les poitrines, et des gifles qui claquaient, et des sabots qui cassaient, et des gorges qui hurlaient, pif ! paf ! pan ! zoum ! crac ! zop !

— Ah traître ! ah lâche ! Et l'on vit des hérissements de chevelures, des armes cassées, des corps se nouer, des bras décrire de grands cercles pour retomber de tout leur élan et des poings projetés en avant comme des bielles et des gigues à terre, se démenant, s'agitant, se trémoussant pour lancer des coups de tous côtés.

Ainsi La Crique, jeté bas, dès le début de l'action, par une bourrade anonyme, tournant sur une fesse, faisait non pas tête mais pied à tous les assaillants, froissant des tibias, broyant des rotules, tordant des chevilles, écrasant des orteils, martelant des mollets.

Lebrac, hérissé comme un marcassin, col déboutonné, nu-tête, la trique cassée, entrait comme un coin d'acier dans le groupe de l'Aztec des Gués, saisissait à la gorge son ennemi, le secouait comme un prunier malgré une nichée de Velrans suspendus à ses grègues et lui tirait les poils, le giflait, le calottait, le bosselait, puis ruait comme un étalon fou au centre de la bande et écartait violemment ce cercle d'ennemis.

— Ah ! Je te tiens ! Nom de Dieu ! rugissait-il, salaud ! tu n'y coupes pas, j'te le jure ! t'y passeras ! quand je devrais te saigner, je t'emmènerai au Gros Buisson et t'y passeras, que je te dis, t'y passeras !

Et ce disant, le bourrant de coups de pieds et de coups de poings, aidé par Camus et par Grangibus qui l'avaient suivi, ils emportèrent littéralement le chef ennemi qui se débattait de toutes ses forces. Mais Camus et Grangibus tenaient chacun un pied et Lebrac, le soulevant sous les bras, lui jurait avec force noms de Dieu qu'il lui serrerait la vis s'il faisait trop le malin.

Pendant ce temps les gros des deux troupes luttaient avec un acharnement terrible, mais la victoire décidément souriait aux Longevernes ; dans les corps à corps ils étaient bons, étant bien râblés et robustes ;

quelques Velrans, qui avaient été culbutés trop violemment, reculaient, d'autres lâchaient pied, tant et si bien que, lorsqu'on vit le général lui-même emporté, ce fut la débandade et la déroute et la fuite en désordre.

— Chopez-en donc ! chopez-en donc, nom de Dieu ! Mais chopez-en donc, rugissait Lebrac, de loin.

Et les guerriers de Longeverne s'élancèrent sur les pas des vaincus, mais, comme bien on pense, les fuyards ne les attendirent point et les vainqueurs ne poussèrent pas trop loin leur poursuite, trop curieux de voir comment on allait traiter le chef ennemi.

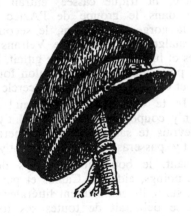

Au poteau
d'exécution

Les ayant cloués nus aux poteaux de couleurs.

J.-A. Rimbaud (*Le Bateau ivre*).

Bien que de petite taille et d'apparence chétive, ce qui lui avait valu son surnom, l'Aztec des Gués n'était pas un gars à se laisser faire sans résistance ; Lebrac et les deux autres l'apprirent bientôt à leurs dépens.

En effet, pendant que le général tournait la tête pour exciter ses soldats à la poursuite, le prisonnier, tel un renard piégé profite d'un instant de relâchement pour se venger d'avance du supplice qui l'attend, saisit entre ses mâchoires le pouce de son porteur et le mordit à si belles dents que cela fit sang. Camus et Grangibus, eux, connurent, en recevant chacun un coup de soulier dans les côtes, ce qu'il en coûtait à desserrer si peu que ce soit l'étreinte de la patte qu'ils avaient à maintenir entre leur bras et leur flanc.

Lorsque Lebrac, d'un maître coup de poing en travers de la gueule de l'Aztec, lui eut fait lâcher son pouce percé jusqu'à l'os, il lui jura derechef à grand renfort de blasphèmes et d'imprécations que tout ça allait se payer et *illico*.

Justement, l'armée revenait à eux sans autre captif. Oui, c'était l'Aztec qui allait payer pour tous.

Tintin, qui s'approcha pour le dévisager, reçut un crachat en pleine figure, mais il méprisa cette injure et ricana de la belle manière en reconnaissant le général ennemi.

— Ah! c'est toi! ah ben! mon salaud, tu n'y coupes pas. Cochon! Si la Marie était seulement là pour te tirer un peu les poils, ça lui ferait plaisir; ah! tu baves, serpent, mais t'as beau baver, c'est pas ça qui te rendra tes boutons, ni doublera tes fesses.

— Trouve la cordelette, Tintin, ordonna Camus, on va le ficeler ce saucisson-là.

— Attache-lui toutes les pattes, d'abord celles de derrière, celles de devant après; pour finir on le liera au gros chêne et on lui fera sa petite affaire. Et je te promets que tu ne mordras plus et que tu ne baveras plus non plus, saligaud, dégoûtant, fumier!

Les guerriers qui arrivaient prirent part à l'opération : on commença par les pieds; mais comme l'autre ne cessait point de cracher sur tous ceux qui approchaient à portée de son jet de salive et qu'il essayait même de mordre, Lebrac ordonna à Boulot de fouiller les poches de ce vilain coco-là et de se servir de son mouchoir pour lui boucher sa sale gueule.

Boulot obéit : sous les postillons de l'Aztec dont il se garait d'une main autant que possible, il tira de la poche du prisonnier un carré d'étoffe de couleur indécise qui avait dû être à carreaux rouges, à moins qu'il ne fût blanc du temps, pas très lointain peut-être, qu'il était propre. Mais ce « tire-jus » n'offrait plus maintenant aux yeux de l'observateur, par suite de contacts avec des objets hétéroclites très divers et sans doute aussi les multiples usages auxquels il avait été voué : propreté, lien, bâillon, bandeau, baluchon, coiffure, bande de pansement, essuie-mains, porte-monnaie, casse-tête, brosse, plumeau, etc., etc., qu'une teinte pisseuse, verdâtre ou grisâtre, rien moins qu'attirante.

— Bien, elle est propre, sa guenille, fit Camus; elle est encore pleine de « chose »; t'as pas honte, dégoûtant, d'avoir une saleté pareille dans ta poche ! Et tu dis que t'es riche ?

Quelle saloperie ! un mendiant n'en voudrait point, on ne sait pas par quel bout le prendre.

— Ça ne fait rien ! décida Lebrac. Mettez-y en travers du meufion [1], s'il y a gras dedans il pourra le reboufer, y aura rien de perdu. Et des poings énergiques nouèrent en arrière, à la nuque, le bâillon sur les mandibules de l'Aztec des Gués qui fut bientôt réduit à l'immobilité et au silence.

— Tu m'as fait fouailler l'autre jour, tu seras « aujord'hui » fessé à coups de verge, toi aussi.

— Œil pour œil, dent pour dent ! proféra le moraliste La Crique.

— Allez, Grangibus, prends la verge et cingle. Une petite séance avant le déculottage pour le mettre en « vibrance », ce beau petit « mocieu » qui fait tant le malin.

— Serrez-vous, les autres, écartez le cercle !

Et Grangibus, consciencieusement, appliqua d'une baguette verte, flexible et lourde, six coups sifflants sur les fesses de l'autre qui, sous son bâillon, étouffait de colère et de douleur.

Quand ce fut fait, Lebrac, après avoir pendant quelques instants conféré à voix basse avec Camus et Gambette, qui s'éloignèrent sans se faire remarquer, s'écria joyeusement :

— Et maintenant, aux boutons ! Tintin, mon vieux, prépare tes poches, c'est le moment, c'est l'instant, et compte bien tout, et ne perds rien !

Lebrac y alla prudemment. Il convenait en effet de ne point détériorer par des mouvements trop brusques et des coups de couteau malhabiles les diverses pièces composant la rançon de l'Aztec, pièces qui devaient grossir le trésor de guerre de l'armée de Longeverne.

Il commença par les souliers.

— Oh oh ! fit-il, un cordon neuf ! y a du bon !

— Salaud, reprit-il bientôt, il est noué ! Et lente-

1. Mufle.

ment, l'œil guettant les liens de ficelle qui garantissaient son museau d'un coup de pied vengeur et qui eût été terrible, il défit « l'embouélage », délaça le soulier et retira le cordon qu'il remit à Tintin. Puis il passa au deuxième et ce fut plus rapide. Ensuite il remonta la jambe du pantalon pour s'emparer des jarretières en élastique qui devaient tenir les bas.

Ici, Lebrac fut volé. L'Aztec n'avait qu'une jarretière, l'autre bas étant maintenu par un méchant bout de tresse qu'il confisqua quand même non sans grommeler :

— Voleur, va ! ça n'a pas même une paire de jarretières, et ça fait le malin. Qu'est-ce qu'il fait donc de ses sous, ton père ? — Il les boit ! Enfant de soulaud ! chien d'ivrogne !

Ensuite Lebrac veilla à ne pas oublier un bouton ni une boutonnière. Il eut une joie au pantalon. L'Aztec avait des bretelles à double patte et en bon état.

— Du lusque [1] ! fit-il ; sept boutons de falzar. Ça, c'est bien, l'ami ! T'auras un coup de baguette en plus pour te remercier, ça t'apprendra à narguer le pauv' monde ; tu sais on n'est pas chien non plus à Longeverne, pas chien de rien, pas même de coups de trique. Ce qu'il va être content, le premier de nous qui sera chopé, d'avoir une si chouette paire de bretelles ! Merde ! j'ai quasiment « d'envie » que ça « soye » moi !

Pendant ce temps, le pantalon, désustenté de ses boutons, de sa boucle et de ses crochets, dégringolait sur les bas déjà en accordéon.

Le tricot, le gilet, la blouse et la chemise furent à leur tour échenillés méthodiquement ; on trouva même dans le gousset du « mecton » un sou neuf qui alla, dans la comptabilité de Tintin, se caser au chapitre : « Réserve en cas de malheur. »

Et quand plusieurs inspections minutieuses eurent convaincu les guerriers de Longeverne qu'il n'y avait plus rien, mais rien de rien à gratter, qu'on eut mis de côté pour Gambette, qui n'en avait pas, le

1. Luxe.

couteau de l'Aztec, on se décida enfin avec toute la prudence désirable à délier les mains et les pieds de la victime. Il était temps.

L'Aztec écumait sous son bâillon et, tout vestige de pudeur éteint par la souffrance ou étouffé par la colère, sans songer à remonter son pantalon tombé qui laissait voir sous la chemise ses fesses rouges de la fessée, son premier soin fut d'arracher de sa bouche son malencontreux et terrible mouchoir.

Ensuite, respirant précipitamment, il rassembla tout de même sur ses reins ses habits et se mit à hurler des injures à ses bourreaux.

D'aucuns s'apprêtaient à lui sauter dessus pour le fouailler de nouveau, mais Lebrac, faisant le généreux et qui avait sans doute pour cela ses raisons, les arrêta en souriant :

— Laissez-le gueuler, ce petit ! si ça l'amuse, fit-il de son air goguenard ; il faut bien que les enfants s'amusent.

L'Aztec partit, traînant les pieds et pleurant de rage. Naturellement, il songea à faire ce qu'avait fait Lebrac le samedi précédent : il se laissa choir derrière le premier buisson venu et, résolu à montrer aux Longevernes qu'il n'était pas plus couillon qu'eux, se dévêtit totalement, même de sa chemise, pour leur montrer son postérieur.

Au camp de Longeverne, on y pensait.

— Y va se fout'e de nous encore, tu vas voir, Lebrac, t'aurais dû le faire « rerosser ».

— Laissez ! laissez ! fit le général, qui, comme Trochu, avait son plan.

— Quand je te le disais, nom de Dieu ! cria Tintin.

Et en effet, l'Aztec, nu, se leva d'un seul bond de derrière son buisson, parut devant le front de bandière des Longevernes, leur montra ce qu'avait dit Tintin, et les traita de lâches, de brigands, de cochons pourris, de couilles molles, de..., puis voyant qu'ils faisaient mine de s'élancer prit son élan vers la lisière et fila comme un lièvre.

Il n'alla pas loin, le malheureux...

D'un seul coup, à quatre pas devant lui, deux

silhouettes patibulaires et sinistres se dressèrent, lui barrèrent la voie de leurs poings projetés en avant, puis violemment se saisirent de sa personne et, tout en le bourrant copieusement de coups de pied, le ramenèrent de force au Gros Buisson qu'il venait de quitter.

Ce n'était point pour des prunes que Lebrac avait conféré avec Camus et Gambette ; il voyait clair de loin, comme il disait, et, bien avant les autres, il avait pensé que son « boquezizi » lui jouerait le tour. Aussi l'avait-il bonassement laissé filer, malgré les objurgations des copains, pour mieux le repincer l'instant d'après.

— Ah ! tu veux nous montrer ton cul, mon ami ! ah ! très bien ! faut pas contrarier les enfants ! nous allons le regarder ton cul, mon petit, et toi tu le sentiras.

— Rattachez-le à son chêne, ce jeune « galustreau », et toi, Grangibus, retrouve la verge, qu'on lui marque un peu le bas du dos.

Grangibus, généreux au possible, y alla de ses douze coups, plus un de rabiot pour lui apprendre à venir les emm...bêter le soir quand ils rentraient.

— Ce sera aussi pour que ça « soye » plus tendre et que notre Turc ne se fasse pas mal aux dents quand il voudra mordre dans ta sale bidoche, affirmat-il.

Pendant ce temps, Camus rectifiait le baluchon confisqué au prisonnier.

Quand il eut les fesses bien rouges, on le délia de nouveau et Lebrac, cérémonieusement, lui remit son paquet en disant :

— Bon voyage, monsieur le cul rouge ! et le bonsoir à vos poules.

Puis, revenant au ton naturel :

— Ah ! tu veux nous montrer ton cul, mon ami ! eh bien montre-le, ton cul ! montre-le tant que tu voudras ; tu le montreras plus qu'à ton saoul, ton cul, va, mon ami, c'est moi, Lebrac, qui te le dis !

Et l'Aztec, délivré, fila cette fois sans mot dire et rejoignit son armée en déroute.

Cruelle énigme

?

Si j'ai choisi ce titre emprunté, peut-on croire, à M. Paul Bourget et si, contrairement à l'usage adopté jusqu'alors, j'ai remplacé le texte toujours célèbre placé en épigraphe de mes chapitres par un symbolique point d'interrogation, que le lecteur ou la lectrice veuille bien croire que je n'ai voulu en l'occurrence ni le mystifier, ni surtout emprunter en quoi que ce fût l'inspiration des pages qui vont suivre au « très illustre écrivain » nommé plus haut. Nul n'ignore d'ailleurs, et mon excellent maître Octave Mirbeau nous l'a plus particulièrement et en mainte occurrence fait savoir, qu'on ne commence à être une âme du ressort de M. Paul Bourget qu'à partir de cent mille francs de rente ; il ne saurait donc, je le répète, y avoir de rapport entre les héros du distingué et glorieux académicien et la saine et vigoureuse marmaille dont je me suis fait ici le très simple et sincère historiographe.

L'Aztec des Gués, en arrivant parmi ses soldats, n'eut pas besoin de raconter ce qui s'était passé. Touegueule, perché sur son arbre, avait tout vu ou à peu près. Les coups de verge, l'embuscade, la dégradation boutonnière, la fuite, la reprise, la délivrance : les camarades avaient vécu avec lui au bout de son fil, si l'on peut dire, ces minutes terribles de souffrance, d'angoisse et de rage.

— Faut s'en aller ! dit Migue la Lune, rien moins que rassuré et à qui la pénible mésaventure de son chef rappelait, sans qu'il l'avouât, de bien tristes souvenirs.

— Faut d'abord rhabiller l'Aztec, objectèrent quelques voix. Et l'on défit le baluchon. Les manches de blouse déliées, on trouva les souliers, les bas, le gilet, le tricot, la chemise et la casquette, mais le pantalon n'apparut point...

— Mon pantalon ? Qui c'qu'a mon « patalon » ? demanda l'Aztec.

— Il n'est pas dedans, déclara Touegueule. Tu l'as pas perdu, des fois, en « t'ensauvant » ?

— Faut aller le « sercher ».

— « Ergardez » voir si vous ne le voyez pas ?

On interrogea des yeux le champ de bataille. Aucune loque gisant à terre n'indiquait le pantalon.

— Monte sur l'arbre, va, fit l'Aztec à Touegueule, tu verras peut-être « ousqu'il a tombé ».

Le grimpeur, en silence, escalada son foyard.

— Je ne vois rien, déclara-t-il, après un instant d'examen.

« Rien !... non ! rien... mais es-tu sûr de l'avoir mis dedans quand tu t'es déshabillé au buisson ?

— Bien sûr, que je l'avais, répondit le chef, très inquiet.

— Ousqu'il a pu passer ?

— Ah ! bon diousse ! ah les cochons ! s'exclama tout à coup Touegueule. Ecoutez, mais écoutez donc, tas de bredouillards !

Les Velrans, l'oreille tendue, entendirent en effet très distinctement leurs ennemis s'en retournant, chantant à pleins poumons ce refrain populaire, de circonstance à ce qu'il semblait, et moins révolutionnaire que de coutume :

> *Mon pantalon*
> *Est décousu !*
> *Si ça continue*
> *On verra le trou*
> *De mon... pantalon*
> *Qu'est décousu...*

Et se penchant, se tortillant, se haussant à travers les branches pour voir au loin, Touegueule hurla, plein de rage :

— Mais ils l'ont, ton pantalon ! ils te l'ont chipé, les sales salauds, les voleurs ! Je les vois, ils l'ont mis au bout d'une grande perche en guise de drapeau. Ils sont bientôt à la Carrière.

Et le refrain arrivait toujours, narquois, aux oreilles épouvantées de l'Aztec et de sa troupe :

Si ça continue
On verra l'trou
De mon...

Les yeux du chef s'agrandirent, papillotèrent, se troublèrent, il pâlit :

— Ben, j'en suis un propre, pour rentrer ! Qu'est-ce que je vais dire ? Comment pourrai-je faire ?... Jamais je n'oserai traverser le village.

— Faudra attendre la nuit noire, émit quelqu'un.

— On va tous se faire engueuler si on rentre en retard, observa Migue la Lune... Faut tâcher de trouver quéque chose.

— Voyons, avec ta blouse, proposa Touegueule, en la fermant bien avec des épingles, peut-être qu'on ne verrait pas grand-chose.

On essaya, après avoir remis des ficelles aux souliers et une épingle au col de chemise ; mais va te faire fiche, comme disait Tatti, la blouse ne descendait même pas jusqu'à l'ourlet de la chemise ; de sorte que l'Aztec avait l'air d'avoir mis un surplis noir sur une aube blanche (?).

— On dirait un curé, refit Tatti, sauf que c'est le contraire.

— Voui, mais les curés ne montrent pas non plus leurs guibolles comme ça, objecta Pissefroid ; mon vieux, ça ne va pas.

Si tu mettais ta blouse comme un jupon ; en la liant sur tes reins on ne verrait pas ton cul, on ferait tous comme ça, les gens croiraient que c'est pour s'amuser et tu pourrais arriver chez vous.

— Oui, mais en rentrant on me dira de mettre ma

blouse comme il faut et on verra. Ah ! mes amis, qu'est-ce que je vais recevoir !

— Allons toujours du côté du pays, voilà qu'il se fait tard, on ne pourra pas aller à la prière, on va tous se faire tamiser, reprit Migue la Lune.

Le conseil n'était pas mauvais et la troupe, sous bois, chemina triste et lente cherchant une combinaison qui permît au chef de regagner, sans trop d'encombres, ses pénates.

Au bord du fossé d'enceinte, après avoir descendu la tranchée transversale qui menait à la lisière du bois, la bande s'arrêta et réfléchit.

... Rien... personne ne trouvait rien...

— Va falloir s'en aller, larmoyaient les timides qui craignaient l'ire pastorale et la raclée paternelle.

— On va pas laisser le chef tout seul ici, se récria Touegueule, énergique devant le désastre.

L'Aztec semblait tantôt affolé, tantôt abruti.

— Ah ! si quelqu'un pouvait seulement aller chez nous, par derrière, et s'enfiler dans la chambre du fond. Il y a mon vieux « falzar » qu'est derrière la malle. Si je l'avais au moins !

— Mon vieux, si on allait là-bas et qu'on soit surpris par ta mère ou par ton père, qu'est-ce qu'on z'y dirait ? ils voudraient savoir ce qu'on fait là, ils nous prendraient peut-être pour des voleurs ; c'est pas des coups à faire, ça.

— Bon Dieu de bon Dieu ! Qu'est-ce que je vas faire ici !

« Vous allez me laisser tout seul ?

— Jure pas comme ça, tourna Migue la Lune, tu ferais pleurer la Sainte Vierge et ça porte malheur.

— Ah ! la Sainte Vierge ! elle fait des « miraques » à Lourdes, qu'on dit : si seulement elle me redonnait un pauvre petit vieux « patalon » !

Ding ! dong ! ding ! dong ! La prière sonna.

— On peut pas rester plus longtemps, ça n'avance à rien ! faut s'en aller ! firent de nombreuses voix.

Et la moitié de la troupe se débandant, lâchant son chef, fila au triple galop vers l'église, pour ne pas être punie par le curé.

— Comment faire, Seigneur ! Comment faire ?

154

— Attendons qu'il fasse nuit, va, consola Touegueule, je resterai avec toi. On sera tannés tous les
deux. C'est pas la peine que ceux-ci soient engueulés
avec nous.

— Non ! ce n'est pas la peine, répéta l'Aztec. Allez
à la prière, allez-vous-en et priez la sainte Vierge
et saint Nicolas qu'on ne « soye » pas trop saboulés.

Ils ne se le firent pas répéter, et pendant qu'ils
s'éloignaient à toute allure, déjà un peu en retard,
les deux compères se regardèrent.

Touegueule, tout à coup, se frappa le front.

— Ce qu'on est bêtes, tout de même, j'ai trouvé !

— Dis ! oh ! dis vite, fit l'Aztec, suspendu aux
lèvres de son copain.

— Voici, mon vieux : moi je peux pas aller chez
vous, mais toi tu vas y aller, toi !

— !...

— Voui, mais oui, je vas me déculotter, moi, et te
passer mon grimpant et ma blouse. Tu vas filer chez
vous par derrière, caler tes nippes déchirées, en remettre des bonnes et me rapporter mes frusques. Après,
on s'en retournera. On dira qu'on était allé aux
champignons et qu'on était loin par Chasalans, si
tellement loin qu'on n'a quasiment pas entendu sonner.
Allez !

L'idée parut géniale à l'Aztec et sitôt dit, sitôt
fait. Touegueule, d'une taille légèrement supérieure
à celle de son ami, lui enfila le pantalon dont il
retroussa en dedans les deux jambes un peu longues,
il serra d'un cran la pattelette de derrière, ceignit les
reins du chef d'une ficelle et lui recommanda de filer
dare-dare et surtout de ne pas se faire voir.

Et tandis que l'Aztec, rasant les murs et les haies,
filait comme un chevreuil vers son logis pour y conquérir un autre pantalon, lui, Touegueule, caché dans le
fossé du bois, regardait de tous ses yeux et dans
toutes les directions pour voir si l'expédition avait
quelque chance de réussir.

L'Aztec atteignit son gîte, escalada sa fenêtre, trouva
un pantalon à peu près semblable à celui qu'il avait
perdu, des bretelles usagées, une vieille blouse, arracha
les cordons de ses souliers du dimanche, puis, sans

perdre le temps de se remettre en tenue, ressauta dans le verger et, par le même chemin qu'il était venu, s'en fut à toute bride rejoindre son héroïque compagnon accroupi, grelottant derrière son mur et serrant autant qu'il le pouvait sa mince chemise de toile rude sur ses cuisses rougies.

Ils eurent en se revoyant un large rire silencieux comme en ont les bons Peaux-Rouges dans les romans de Fenimore Cooper et, sans perdre une minute, ils échangèrent leurs vêtements.

Quand tous deux eurent réintégré leurs pelures personnelles, l'Aztec, ayant enfin une chemise à boutons, une blouse propre et des cordons à ses souliers, jeta un regard inquiet et mélancolique sur ses habits en lambeaux.

Il songea que, le jour où sa mère les découvrirait, il recevrait sûrement la pile et subirait l'engueulade et peut-être la claustration à la chambre et au lit.

Cette dernière considération lui fit aussitôt prendre une résolution énergique.

— As-tu des allumettes ? demanda-t-il à Touegueule.

— Oui, fit l'autre, pourquoi ?

— Donne-m'en une, reprit l'Aztec.

Et, ayant frotté le phosphore contre une pierre, après avoir réuni en une sorte de petit bûcher expiatoire la blouse et la chemise, témoins de sa défaite et de sa honte et sujets d'inquiétude pour l'avenir, il y mit le feu sans hésitations afin d'effacer à tout jamais le souvenir de ce jour néfaste et maudit.

— Je m'arrangerai pour ne pas avoir besoin de changer de pantalon, répondit-il à l'interrogation de Touegueule. Et jamais ma mère n'aura l'idée de croire qu'il est foutu. Elle pensera plutôt qu'il traîne quelque part, derrière un meuble, avec ma blouse et ma chemise.

Ainsi tranquilles tous deux et rassurés, l'énigme cruelle étant déchiffrée et le chenilleux problème résolu, ils attendirent le premier coup de l'angelus pour se mêler aux camarades sortant de la prière qui furent tout surpris de les rencontrer en tenue et ils rentrèrent chez eux comme s'ils en étaient venus eux aussi.

Si le curé n'avait rien vu, le tour était joué. Il l'était.

Pendant ce temps une autre scène se déroulait à Longeverne.

Arrivé au vieux tilleul, à cinquante pas de la première maison du village, Lebrac fit stopper sa troupe et demanda le silence.

— On va pas traîner cette guenille par les rues, affirma-t-il en désignant de l'œil le pantalon de l'Aztec. Les gens pourraient bien nous demander où que c'est qu'on l'a eue, et qu'est-ce qu'on leur z'y dirait ?

— Faut la foutre dans un trou de purin, conseilla Tigibus. Hein ! tout de même, qu'est-ce qu'il va dire à leurs gens, l'Aztec, et qu'est-ce que va lui repasser sa mère quand elle le verra rentrer cul nu ?

Perdre un mouchoir, égarer sa casquette, casser un sabot, nouer un cordon, ça va bien, ça se voit tous les jours, ça vaut une ou deux paires de claques et encore, quand c'est vieux... mais perdre sa culotte, on a beau dire, ça ne se voit pas si souvent.

— Mes vieux, je voudrais pas être que de lui !

— Ça le dressera ! affirma Tintin dont les poches rebondies des dépouilles opimes attestaient un ample butin.

— Encore deux ou trois secousses comme ça, fit-il en frappant sur ses cuisses, et on pourra se passer de payer la contribution de guerre ; on pourra faire la fête avec les sous.

— Mais c'te culotte, qu'est-ce qu'on va en faire ?

— La culotte, trancha Lebrac, laissons-la dans la caverne du tilleul, je m'en sarge [1] ; vous verrez bien demain ; seulement, vous savez, s'agit pas d'aller rancuser [2], hein, vous n'êtes pas des laveuses de lessive, tâchez de tenir vos langues. Je veux vous faire bien rigoler demain matin. Mais si le curé savait que c'est encore moi, y voudrait peut-être pas me faire ma première communion, comme l'année dernière, passe que j'avais lavé mon encrier « dedans » le bénitier.

1. Charge.
2. Dénoncer.

Et il ajouta, bravache, en vrai fils d'un père qui lisait *Le Réveil des Campagnes* et *Le Petit Brandon*, organes anticléricaux de la province :

— Vous savez, c'est pas que j'y tienne à sa rondelle, mais c'est pour faire comme tout le monde.

— Qu'est-ce que tu veux faire, Lebrac ? interrogèrent les camarades.

— Rien ! que je vous ai dit ! Vous verrez bien demain matin, allons-nous-en chacun chez nous.

Et la dépouille de l'Aztec déposée dans le cœur caverneux du vieux tilleul, ils s'en allèrent.

— Tu reviendras ici après les huit heures, fit Lebrac à Camus. Tu m'aideras !

Et l'autre ayant acquiescé, ils s'en furent souper et étudier leurs leçons.

Après le repas, comme son père sommeillait sur l'almanach du *Grand Messager boiteux* de Strasbourg où il cherchait des indications sur le temps qu'il ferait à la prochaine foire de Vercel, Lebrac, qui guettait ce moment, gagna la porte sans façons.

Mais sa mère veillait.

— Où vas-tu ? fit-elle.

— Je vais pisser un coup, pardine ! répondit-il naturellement.

Et sans attendre d'autre objection, il passa dehors et ne fit qu'un saut, si l'on peut dire, jusqu'au vieux tilleul. Camus, qui l'attendait, vit, malgré l'obscurité, qu'il avait des épingles piquées dans le devant de sa blouse.

— Qu'est-ce qu'on va faire ? questionna-t-il, prêt à tout.

— Viens, commanda l'autre après avoir pris le pantalon dont il fendit de haut en bas le derrière et les deux jambes.

Ils arrivèrent sur la place de l'église absolument déserte et silencieuse.

— Tu me passeras la guenille, fit Lebrac en montant sur le coin du mur où se trouvait la grille de fer entourant le saint lieu.

Il y avait à l'endroit où était le chef une statue de saint (saint Joseph, croyait-il) aux jambes deminues, posée sur un petit piédestal de pierre que le hardi gamin escalada en une seconde et sur lequel il se campa tant bien que mal à côté de l'époux de la Vierge. Camus lui tendit à bout de bras le « grimpant » de l'Aztec et Lebrac se mit en devoir de culotter prestement « le petit homme de fer ». Il étendit sur les membres inférieurs de la statue les jambes du pantalon, les recousit par derrière avec quelques épingles et assura la ceinture trop large et fendue comme on sait, en ceignant les reins de saint Joseph d'un double bout de vieille ficelle.

Puis, satisfait de son œuvre, il redescendit.

— Les nuits sont fraîches, émit-il sentencieusement. Comme ça, saint Joseph n'aura plus froid aux guibolles. Le père bon Dieu sera content et pour nous remercier il nous fera encore chiper des prisonniers.

— Allons nous coucher, ma vieille !

Le lendemain, les bonnes femmes, la vieille du Potte, la Grande Phémic, la Griotte et les autres qui venaient comme d'habitude à la messe de sept heures, se signèrent en arrivant sur la place de l'église, scandalisées d'une pareille profanation :

— On avait mis une culotte à saint Joseph !

Le sacristain, qui dévêtit la statue, après avoir constaté que l'entrejambes n'en était pas des plus propres et qu'elle avait servi tout récemment, ne reconnut pourtant point dans ce vêtement un pantalon porté par un gosse de la paroisse.

Son enquête, menée avec toute la vigueur et la promptitude désirables, n'eut pas de résultats. Les gamins interrogés furent muets comme des poissons ou ahuris comme de jeunes veaux, et le dimanche suivant, le curé, convaincu que cela venait de quelque sinistre association secrète, tonna du haut de la chaire contre les impies et les sectaires qui, non contents de persécuter les gens de bien, poussaient plus loin encore le sacrilège en essayant de ridiculiser les saints jusque dans leur propre maison.

Les gens de Longeverne étaient aussi étonnés que leur curé et nul au pays ne se douta que saint Joseph avait été culotté avec le pantalon de l'Aztec des Gués, conquis en combat loyal par l'armée de Longeverne sur les peigne-culs de Velrans.

Les malheurs
d'un trésorier

Il n'est pas toujours bon d'avoir un haut emploi.

La Fontaine (*Les Deux Mulets*).

Dès le lendemain matin le trésorier, installé à sa place dans un banc du fond et qui avait déjà cent fois et plus compté, recompté et récapitulé les diverses pièces du trésor commis à sa garde, se prépara à mettre à jour son grand livre.

Il commença donc, de mémoire, à transcrire dans la colonne des recettes ces comptes détaillés :

LUNDI

Reçu de Guignard :

Un bouton de pantalon.
Grand comme le bras de « fisselle » de fouet.

Reçu de Guerreuillas :

Une vieille jarretière de sa mère pour en faire une paire de rechange.
Trois boutons de chemise.

Reçu de Bati :

Une épingle de sûreté.
Un vieux cordon de soulier en cuir.

Reçu de Féli :

Deux bouts de ficelle, en tout grand comme moi.
Un bouton de veste.
Deux boutons de chemise.

Conquis à la bataille de la Saute sur le prisonnier l'Aztec des Gués chopé par Lebrac, Camus et Grangibus :

Une bonne paire de cordons de souliers.
Une jarretière.
Un bout de tresse.
Sept boutons de pantalon.
Une boucle de derrière.
Une paire de bretelles.
Une agrafe de blouse.
Deux boutons de blouse en verre noir.
Trois boutons de tricot.
Cinq boutons de chemise.
Quatre boutons de gilet.
Un sou.

Total du trésor :

Trois sous de réserve en cas de malheur !
Soixante boutons de chemise !

— Voyons, pensa-t-il, est-ce que c'est bien soixante boutons ? Le vieux ne me voit pas ! Si je recomptais ?

Et il porta la main à sa poche, que gonflait la cagnotte éparse et mêlée à ses possessions personnelles, car la Marie n'avait pas encore eu le temps, le travail devant se faire en cachette et son frère étant rentré trop tard la veille, de confectionner le sac à coulisses qu'elle avait promis à l'armée.

Le mouchoir de Tintin formait tampon sur la poche des boutons. Il le tira sans trop réfléchir, brusquement, pressé qu'il était de vérifier l'exactitude de ses comptes et... patatras... de tous côtés roulant sur le plancher ainsi que des noisettes ou des billes, les boutons du trésor s'éparpillèrent dans la salle.

161

Il y eut une rumeur étouffée, une houle de têtes se détournant.

— Qu'est-ce que c'est que ça ? questionna sèchement le père Simon, qui avait déjà remarqué depuis deux jours les étranges allures de son élève.

Et il se précipita pour constater de ses propres yeux la nature du délit, peu confiant qu'il était, malgré toutes ses leçons de morale et l'histoire de George Washington et de la hachette, dans la sincérité de Tintin ni des autres compères.

Lebrac n'eut que le temps, son camarade trop ému n'y pensant guère, de rafler d'une main frémissante le carnet de caisse et de le fourrer vivement dans sa case.

Mais ce geste n'avait point échappé à l'œil vigilant du maître.

— Qu'est-ce que vous cachez, Lebrac ? Montrez-moi ça tout de suite ou je vous fiche huit jours de retenue !

Montrer le grand livre, mettre à découvert le secret qui faisait la force et la gloire de l'armée de Longeverne : allons donc, Lebrac eût mieux aimé en ch... faire des ronds de chapeaux, comme disait élégamment le frère de Camus. Pourtant huit jours de retenue !...

Les camarades, anxieusement, suivaient ce duel.

Lebrac fut héroïque, simplement.

Il souleva derechef le couvercle de sa case, ouvrit son histoire de France et tendit au père Simon — sacrifiant sur l'autel de la petite patrie longevernoise le premier gage, si cher à son cœur, de ses jeunes amours, — il tendit à cette sinistre fripouille de maître d'école l'image que la sœur de Tintin lui avait donnée comme emblème de sa foi, une tulipe ou une pensée écarlate sur champ d'azur avec, on s'en souvient, ce mot passionné : souvenir.

Lebrac se jura d'ailleurs, si l'autre ne la déchirait pas immédiatement, d'aller la rechiper dans son bureau, la première fois qu'il serait de balayage ou que le maître tournerait le pied pour une raison ou pour une autre.

Quelles émotions n'éprouva-t-il pas l'instant d'après quand l'instituteur regagna son estrade !

Mais la chute des boutons ne s'expliquait guère.

Lebrac dut avouer, en bafouillant, qu'il troquait l'image contre des boutons... Ce genre de négoce n'en restait pas moins bizarre et mystérieux.

— Qu'est-ce que vous faites de tous ces boutons dans votre poche ? fit le père Simon à Tintin. Je parierais que vous les avez volés à votre maman. Je vais la prévenir par un petit mot... Attendez un peu, nous verrons.

« Pour commencer, puisque vous troublez la classe, vous resterez ce soir une heure en retenue, tous les deux.

— Une heure de retenue, pensèrent les autres. Ah bien, oui ! c'était du propre. Le chef et le trésorier pincés. Comment se battre ?

Depuis le jour de sa mésaventure et de sa défaite, Camus, on le comprend, hésitait à assumer de nouveau les responsabilités de général en chef. Si les Velrans venaient quand même !... ma foi, m...iel pour eux !

Il est vrai qu'ils avaient reçu la veille une telle pile qu'il était fort peu probable qu'ils revinssent ce jour-là ; mais est-ce qu'on sait jamais avec des tocbloches [1] pareils !

— Où sont-ils donc ces boutons ? reprit le père Simon. Il eut beau se baisser et assujettir ses lunettes et regarder entre les bancs, aucun bouton ne tomba dans son champ visuel ; pendant l'algarade, les copains, prudents, les avaient tous soigneusement et subrepticement ramassés et cachés au plus profond de leurs poches. Impossible au maître de reconnaître la nature et la quantité des fameux boutons, de sorte qu'il resta dans le doute.

Mais en regagnant sa place, sans doute pour se venger, la vieille rosse ! il déchira en deux la belle image de la Marie Tintin, et Lebrac en devint pourpre de rage et de douleur. Négligemment le maître

1. Toqués.

en laissa tomber un à un les deux débris dans sa corbeille à papier et reprit sa leçon interrompue.

La Crique, qui savait à quel point Lebrac tenait à son image, laissa fort opportunément tomber son porte-plume et, se baissant pour le ramasser, chipa prestement les deux précieux morceaux qu'il cacha dans un livre.

Puis, voulant faire plaisir à son chef, il recolla en cachette, avec des rognures de timbre-poste, les deux fragments désunis et, à la récréation même, les remit à Lebrac qui, surpris au suprême degré, faillit en pleurer de joie et d'émotion et ne sut comment remercier ce bon La Crique, ce vrai copain.

Mais l'affaire de la retenue était bien embêtante tout de même.

— Pourvu qu'il ne dise rien chez nous, pensait Tintin, et il confia son angoisse à Lebrac.

— Oh ! fit le chef, il n'y veut plus penser. Seulement fais attention, tiens-toi bien ! ne touche pas tes poches. S'il savait que tu en as encore...

Dès qu'ils furent dans la cour de récréation, les détenteurs de boutons remirent au trésorier les unités éparses qu'ils avaient ramassées ; nul ne lui fit de reproches sur son imprudence, chacun sentant trop bien quelle lourde responsabilité il avait assumée et tout ce que son poste, qui lui avait déjà valu une retenue sans compter la raclée qu'il pouvait encore bien ramasser en rentrant chez soi, lui pourrait revaloir dans l'avenir.

Lui-même le sentit et sentit et se plaignit :

— Non, tu sais ! faudra trouver quelqu'un d'autre pour être trésorier, c'est trop embêtant et dangereux : je ne me suis déjà pas battu hier soir et aujourd'hui je suis puni !...

— Moi aussi, fit Lebrac pour le consoler, je suis en retenue.

— Oui, mais hier au soir, en as-tu, oui z'ou non, foutu des « gnons » et des cailloux et des coups de trique ?

— Ça ne fait rien, va, le soir on te remplacera de temps en temps pour que tu puisses te battre aussi.

— Si je savais, je cacherais les boutons maintenant

pour ne pas avoir à les emporter ce soir chez nous.

— Si quelqu'un te voyait, par exemple le père Gugu à travers les planches de sa grange, et puis qu'il vienne nous les chiper ou le dire au maître, nous serions de beaux cocos, après.

— Mais non ! tu ne risques rien, Tintin, reprirent en chœur les autres camarades pour le consoler, le rassurer et l'engager à conserver par devers soi ce capital de guerre, source à la fois d'ennuis et de confiance, de vicissitudes et d'orgueil.

La dernière heure d'école fut triste, la fin de la récréation sombra dans l'immobilité et le demi-silence semé de colloques mystérieux et de conférences à voix basse qui intriguèrent le maître. C'était une journée perdue, la perspective des retenues ayant tari net leur enthousiasme juvénile et apaisé leur soif de mouvement.

— Qu'est-ce qu'on pourrait bien faire ce soir ? se demandèrent ceux du village, après que Gambette et les deux Gibus, désemparés, se furent retirés dans leurs foyers, l'un sur la Côte et les autres au Vernois.

Camus proposa une partie de billes, car on ne voulait pas jouer aux barres, ce semblant de guerre paraissant si fade après les peignées de la Saute.

On se rendit donc sur la place et on joua au carré à une bille la mise, « pour de bon et non pour de rire », tandis que les punis charmaient l'heure supplémentaire qui leur était imposée en copiant une lecture de l'Histoire de France Blanchet qui commençait ainsi : « Mirabeau, en naissant, avait le pied tordu et la langue enchaînée ; deux dents molaires formées dans sa bouche annonçaient sa force... », etc., ce dont ils se fichaient pas mal.

Pendant qu'ils copiaient, leur attention vagabonde cueillait par les fenêtres ouvertes les exclamations des joueurs : — Tout ! — Rien ! — J'ai dit avant toi ! — Menteur !

— T'as pas but !

— Vise le Camus ! — Pan ! t'es tué ! Combien que t'as de billes ?

— Trois !

— C'est pas vrai, t'en as au moins deux de plus ! allez, renaque-les, sale voleur !

— Remets-en une au carré si tu veux jouer, mon petit.

— Je m'en fous, j'vas m'approcher du tas et pis tout nettoyer.

Ce que c'est chic, tout de même, une partie de billes, pensaient Tintin et Lebrac copiant pour la troisième fois : « Mirabeau en naissant avait le pied tordu et la langue enchaînée... »

— Y devait avoir une sale gueule, ce Mirabeau, émit Lebrac ! Quand c'est-y que l'heure sera passée !
. . . .

— Vous n'avez pas vu mon frère ? demanda la Marie qui passait aux joueurs de billes disputant avec acharnement un coup douteux.

Son interrogation les calma net, les petits intérêts suscités par la partie s'évanouissant devant toute chose se rattachant à la grande œuvre.

— J'ai fait le sac, ajouta-t-elle.

— Ah ! oh ! viens voir !

Et la Marie Tintin exhiba aux guerriers ébahis et figés d'admiration un sac à coulisses en grisette neuve, grand comme deux sacs de billes ordinaires, un sac solide, bien cousu, avec deux tresses neuves qui permettaient de serrer l'ouverture si étroitement que rien n'en pourrait couler.

— C'est salement bien ! jugea Camus, exprimant ainsi le summum de l'admiration, tandis que ses yeux luisaient de reconnaissance. Avec ça, « on est bons » !

— Est-ce qu'ils veulent bientôt sortir ? interrogea la fillette qu'on avait mise au courant de la situation de son frère et de son bon ami.

— « Dedans » dix minutes, un petit quart d'heure, fixa La Crique après avoir consulté la tour du clocher ; veux-tu les attendre ?

— Non, répondit-elle, j'ai peur qu'on me voie près de vous et qu'on dise à ma mère que je suis une « garçonnière » ; je vais m'en aller, mais vous direz à mon frère qu'il s'en vienne sitôt qu'il sera sorti.

— Oui, oui ! on z'y dira, tu peux être tranquille.

— Je serai devant la porte, acheva-t-elle en filant vers leur logis.

La partie continua, languissante, dans l'attente des retenus.

Dix minutes après, en effet, Lebrac et Tintin, entièrement dégoûtés de Mirabeau jeune au pied tordu et... etc., arrivaient près des joueurs, qui se partagèrent pour en finir les billes du carré.

Dès qu'on les eut mis au courant, Tintin n'hésita pas.

— Je file, s'écria-t-il, passe que ces sacrés boutons ça me tale la cuisse, sans compter que j'ai toujours peur de les perdre.

— Si tu peux, tâche de revenir quand ils seront dans le sac, hein ! demanda Camus.

Tintin promit et s'en fut au galop rejoindre sa sœur.

Il arriva juste au moment précis où son père, claquant du fouet, sortait de l'écurie, chassant les bêtes à l'abreuvoir.

— Tu n'as donc rien à faire ? non ! fit-il en le voyant s'installer près de la Marie ostensiblement occupée à ravauder un bas.

— Oh ! j'sais mes leçons, répliqua-t-il.

— Ah ! tiens ! tiens ! tiens !

Et le père, sur ces exclamations équivoques, les laissa pour courir sus au « Grivé » qui se frottait violemment le cou contre la clôture du Grand Coulas.

— Iche-te [1] ! rosse ! gueulait-il en lui tapant du manche de fouet sur les naseaux humides.

Dès qu'il eut dépassé la première maison, Marie sortit enfin le fameux sac et Tintin, vidant ses poches, étala sur le tablier de sa sœur tout le trésor qui les gonflait.

Alors ils introduisirent dans les profondeurs et méthodiquement, d'abord les boutons, puis les agrafes et les boucles et le paquet d'aiguilles soigneusement piquées dans un morceau d'étoffe, pour finir par les cordons, l'élastique, les tresses et la ficelle.

Il restait encore de la place pour le cas où l'on ferait

1. Recule-toi.

de nouveaux prisonniers. C'était vraiment très bien !

Tintin, les coulisses serrées, levait à hauteur de son œil, comme un ivrogne son verre, le sac rempli, soupesant le trésor et oubliant dans sa joie les punitions et les soucis que lui avait déjà valus sa situation, quand le « tac, tac, tac, tac, tac » des sabots de La Crique, frappant le sol à coups redoublés, lui fit baisser le nez et interroger le chemin.

La Crique, très essoufflé, les yeux inquiets, arriva tout droit à eux et s'écria d'une voix sépulcrale :

— Fais attention aux boutons ! Il y a ton père qui jabote avec le père Simon. Je n'ai rien que peur que ce vieux sagouin ne lui dise qu'il t'a puni aujourd'hui pour ça et qu'on ne te fouille. Tâche de les cacher en cas que cela n'arrive, hein ! moi je me barre ; s'il me voyait il se douterait peut-être que je t'ai prévenu.

On entendait déjà au contour les claquements de fouet du père Tintin. La Crique se glissa entre les clôtures des vergers et disparut comme une ombre, tandis que la Marie, intéressée autant que les gars dans l'aventure, prenant fort opportunément une résolution aussi subite qu'énergique, troussait son tablier, le liait solidement derrière son dos pour former devant une sorte de poche et enfouissait dans cette cachette, sous son ouvrage, le sac et les boutons de l'armée de Longeverne.

— Rentre ! dit-elle à son frère, et fais semblant de travailler, moi je vais rester à ravauder mon bas.

Tout en ayant l'air de ne s'intéresser qu'à son travail, la sœur de Tintin ne manqua pas d'observer en dessous la mine de son père, et elle ne douta nullement qu'il y aurait du grabuge quand elle eut saisi le coup d'œil qu'il lança pour savoir si son fils se trouvait encore à fainéanter au seuil de la porte.

Les bœufs et les vaches se pressaient, se bousculaient pour rentrer vite à l'étable et tâcher, en longeant la crèche, de voler une partie du « lécher » déposé pour le voisin avant de manger leurs parts respectives. Mais le paysan fit claquer en menace son fouet, affirmant ainsi sa volonté de ne point tolérer ces vols quotidiens et coutumiers, et, dès qu'il eut entouré le cou de chaque bête de son lien de fer, les sabots noirs de fumier et de purin, il poussa la porte de communication qui ouvrait sur la cuisine où il trouva son fils occupé à préparer, avec une attention inaccoutumée et de trop bon aloi, une leçon d'arithmétique pour le lendemain.

Il en était à la définition de la soustraction.

— « La soustraction est une opération qui a pour but... », marmottait-il.

— Qu'est-ce que tu fais maintenant ? dit le père.

— J'apprends mon arithmétique pour demain !

— Tu savais tes leçons tout à l'heure ?

— J'avais oublié celle-là !

— Sur quoi ?

— Sur la soustraction !

— La soustraction !... Tiens ! mais il me semble que tu la connais, la soustraction, petite rosse !

Et il ajouta brusquement :

— Viens voir ici près de moi !

Tintin obéit en prenant un air aussi surpris et aussi innocent que possible.

— Fais voir tes poches ! ordonna le père.

— Mais j'ai rien fait, j'ai rien pris, objecta Tintin.

— J'te dis de me montrer ce qu'il y a « dedans » tes poches, n... d. D...! et plus vite que ça !

— Y a rien, pardine !

Et Tintin, noblement, en victime odieusement calomniée, plongea sa main dans sa poche droite d'où il retira un bout de guenille sale servant de mouchoir, un couteau ébréché dont le ressort ne fonctionnait plus, un bout de tresse, une bille et un morceau de charbon qui servait à tracer le carré quand on jouait aux billes sur un plancher.

— C'est tout ? demanda le père.

Tintin retourna la doublure noire de crasse pour bien montrer que rien ne restait.

— Fais voir l'autre !

La même opération recommença : Tintin successivement aveignit un bout de réglisse de bois à moitié rongé, un croûton de pain, un trognon de pomme, un noyau de pruneau, des coquilles de noisette et un caillou rond (un bon caillou pour la fronde).

— Et tes boutons ? fit le père.

La mère Tintin rentrait à ce moment. En entendant parler de boutons, ses instincts économes de bonne ménagère s'émurent.

— Des boutons ! répondit Tintin. J'en ai pas !

— T'en as pas ?

— Non ! j'ai pas de boutons ! quels boutons ?

— Et ceux que tu avais cette après-midi ?

— Cette après-midi ? reprit Tintin, l'air vague, cherchant à rassembler ses souvenirs.

— Fais pas la bête, nom de Dieu ! s'exclama le père, ou je te calotte, sacré petit morveux, t'avais des boutons cette après-midi, puisque tu en as perdu une poignée en classe ; le maître vient de me dire que tu en avais plein tes poches ! Qu'en as-tu fait ? Où les avais-tu pris ?

— J'avais pas de boutons ! C'est pas moi, c'est... c'est Lebrac qui voulait m'en vendre contre une image.

— Ah ! pardié ! fit la mère. C'est donc pour ça qu'il n'y a jamais plus rien dans ma corbeille à ouvrage et dans les tiroirs de ma machine à coudre ; c'est ce « sapré » petit cochon-là qui me les prend : on ne trouve jamais rien ici, on a beau tous les jours acheter et racheter, c'est comme si on chantait, ils en voleraient bien autant qu'un curé en pourrait bénir ! Et quand ils ne prennent pas ce qu'il y a ici, ils déchirent ce qu'ils ont sur le dos, ils cassent leurs sabots, perdent leurs casquettes, sèment leurs mouchoirs de poche, n'ont jamais de cordons de souliers entiers. Ah ! mon Dieu ! Jésus ! Marie ! Joseph ! qu'est-ce qu'on veut devenir avec des « gouillands » comme ça ?

— Mais qu'est-ce qu'ils peuvent bien faire de ces boutons ?

— Ah ! sacré arsouille ! Je vais t'apprendre un peu l'ordre et l'économie, et « pisse que » les mots ne servent de rien, c'est à coups de pied au derrière que je vais t'instruire, moi, tu vas voir ça, gronda le père Tintin.

Aussitôt, joignant le geste à la parole, saisissant son rejeton par le bras et le faisant pivoter devant lui, il lui imprima sur le bas du dos, avec ses sabots noirs de purin, quelques cachets de garantie qui, pensait-il, le guériraient pendant quelque temps du désir et de la

173

manie de chiper des boutons dans le « catrignot »[1] de sa mère.

Tintin, selon les principes formulés par Lebrac les jours d'avant, gueula et hurla de toutes ses forces avant même que son père ne l'eût touché, il piailla encore plus haut et plus effroyablement quand les semelles de bois prirent contact avec son postère, il poussa même des cris si aigus que la Marie, tout émue et effarée, rentra les larmes aux yeux et que la mère, elle-même, surprise, pria son époux de ne pas taper si fort, croyant que son fils souffrait vraiment le martyre ou presque.

— Je ne l'ai presque pas touché, ce salaud-là, répliqua le père. Une autre fois je lui apprendrai à gueuler pour quelque chose.

— Que je t'y reprenne un peu, ajouta-t-il, à feu-ner[2] dans les tiroirs de ta mère, et que j'en retrouve des boutons dans tes poches !

1. Corbeille à ouvrage.
2. Feuner : fureter, ou mieux fouiner.

Autres combinaisons

Plus j'ai cherché, Madame, et plus je cherche encor...
Racine (*Britannicus,* acte II, sc. III).

— Non, non, je n'en veux plus du trésor ! J'en ai assez, moi, de ne pas me battre, de copier des conneries sur Mirabeau, de faire des retenues et de recevoir des piles ! Merde pour les boutons ! Les prendra qui voudra. C'est pas toujours aux mêmes d'être taugnés. Si mon père retrouve un bouton dans mes poches, il a dit qu'il me refoutrait une danse comme j'en ai encore jamais reçu.

Ainsi parla Tintin le trésorier, le lendemain matin, en remettant ès mains du général le joli sac rebondi, confectionné par sa sœur.

— Faut pourtant que quelqu'un les garde, ces boutons, affirma Lebrac. C'est vrai que Tintin ne peut plus guère les conserver puisqu'on le soupçonne. A tout moment il pourrait s'attendre à être fouillé et pincé.

— Grangibus, il te faut les prendre, toi ! Tu ne restes pas au village, ton père ne se doutera jamais que tu les as.

— Traîner ce sac d'ici au Vernois et du Vernois ici, deux fois par jour aller et retour, et ne pas me battre, moi, un des plus forts, un des meilleurs soldats de Longeverne, est-ce que tu te foutrais de ma gueule, par hasard ! riposta Grangibus.

— Tintin aussi est un bon soldat, et il avait bien accepté !

— Pour me faire chiper en classe ou en retournant à la maison. Tu vois pas que les Velrans nous attendent un soir que Narcisse aura oublié de lâcher Turc ! Et les jours où nous ne viendrons pas, qu'est-ce que vous ferez ? Vous coïonnerez, hein !

— On pourrait cacher le sac dans une case en classe, émit Boulot.

— Sacrée gourde ! railla La Crique. Quand c'est-y que tu les mettras en classe, tes boutons ? C'est après quatre heures qu'il nous les faut justement, cucu, c'est pas pendant la classe. Alors comment veux-tu rentrer pour les y cacher ? Dis-le voir un peu, tout malin !

— Non, non, personne n'y est ! C'est pas ça ! rumina Lebrac.

— Ousqu'est Camus et Gambette ? demanda un petit.

— T'en occupe pas, répondit le chef vertement, ils sont dans leur peau et moi dans la mienne et m... pour la tienne, as-tu compris ?

— Oh ! je demandais ça passe que Camus pourrait peut-être le prendre, le sac. De son arbre, ça ne le gênerait guère.

— Non ! Non ! reprit violemment Lebrac. Pas plus Camus qu'un autre : j'ai trouvé, il faut tout simplement chercher une cachette pour y caler le fourbi.

— Pas au village, par exemple ! Si on la trouvait...

— Non, concéda le chef, c'est à la Saute qu'il faudra trouver un coin, dans les vieilles carrières du haut, par exemple.

— Il faut que ce soit un endroit sec, passe que les aiguilles si c'est rouillé ça ne va plus, et puis à l'humidité le fil se pourrit.

— Si on pouvait trouver aussi une cachette pour les sabres et pour les lances et pour les triques ! On risque toujours de se les faire prendre.

— Hier, mon père m'a foutu mon sabre au feu après me l'avoir cassé, gémit Boulot, j'ai rien que pu

176

r'avoir un petit bout de ficelle de la poignée et encore il est tout roussi.

— Oui, conclut Tintin, c'est ça ; il faut trouver un coin, une cache, un trou pour y mettre tout le fourbi.

— Si on faisait une cabane, proposa La Crique, une chouette cabane dans une vieille carrière bien abritée, bien cachée ; il y en a où il y a déjà de grandes cavernes toutes prêtes, on la finirait en bâtissant des murs et on trouverait des perches et des bouts de planches pour faire le toit.

— Ce serait rudement bien, reprit Tintin, une vraie cabane, avec des lits de feuilles sèches pour s'y reposer, un foyer pour faire du feu, et faire la fête, quand on aura des sous.

— C'est ça, affirma Lebrac, on va faire une cabane à la Saute. On y cachera le trésor, les « minitions », les frondes, une réserve de beaux cailloux. On fera des « assetottes » pour s'asseoir, des lits pour se coucher, des râteliers pour poser les sabres, on élèvera une cheminée, on ramassera du bois sec pour faire du feu. Ce que ça va être bien !

— Il faut trouver l'endroit tout de suite, fit Tintin, qui tenait à être le plus tôt possible fixé sur les destinées de son sac.

— Ce soir, ce soir, oui, ce soir on cherchera, conclut toute la bande enthousiaste.

— Si les Velrans ne viennent pas, rectifia Lebrac ; mais Camus et Gambette leur arrangent quelque chose pour qu'ils nous foutent la paix ; si ça va bien, on sera tranquilles tertous, si ça ne réussit pas, eh bien ! on en nommera deux pour aller chercher l'endroit qui conviendra le mieux.

— Qu'est-ce qu'il fait, Camus ? dis-nous-le, va, Lebrac, interrogea Bacaillé.

— Ne lui dis pas, souffla Tintin en le poussant du coude pour lui remettre en mémoire une ancienne suspicion.

— T'as le temps de le voir, toi. J'en sais rien, d'abord ! En dehors de la guerre et des batailles, chacun est bien libre. Camus fait ce qu'il veut et moi aussi, et toi itou, et tout le monde. On est en république, quoi, nom de Dieu ! comme dit le père.

L'entrée en classe se fit sans Camus et Gambette. Le maître, interrogeant ses camarades sur les causes présumées de leur absence, apprit des initiés que le premier était resté chez lui pour assister une vache qui était en train de vêler, tandis que l'autre menait encore au bouc une cabe qui s'obstinait à ne pas... prendre.

Il n'insista pas pour avoir des détails et les gaillards le savaient bien. Aussi, quand l'un d'eux fripait l'école, ne manquaient-ils pas, pour l'excuser, d'évoquer innocemment un petit motif bien scabreux sur lequel ils étaient d'avance certains que le père Simon ne solliciterait pas d'explications complémentaires.

Cependant Camus et Gambette étaient fort loin de se soucier de la fécondité respective de leurs vaches ou de leurs chèvres.

Camus, on s'en souvient, avait en effet promis à Touegueule de le retenir ; il avait depuis ruminé sa petite vengeance et il était en train de mettre son plan à exécution, aidé par son féal et complice Gambette.

Tous deux, dès les sept heures, avaient vu Lebrac avec qui ils s'étaient entendus et qu'ils avaient mis au courant de tout.

L'excuse étant trouvée, ils avaient quitté le village. Se dissimulant pour que personne ne les vît ni ne les reconnût, ils avaient gagné le chemin de la Saute et le Gros Buisson d'abord, puis la lisière ennemie, dépourvue à cette heure de ses défenseurs habituels.

Le foyard de Touegueule s'élevait là, à quelques pas du mur d'enceinte, avec son tronc lisse et droit et poli depuis quelques semaines par le frottement du pantalon de la vigie des Velrans. Les branches en fourche, premières ramifications du fût, prenaient à quelques brasses au-dessus de la tête des grimpeurs. En trois secousses, Camus atteignait une branche, se rétablissait sur les avant-bras et se dressait sur les genoux, puis sur les pieds.

Une fois là, il s'orienta. Il s'agissait, en effet, de découvrir à quelle fourche et sur quelle branche s'installait son rival, afin de ne point s'exposer à accomplir un travail inutile qui les aurait de plus ridiculisés aux yeux de leurs ennemis et fait baisser dans l'estime de leurs camarades.

Camus regarda le Gros Buisson et plus particulièrement son chêne pour être fixé sur la hauteur approximative du poste de Touegueule, puis il examina soigneusement les éraflures des branches afin de découvrir les points où l'autre posait les pieds. Ensuite, par cette sorte d'escalier naturel, de sente aérienne, il grimpa. Tel un Sioux ou un Delaware relevant une piste de Visage Pâle, il explora de bas en haut tous les rameaux de l'arbre et dépassa même en hauteur l'altitude du poste de l'ennemi, afin de distinguer les branches foulées par le soulier de Touegueule de celles où il ne se posait pas. Puis il détermina exactement le point de la fourche d'où le frondeur lançait sur l'armée de Longeverne ses cailloux meurtriers, s'installa commodément à côté, regarda en dessous pour bien juger de la culbute qu'il méditait de faire prendre à son ennemi et tira enfin son eustache de sa poche.

C'était un couteau double, comme les muscles de Tartarin ; du moins l'appelait-on ainsi parce qu'à côté de la lame il y avait une petite scie à grosses dents, peu coupante et aussi incommode que possible.

Avec cet outil rudimentaire, Camus, qui ne doutait de rien, se mit en devoir de trancher, à un fil près, une branche vivante et dure de foyard, grosse au moins comme sa cuisse. Dur travail et qui devait être mené habilement si l'on voulait que rien ne vînt, au moment fatal, éveiller les soupçons de l'adversaire.

Pour éviter les sauts de scie et un éraflement trop visible de la branche, Camus, qui était descendu sur la fourche inférieure et serrait le fût de l'arbre entre ses genoux, commença par marquer avec la lame de son couteau la place à entailler et à creuser d'abord une légère rainure où la scie s'engagerait.

Ensuite de quoi il se mit à manier le poignet d'avant en arrière et d'arrière en avant.

Gambette, pendant ce temps, était monté sur l'arbre et surveillait l'opération. Quand Camus fut fatigué, son complice le remplaça. Au bout d'une demi-heure, le couteau était chaud à n'en plus pouvoir toucher

les lames. Ils se reposèrent un moment, puis ils reprirent leur travail.

Deux heures durant, ils se relayèrent dans ce maniement de scie. Leurs doigts à la fin étaient raides, leurs poignets engourdis, leur cou cassé, leurs yeux troubles et pleins de larmes, mais une flamme inextinguible les ranimait, et la scie grattait encore et rongeait toujours, comme une impitoyable souris.

Quand il ne resta plus qu'un centimètre et demi à raser, ils essayèrent, en s'appuyant dessus, prudemment, puis plus fort, la solidité de la branche.

— Encore un peu, conclut Camus.

Gambette réfléchissait. Il ne faut pas que la branche reste attachée au fût, pensait-il, sans quoi il s'y raccrochera et en sera quitte pour la peur. Il faut qu'elle casse net. Et il proposa à Camus de recommencer à scier d'en dessous, l'épaisseur d'un doigt, pour obtenir une rupture franche, ce qu'ils firent.

Camus, s'appuyant de nouveau assez fortement sur la branche, entendit un craquement de bon augure. Encore quelques petits coups, jugea-t-il.

— Maintenant ça va. Il pourra monter dessus sans qu'elle ne casse, mais une fois qu'il sera en train de gigoter avec sa fronde... ah ! ah ! ce qu'on va rigoler !

Et après avoir soufflé sur la sciure qui sablait les rameaux pour la faire disparaître, poli de leurs mains les bords de la fente pour rapprocher les éraflures d'écorce et rendre invisible leur travail, ils descendirent du foyard de Touegueule en ayant conscience d'avoir bien rempli leur matinée.

— M'sieu, fit Gambette au maître en arrivant en classe à une heure moins dix, je viens vous dire que mon père m'a dit de vous dire que j'ai pas pu venir ce matin à l'école passe que j'ai mené not'cabe...

— C'est bon, c'est bon, je sais, interrompit le père Simon, qui n'aimait pas voir ses élèves se complaire à ces sortes de descriptions pour lesquelles tous faisaient cercle, dans l'assurance qu'un malin demanderait le plus innocemment du monde des explications complémentaires.

— Ça va bien ! ça va bien, répondit-il de même

et d'avance à Camus qui s'approchait, le béret à la main. Allez, dispersez-vous ou je vous fais rentrer.

Et en dedans il pensait, maugréant : Je ne comprends pas que des parents soient aussi insoucieux que ça de la moralité de leurs gosses pour leur flanquer des spectacles pareils sous les yeux.

C'est une rage. Chaque fois que l'étalon passe dans le village, tous assistent à l'opération ; ils font le cercle autour du groupe, ils voient tout, ils entendent tout, et on les laisse. Et après ça on vient se plaindre de ce qu'ils échangent des billets doux avec les gamines !

Brave homme qui gémissait sur la morale et s'affligeait de bien peu de chose.

Comme si l'acte d'amour, dans la nature, n'était pas partout visible ! Fallait-il mettre un écriteau pour défendre aux mouches de se chevaucher, aux coqs de sauter sur les poules, enfermer les génisses en chaleur, flanquer des coups de fusil aux moineaux amoureux, démolir les nids d'hirondelles, mettre des pagnes ou des caleçons aux chiens et des jupes aux chiennes et ne jamais envoyer un petit berger garder les moutons, parce que les béliers en oublient de manger quand une brebis émet l'odeur propitiatoire à l'acte et qu'elle est entourée d'une cour de galants !

D'ailleurs les gosses accordent à ce spectacle coutumier beaucoup moins d'importance qu'on ne le suppose. Ce qui les amuse là-dedans, c'est le mouvement qui a l'air d'une lutte ou qu'ils assimilent quelquefois, témoin ce récit de Tigibus, à la désustentation intestinale qui suit les repas.

— Y poussait comme quand il a besoin de ch..., disait-il, en parlant de leur gros Turc qui avait couvert la chienne du maire après avoir rossé tous ses rivaux.

Ce que c'était rigolo ! Il s'était tellement baissé pour arriver juste qu'il en était presque sur ses genoux de derrière et il faisait un dos comme la bossue d'Orsans. Et puis quand il a eu assez poussé en la retenant entre ses pattes de devant, eh bien ! il « s'a redressé » et puis, mes vieux, pas moyen de sortir. Ils étaient attachés et la Follette, qui est petite, elle, avait le cul en l'air et ses pattes de derrière ne touchaient plus par terre.

A ce moment-là, le maire est sorti de chez nous :

— Jetez-y de l'eau ! Jetez-y de l'eau ! bon Dieu ! qu'il gueulait. Mais la chienne braillait et Turc qu'est le plus fort la tirait par le derrière, même que ses... affaires étaient toutes retournées.

Vous savez, ça a dû lui faire salement mal à Turc ; quand on a pu les faire se décoller, c'était tout rouge et il « s'a léché » la machine pendant au moins une demi-heure.

Pis Narcisse a dit « Ah ! m'sieu le Maire, j'crois bien qu'elle en tient pour ses quat'sous, vot'Folette !...

Et il est parti en jurant les n.. d. D... !

Livre III
La cabane

La construction de la cabane

Nous aurons des lits pleins d'odeurs légères,
Des divans profonds comme des tombeaux.
                    Ch. Baudelaire
                    (*La Mort des Amants*).

L'absence de Gambette et de Camus et la réserve mystérieuse du général n'avaient pas été sans intriguer fortement les guerriers de Longeverne qui, individuellement et sous le sceau du secret, étaient venus, pour une raison ou pour une autre, demander à Lebrac des explications.

Mais tout ce que les plus favorisés avaient pu obtenir comme renseignement tenait dans cette phrase :

— Vous regarderez bien Touegueule ce soir.

Aussi, à quatre heures dix minutes, des munitions en quantité imposante devant eux et le quignon de pain au poing, étaient-ils chacun à son poste, attendant impatiemment la venue des Velrans et plus attentifs que jamais.

— Vous vous tiendrez cachés, avait expliqué Camus, il faut qu'il monte à son arbre si l'on veut que ça soit rigolo.

Tous les Longevernes, les yeux écarquillés, suivirent bientôt chacun des mouvements du grimpeur ennemi gagnant son poste de vigie au haut du foyard de lisière.

Ils regardèrent et regardèrent encore, se frottant de minute en minute les yeux qui s'embuaient d'eau et ne virent absolument rien de particulier, mais là, rien du tout ! Touegueule s'installa comme d'habitude, dénombra les ennemis, puis saisit sa fronde et se mit à « acaillener » consciencieusement les adversaires qu'il pouvait distinguer.

Mais au moment où un geste trop brusque du franc-tireur le penchait de côté afin d'éviter un projectile de Camus, impatienté de voir que nulle catastrophe n'advenait, un craquement sec et de sinistre augure déchira l'air. La grosse branche sur laquelle était juché le Velrans cassait net, d'un seul coup, et lui dégringolait avec elle sur les soldats qui se trouvaient en dessous. La sentinelle aérienne essaya bien de se raccrocher aux autres rameaux, mais cognée de-ci, meurtrie de-là sur les branches inférieures qui craquaient à leur tour, la repoussaient ou se dérobaient traîtreusement, elle arriva à terre on ne sait trop comment, mais à coup sûr plus vite qu'elle n'était montée.

— Ouais ! ouais ! oille ! ouille ! oh ! oh la la ! La jambe ! La tête ! Le bras !

Un homérique éclat de rire répondit du Gros Buisson à ce concert de lamentations.

— C'est moi qui te rechope encore, hein ! railla Camus, voilà ce que c'est que de faire le malin et de menacer les autres. Ça t'apprendra, sale .peigne-cul, à me viser avec ta fronde. T'as pas cassé ton verre de montre des fois ? Non ! Il est bon le cadran !

— Lâches ! assassins ! crapules ! ripostaient les rescapés de l'armée des Velrans. Vous nous le paierez, bandits, voui ! vous le paierez !

— Tout de suite, répondit Lebrac ; et, s'adressant aux siens :

— Hein ! si on poussait une petite charge ?

— Allez ! approuva-t-on.

Et le hurlement du lancer des quarante-cinq Longevernes apprit aux ennemis déjà déroutés et en désarroi qu'il fallait vivement déguerpir si l'on ne voulait pas s'exposer à la grande honte d'une nouvelle et désastreuse confiscation de boutons.

Le camp retranché de Velrans fut dégarni en un clin d'œil. Les blessés, par enchantement, retrouvèrent leurs jambes, même Touegueule, qui avait eu plus de peur que de mal et s'en tirait à bon marché avec des égratignures aux mains, des meurtrissures aux reins et aux cuisses, plus un œil au beurre noir.

— Nous voilà au moins bien tranquilles ! constata Lebrac l'instant d'après. Allons chercher l'emplacement de la cabane.

Toute l'armée revint près de Camus, lequel était descendu de l'arbre pour garder momentanément le sac confectionné par la Marie Tintin et qui contenait le trésor deux fois sauvé déjà et quatorze fois cher de l'armée de Longeverne.

Les gars se renfoncèrent dans les profondeurs du Gros Buisson afin de regagner sans être vus l'abri découvert par Camus, la chambre du Conseil, comme l'avait baptisé La Crique, et, de là, diverger vers le haut par petits groupes pour rechercher, parmi les nombreux emplacements utilisables, celui qui paraîtrait le plus propice et répondrait le mieux aux besoins de l'heure et de la cause.

Cinq ou six bandes s'agglomérèrent spontanément, conduites chacune par un guerrier important et immédiatement se dispersèrent parmi les vieilles carrières abandonnées, examinant, cherchant, furetant, discutant, jugeant, s'interpellant.

Il ne fallait pas être trop près du chemin ni trop loin du Gros Buisson. Il fallait également ménager à la troupe un chemin de retraite parfaitement dissimulé, afin de pouvoir se rendre sans danger du camp à la forteresse.

Ce fut La Crique qui trouva.

Au centre d'un labyrinthe de carrières, une excavation comme une petite grotte offrait son abri naturel qu'un rien suffirait à consolider, à fermer et à rendre invisible aux profanes.

Il appela par le signal d'usage Lebrac et Camus et les autres, et bientôt tous furent devant la caverne que le camarade venait de redécouvrir, car tous, parbleu, la connaissaient déjà. Comment ne s'en étaient-ils pas souvenus ?

Pardié, ce sacré La Crique, avec sa mémoire de chien, il se l'était rappelée tout de suite. Vingt fois, en effet, ils avaient passé là au cours d'incursions dans le canton en quête de nids de merles, de noisettes mûres, de prunelles gelées ou de guilleris boutons rintris [1].

Les carrières précédentes faisaient comme une espèce de chemin creux qui aboutissait à une sorte de carrefour ou de terre-plein bordé du côté du haut par une bande de bois rejoignant le Teuré, et semé vers le bas de buissons entre lesquels des sentiers de bêtes se rattachaient, en coupant le chemin, aux prés-bois qui se trouvaient derrière le Gros Buisson.

Toute l'armée entra dans la caverne. Elle était, en réalité, peu profonde, mais se trouvait prolongée ou plutôt précédée par un large couloir de roc, de sorte que rien n'était plus facile que d'agrandir son abri naturel en plaçant sur ces deux murs, distants de quelques mètres, un toit de branches et de feuillage. Elle était d'autre part admirablement protégée, entourée de tous côtés, sauf vers l'entrée, d'un épais rideau d'arbres et de buissons.

On rétrécirait l'ouverture en élevant une muraille large et solide avec les belles pierres plates qui abondaient et on serait là-dedans absolument chez soi. Quand le dehors serait fait, on s'occuperait de l'intérieur.

Ici, les instincts bâtisseurs de Lebrac se révélèrent dans toute leur plénitude. Son cerveau concevait, ordonnait, distribuait la besogne avec une admirable sûreté et une irréfutable logique.

— Il faudra, dit-il, ramasser dès ce soir tous les morceaux de planches que l'on trouvera, les lattes, les baudrions [2], les vieux clous, les bouts de fer.

Il chargea l'un des guerriers de trouver un marteau, un autre des tenailles, un troisième un marteau de maçon ; lui, apporterait une hachette, Camus une serpe, Tintin un mètre (en pieds et en pouces) et tous,

---

1. Fruits de l'églantier ridés par le gel.
2. Baudrion : petite poutrelle soutenant les lattes du toit.

ceci était obligatoire, tous devaient chiper dans la boîte à ferraille de la famille au moins cinq clous chacun, de préférence de forte taille, pour parer immédiatement aux plus pressantes nécessités de construction, savoir entre autres l'édification du toit.

C'était à peu près tout ce qu'on pouvait faire ce soir-là. En fait de matériaux, il fallait surtout de grosses perches et des planches. Or le bois offrait suffisamment de fortes coudres droites et solides qui feraient joliment l'affaire. Pour le reste, Lebrac avait appris à dresser des palissades pour barrer les pâtures, tous savaient tresser des claies et, quant aux pierres, il y en avait, dit-il, en veux-tu, n'en voilà !

— N'oubliez pas les clous surtout, recommanda-t-il.

— On laisse le sac ici ? interrogea Tintin.

— Mais oui, fit La Crique : on va bâtir tout de suite, là au fond, avec des pierres, un petit coffre, et on va l'y mettre bien au sec, bien à l'abri ; personne ne veut venir l'y trouver.

Lebrac choisit une grande pierre plate qu'il posa horizontalement, non loin de la paroi du rocher ; avec quatre autres plus épaisses, il édifia quatre petits murs, mit au centre le trésor de guerre, recouvrit le tout d'une nouvelle pierre plate et disposa alentour et irrégulièrement des cailloux quelconques afin de masquer ce que sa construction pouvait avoir de trop géométrique pour le cas, bien improbable, où un visiteur inopiné eût été intrigué par ce cube de pierres.

Là-dessus, joyeuse, la bande s'en retourna lentement au village, faisant mille projets, prête à tous les vols domestiques, aux travaux les plus rudes, aux sacrifices les plus complets.

Ils réaliseraient leur volonté : leur personnalité naissait de cet acte fait par eux et pour eux. Ils auraient une maison, un palais, une forteresse, un temple, un panthéon, où ils seraient chez eux, où les parents, le maître d'école et le curé, grands contrecarreurs de projets, ne mettraient pas le nez, où ils pourraient faire en toute tranquillité ce qu'on leur défendait à l'église, en classe et dans la famille, savoir : se tenir mal, se mettre pieds nus ou en manches de chemise, ou « à poil », allumer du feu, faire cuire

des pommes de terre, fumer de la viorne et surtout cacher les boutons et les armes.

— On fera une cheminée, disait Tintin.

— Des lits de mousse et de feuilles, ajoutait Camus.

— Et des bancs et des fauteuils, renchérissait Grangibus.

— Surtout, calez tout ce que vous pourrez en fait de planches et de clous, recommanda le chef ; tâchez d'apporter vos provisions derrière le mur ou dans la haie du chemin de la Saute : on reprendra tout, demain, en venant à la besogne.

Ils s'endormirent fort tard, ce soir-là. Le palais, la forteresse, le temple, la cabane hantaient leur cerveau en ébullition. Leurs imaginations vagabondaient, leurs têtes bourdonnaient, leurs yeux fixaient le noir, les bras s'énervaient, les jambes gigotaient, les doigts de pieds s'agitaient. Qu'il leur tardait de voir poindre l'aurore du jour suivant et de commencer la grande œuvre.

On n'eut pas besoin de les appeler pour les faire lever ce matin-là et, bien avant l'heure de la soupe, ils rôdaient par l'écurie, la grange, la cuisine, le chari [1], afin de mettre de côté les bouts de planches et de ferrailles qui devaient grossir le trésor commun.

Les boîtes à clous paternelles subirent un terrible assaut. Chacun voulant se distinguer et montrer ce qu'il pouvait faire, ce ne fut pas seulement deux cents clous que Lebrac eut le soir à sa disposition, mais cinq cent vingt-trois bien comptés. Toute la journée, il y eut, du village au gros tilleul et aux murs de la Saute, des allées et venues mystérieuses de gaillards aux blouses gonflées, à la démarche pénible, aux pantalons raides, dissimulant entre toile et cuir des objets hétéroclites qu'il eût été fort ennuyeux de laisser voir aux passants.

Et le soir, lentement, très lentement, Lebrac arriva par le chemin de derrière au carrefour du vieux tilleul. Il avait la jambe gauche raide lui aussi et semblait boiter.

— « Tu t'as fais mal ? » interrogea Tintin.

— « T'as tombé ? » reprit La Crique.

1. Remise, hangar.

Le général sourit du sourire mystérieux de Bas de Cuir, ou d'un autre, d'un sourire qui disait à ses hommes : vous n'y êtes point.

Et il continua à bancaler jusqu'à ce qu'ils fussent tous entièrement dissimulés derrière les haies vives du chemin de la Saute. Alors il s'arrêta, déboutonna sa culotte, saisit contre sa peau la hache à main qu'il avait promis d'apporter et dont le manche enfilé dans une de ses jambes de pantalon donnait à sa démarche cette roideur claudicante et disgracieuse. Ce fait, il se reboutonna ct, pour montrer aux amis qu'il était aussi ingambe que n'importe lesquel d'entre eux, il entama, brandissant sa hachette au centre de la bande, une sorte de danse du scalp qui n'aurait pas été déplacée au milieu d'un chapitre du *Dernier des Mohicans* ou du *Coureur des Bois*.

Tout le monde avait ses outils : on allait s'y mettre. Deux sentinelles toutefois furent postées au chêne de Camus pour prévenir la petite armée dans le cas où la bande de l'Aztec serait venue porter la guerre au camp de Longeverne, et l'on répartit les équipes.

— Moi, je ferai le charpentier, déclara Lebrac.

— Et moi, je serai le maître maçon, affirma Camus.

— C'est moi « que je poserai » les pierres avec Grangibus. Les autres les choisiront pour nous les passer.

L'équipe de Lebrac devait avant tout chercher les poutres et les perches nécessaires à la toiture de l'édifice. Le chef, de sa hachette, les couperait à la taille voulue et on assemblerait ensuite quand le mur de Camus serait bâti.

Les autres s'occuperaient à faire des claies que l'on disposerait sur la première charpente pour former un treillage analogue au lattis qui supporte les tuiles. Ce lattis-là, en guise de produits de Montchanin, supporterait tout simplement un ample lit de feuilles sèches qui seraient maintenues en place, car il fallait prévoir les coups de vent, par un treillage de bâtons.

Les clous du trésor, soigneusement recomptés, allèrent se joindre aux boutons du sac. Et l'on se mit à l'œuvre.

Jamais Celtes narguant le tonnerre à coups de

flèches, compagnons glorieux du siècle des cathédrales sculptant leur rêve de pierre, volontaires de la grande Révolution s'enrôlant à la voix de Danton, quarante-huitards plantant l'arbre de la Liberté n'entreprirent leur besogne avec plus de fougue joyeuse et de frénétique enthousiasme que les quarante-cinq soldats de Lebrac édifiant, dans une carrière perdue des prés-bois de la Saute, la maison commune de leur rêve et de leur espoir.

Les idées jaillissaient comme des sources aux flancs d'une montagne boisée, les matériaux s'accumulaient en monceaux ; Camus empilait des cailloux ; Lebrac, poussant des han ! formidables, cognait et tranchait déjà à grands coups, ayant trouvé plus pratique, au lieu de fouiller le taillis pour y trouver des poutrelles, de faire enlever dans les « tas » voisins de la coupe une quarantaine de fortes perches qu'une corvée de vingt volontaires était allée voler sans hésitation.

Pendant ce temps, une équipe coupait des rameaux, une autre tressait des claies et lui, la hache ou le marteau à la main, entaillait, creusait, clouait, consolidait la partie inférieure de sa toiture.

Pour que la charpente fût solidement arrimée, il avait fait creuser le sol afin d'emboîter ses poutres dans la terre : il les entourerait, pensait-il, de cailloux enfoncés de force et destinés autant à les maintenir en place qu'à les protéger de l'humidité de la terre. Après avoir pris ses mesures, il avait ébauché son châssis et maintenant il l'assemblait à force de clous avant de l'ajuster dans les entailles creusées par Tintin.

Ah ! c'était solide, et il l'avait éprouvé en posant l'ensemble sur quatre grosses pierres. Il avait marché, sauté, dansé dessus, rien n'avait bougé, rien n'avait frémi, rien n'avait craqué : « c'était de la belle ouvrage vraiment ! »

Et jusqu'à la nuit, jusqu'à la nuit noire, même après le départ du gros de la bande, il resta là encore avec Camus, La Crique et Tintin pour tout mettre en ordre et tout prévoir.

Le lendemain on poserait le toit et on ferait un bouquet, parbleu ! tout comme les charpentiers lorsque

la charpente est achevée et qu'ils « prennent le chat ».
L'embêtement, c'est qu'on n'aurait pas un litre ou deux
à boire pour commémorer dignement cette cérémonie.

— Allons-nous-en, fit Tintin.

Et ils rejoignirent le bas de la Saute et la carrière
à Pepiot en passant par la « chambre du conseil ».

— Tu m'as toujours pas dit comment que t'avais
trouvé ce coin-là, hé Camus, rappela le général.

— Ah ! ah ! repartit l'autre. Eh ben, voilà !

« Cet été nous étions aux champs avec la Titine de
chez Jean-Claude et puis le berger du « Poron », tu
sais celui de Laiviron, qui miguait[1] tout le temps. Et
puis y avait encore les deux Ronfous de sur la Côte,
qui sont « à maître »[2] maintenant.

« Alors on a songé : Si on s'amusait à dire la messe !

« Le berger du Poron[3] a voulu faire le curé ; il a ôté
sa chemise et il l'a passée sur ses habits pour avoir
comme qui dirait un surplis ; on a fait un autel avec
des cailloux et des bancs aussi : les deux Ronfous
étaient les servants, mais ils n'ont pas voulu mettre
leur chemise sur leur tricot. Ils ont dit que c'était
passe qu'elles étaient déchirées, mais je parierais bien
que c'est parce qu'ils avaient ch... fait dedans ; enfin,
bref, le berger nous a mariés, la Titine et moi.

— T'avais pas de bagues pour y mettre au doigt ?

— J'y ai mis des bouts de tresse.

— Et la couronne ?

— On avait du chèvrefeuille.

— Ah !

— Oui, et puis l'autre avait un paroissien, il a dit
des Dominus vobiscum, oremus prends tes puces,
secundum secula, un tas de chichis, quoi, comme le
noir, kifkifre ! puis après « Ite, Missa est », allez en
paix, mes enfants !

« Alors on est parti les deux la Titine, et on. leur a
dit de ne pas venir, que c'était la nuit de noce, que ça
ne les regardait pas, qu'on resterait pas longtemps

1. Clignait de l'œil.
2. Au service comme berger.
3. Parrain.

et qu'on reviendrait le lendemain matin pour la messe des parents défunts.

« On a foutu le camp par les buissons et on est venu juste tomber là à c'te carrière où que nous venons de passer. Alors on s'a couché sur les cailloux.

— Et puis ?

— Et puis, je l'ai embrassée, pardine !

— C'est tout ! Tu y as pas mis ton doigt au... ?

— Penses-tu, mon vieux, pour me l'emplir de jus, c'est bien trop sale ; ben y avait pas de danger, et puis qu'est-ce qu'aurait pensé la Tavie ?

— C'est vrai que c'est sale, les femmes !

— Et encore ce n'est rien quand elles sont petites, mais quand elles « viennent » grandes, leurs pantets sont pleins de fourbi...

— Pouah ! fit Tintin, tu vas me faire dégobiller.

— Filons, filons ! coupa Lebrac, voilà six heures et demie qui sonnent à la tour ; on va se faire attraper !

Et sur ces réflexions misogynes, ils regagnèrent leurs pénates.

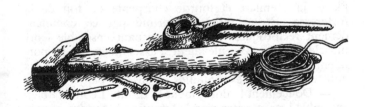

Les grands jours de Longeverne

> ... Qui considérera aussi la grande prévoyance dont il usa pour l'amunitionner et y établir vivres, munitions, réglementez, pollices... qui mettra aussi devant les yeux le bel ordre de guerre qu'il y ordonna...
> Brantôme (*Grands capitaines françois. — M. de Guize*).

Ho, hisse ! ho, hisse ! ahanait la corvée des dix charpentiers de Lebrac soulevant, pour la mettre en place, la première et lourde charpente du toit de la forteresse. Et au rythme imprimé par ce commandement réciproque, vingt bras crispant ensemble leurs muscles vigoureux enlevaient l'assemblage et le portaient au-dessus de la carrière, afin de bien poser les poutrelles dans les entailles creusées par Tintin.

— Doucement ! doucement ! disait Lebrac ; bien ensemble ! ne cassons rien ! Attention ! Avance encore un peu, Bébert ! Là, ça va bien ! — Non ! Tintin, élargis un peu le premier trou, il est trop en arrière ! Prends la hache ; allez, vas-y !

— Très bien, ça entre !

— As pas peur, c'est solide !

Et Lebrac, pour bien montrer que son œuvre était bonne, se coucha en travers de ce bâti surplombant le vide. Pas une pièce du bloc ne broncha.

— Hein ! crâna-t-il fièrement en se redressant. Maintenant, posons les claies.

De son côté, Camus, par le moyen rudimentaire d'escaliers de pierres, réalisant une sorte de plan incliné, posait au-dessus de son mur les derniers matériaux ; c'était un mur large de plus de trois pieds, hérissé en dehors de par la volonté du constructeur qui voulait, pour cacher l'entrée, dissimuler la régularité de sa maçonnerie, mais, au dedans, rectiligne autant que s'il eût été édifié à l'aide du fil à plomb et soigné, poli, fignolé, léché, dressé tout entier avec des pierres de choix.

Les blousées de feuilles mortes, apportées par les petits devant la caverne, formaient à côté d'un matelas de mousse un tas respectable ; les haies s'alignaient propres et bien tressées ; ça avait marché rondement et on n'était pas des fainéants à Longeverne... quand on voulait.

L'ajustement des claies fut l'affaire d'une minute et bientôt une épaisse toiture de feuilles sèches fermait complètement en haut l'ouverture de la cabane. Un seul trou fut ménagé à droite de la porte, afin de permettre à la fumée (car on allumerait du feu dans la maison) de monter et de s'échapper.

Avant de procéder à l'aménagement intérieur, Lebrac et Camus, devant toutes leurs troupes réunies, massées face à la porte, suspendirent par un bout de ficelle une touffe énorme de beau gui d'un vert doré et patiné, dans les feuilles duquel luisaient les graines ainsi que des perles énormes. Les Gaulois faisaient comme ça, prétendait La Crique, et on dit que ça porte bonheur.

On poussa des hourrah !

— Vive la cabane !

— Vive nous !

— Vive Longeverne !

— A cul les Velrans ! Enlevez-les !

— C'est des peigne-culs !

Ceci fait, et l'enthousiasme un peu calmé, on nettoya l'intérieur de la bâtisse.

Les cailloux inégaux furent enlevés et remplacés par d'autres. Chacun eut sa besogne. Lebrac distribuait les rôles et dirigeait, tout en travaillant comme quatre.

— Ici au fond, contre le rocher, on mettra le trésor et les armes ; du côté gauche, dans un emplacement limité par des planches, en face du foyer, une espèce de litière de feuilles et de mousses formant un lit douillet pour les blessés et les éreintés, puis quelques sièges. De l'autre côté, de part et d'autre du foyer, des bancs et des sièges de pierre ; au milieu, un passage.

Chacun voulut avoir sa pierre et sa place attitrée à un banc. La Crique, fixé sur les questions de préséance, marqua les sièges de pierre avec du charbon et les bancs avec de la craie, afin qu'aucune discussion ne vînt à jaillir plus tard à ce sujet. La place de Lebrac était au fond, devant le trésor et les triques.

Une perche hérissée de clous fut tendue entre les parois de la muraille, derrière la pierre du général. Là, chacun y eut aussi son clou, matriculé, pour mettre son sabre et y appuyer sa lance ou son bâton. Les Longevernes, on le voit, étaient partisans d'une forte discipline et savaient s'y soumettre.

L'affaire de Camus, la semaine d'avant, n'avait pas été non plus pour ne point contenir ni calmer les velléités anarchiques de quelques guerriers, et la supériorité de Lebrac était vraiment incontestable.

Camus avait installé le foyer en posant sur le sol une immense pierre plate, une lave, comme on disait ; il avait élevé à l'arrière et sur les côtés trois petits murs, puis posé sur les deux murs des côtés une autre pierre plate, laissant en arrière, juste en dessous du trou ménagé dans le toit, une ouverture libre qui favorisait le tirage.

Quant au sac, il y fut déposé par Lebrac, tout au fond, comme un ciboire sacré dans un tabernacle de roc, et muré solennellement jusqu'à l'heure où l'on aurait besoin d'y recourir.

Avant de le déposer dans le caveau, il l'offrit une dernière fois à l'adoration des fidèles, vérifia les livres de Tintin, compta minutieusement toutes les pièces, les laissa regarder et palper par tous ceux qui le désirèrent et remit sacerdotalement le tout dans son autel de pierre.

— Ça manque un peu d'images par ici, remarqua, en plissant les paupières, La Crique chez qui s'éveillait un certain sens esthétique et le goût de la couleur.

La Crique avait dans sa poche un miroir de deux sous qu'il sacrifia à la cause commune et déposa sur un entablement de roc. Ce fut le premier ornement de la cabane.

Et tandis que les uns préparaient le lit et bâtissaient les sièges, les autres partaient en expédition pour chercher dans le sous-bois de nouveaux matelas de feuilles mortes et des provisions de bois sec.

Comme on ne pouvait pas encombrer la maison d'une si grande quantité de combustible, on décida immédiatement de bâtir, tout à côté, une remise basse et assez vaste pour y entasser de suffisantes provisions de bois. A dix pas de là, sous un abri de roc, on eut vite fait de monter trois murailles laissant du côté de la bise un trou libre et entre lesquelles on pouvait faire tenir plus de deux stères de quartelage. On fit trois tas distincts : du gros, du moyen, du fin. Comme ça, on était paré, on pouvait attendre et narguer les mauvais jours.

Le lendemain, l'œuvre fut parachevée. Lebrac avait apporté des suppléments illustrés du *Petit Parisien* et du *Petit Journal*, La Crique de vieux calendriers, d'autres des images diverses. Le président Félix Faure regardait de son air fat et niais l'histoire de Barbe Bleue. Une rentière égorgée faisait face à un suicide de cheval enjambant un parapet, et un vieux Gambetta, déniché, est-il besoin de le dire, par Gambette, fixait étrangement de son puissant œil de borgne une jolie fille décolletée, la cigarette aux lèvres et qui ne fumait, affirmait la légende, que du Nil ou du Riz la +, à moins que ce ne fût du Job[1].

C'était chatoyant et gai ; les couleurs crues s'harmonisaient à la sauvagerie de ce cadre dans lequel la

---

1. J'espère bien que ces trois maisons, reconnaissantes de la réclame spontanée que je leur fais ici, vont m'envoyer chacune une caisse de leur meilleur produit. (Note de l'auteur.)

Joconde apâlie, et si lointaine maintenant sans doute, eût été tout à fait déplacée.

Un bout de balai, chipé parmi les vieux qui ne servaient plus en classe, trouvait là son emploi et dressait dans un coin son manche noirci par la crasse des mains.

Enfin, comme il restait des planches disponibles, on bâtit, en les clouant ensemble, une feuille de table. Quatre piquets, fichés en terre devant le siège de Lebrac et consolidés à grand renfort de cailloutis, servirent de pieds. Des clous scellèrent la feuille à ces supports et l'on eut ainsi quelque chose qui n'était peut-être pas de la première élégance, mais qui tenait bon comme tout ce qu'on avait fait jusqu'alors.

Pendant ce temps, que devenaient les Velrans ?

Chaque jour on avait renouvelé les sentinelles au camp du Gros Buisson et, à aucun moment, les vigies n'avaient eu à signaler, par les trois coups de sifflet convenus, l'attaque des ennemis.

Ils étaient venus pourtant, les peigne-culs ; pas le premier jour, mais le second.

Oui, le deuxième jour, un groupe était apparu aux yeux de Tigibus, chef de patrouille ; ils avaient soigneusement épié, lui et ses hommes, les faits et gestes de ces niguedouilles, mais les autres avaient disparu mystérieusement. Le lendemain, deux ou trois guerriers de Velrans vinrent encore, passifs, se poster à la lisière et firent face continuellement aux sentinelles de Longeverne.

Il se passait quelque chose de pas ordinaire au camp de l'Aztec ! La pile du chef, la dégringolade de Touegueule n'avaient pas été sûrement pour arrêter leur ardeur guerrière. Que pouvaient-ils bien méditer ? Et les sentinelles ruminaient, imaginaient, n'ayant rien d'autre à faire ; quant à Lebrac il était trop heureux de profiter du répit laissé par les ennemis pour se soucier ou s'enquérir de la façon dont ils passaient ces heures habituellement consacrées à la guerre.

Pourtant, vers le quatrième jour, comme on établissait l'itinéraire le plus court pour se rendre en se dissimulant de la cabane au Gros Buisson, on apprit par un homme de communication dépêché par le chef éclaireur, que les vigies ennemies venaient de proférer des menaces sur l'importance desquelles on ne pouvait point se méprendre.

Evidemment le gros de leur troupe avait été, lui aussi, occupé ailleurs ; peut-être avait-elle édifié de son côté un repaire, fortifié ses positions, creusé des chausse-trapes dans la tranchée, on ne savait quoi ? La supposition la plus logique était encore pour la construction d'une cabane. Mais qui avait bien pu leur donner cette idée ? il est vrai que les idées, quand elles sont dans l'air, circulent mystérieusement. Le fait certain, c'est qu'ils mijotaient quelque chose, car, autrement, comment expliquer pourquoi ils ne s'étaient pas élancés sur les gardiens du Gros Buisson ?

On verrait bien.

La semaine passa ; la forteresse s'approvisionna de pommes de terre chipées, de vieilles casseroles bien nettoyées et récurées pour la circonstance, et on se tint sur la défensive, on attendit, car, malgré la proposition de Grangibus, nul ne voulut se charger d'une périlleuse reconnaissance au sein de la forêt ennemie.

Mais le dimanche après-midi, les deux armées au grand complet échangèrent force injures et force cailloux. Il y avait de part et d'autre le redoublement d'énergie et l'intransigeante arrogance que donnent seules une forte organisation et une absolue confiance en soi. La journée du lundi serait chaude.

— Apprenons bien nos leçons, avait recommandé Lebrac ; s'agit pas de se faire mettre en retenue demain, y aura du grabuge.

Et jamais en effet leçons ne furent récitées comme ce lundi, au grand ébahissement de l'instituteur, dont ces alternatives de paresse et de travail, d'attention et de rêvasserie, bouleversaient tous les préjugés pédagogiques. Allez donc bâtir des théories sur la prétendue expérience des faits quand les véritables causes, les mobiles profonds vous sont aussi cachés que la face d'Isis sous son voile de pierre.

Mais cela allait barder.

Camus, en accrochant sa première branche pour se rétablir, commença par dégringoler de son chêne, de pas très haut heureusement, et sur ses pattes encore. C'était la revanche de Touegueule : il s'y devait attendre, mais il pensait que l'autre s'attaquerait lui aussi à une branche de son « assetotte ». N'empêche que sitôt remonté il vérifia soigneusement la solidité de chacune d'elles avant de s'installer ; d'ailleurs il allait redescendre pour prendre part à l'assaut et au corps à corps, et s'il pinçait Touegueule il ne manquerait pas de lui faire payer cette petite tournée-là.

A part ceci, ce fut une bataille franche.

Quand chacun des camps en présence eut épuisé sa réserve de cailloux, les guerriers s'avancèrent résolument de part et d'autre, les armes à la main, pour se cogner en toute conscience.

Les Velrans avançaient en coin, les Longevernes en trois petits groupes : au centre Lebrac, à droite Camus, à gauche Grangibus.

Pas un ne disait mot. Ils avançaient au pas, lentement, comme des chats qui se guettent, les sourcils froncés, les yeux terribles, les fronts plissés, les gueules tordues, les dents serrées, les poings raidis sur le gourdin, les sabres ou les lances.

Et la distance diminuait et, au fur et à mesure, les pas se rapetissaient encore ; les trois groupes de Longeverne se concentraient sur la masse triangulaire de Velrans.

Et quand les deux chefs furent presque nez à nez, à deux pas l'un de l'autre, ils s'arrêtèrent. Les deux troupes étaient immobiles, mais de l'immobilité d'une eau qui va bouillir, hérissées, terribles ; des colères grondaient sourdement en tous, les yeux décochaient des éclairs, les poings tremblaient de rage, les lèvres frémissaient.

Qui le premier, de l'Aztec ou de Lebrac, allait s'élancer ? On sentait qu'un geste, un cri, allait déchaîner ces colères, débrider ces rages, affoler ces énergies, et le geste ne se faisait pas et le cri ne sortait point et il planait sur les deux armées un grand silence tragique et sombre que rien ne rompait.

Couâ, couâ, croâ ! une bande de corbeaux rentrant en forêt passèrent sur le champ de bataille en jetant, étonnés, une rafale de cris.

Cela déclencha tout.

Un hurlement sans nom jaillit de la gorge de Lebrac, un cri terrible sauta des lèvres de l'Aztec, et ce fut des deux côtés une ruée impitoyable et fantastique.

Impossible de rien distinguer. Les deux armées s'étaient enfoncées l'une dans l'autre, le coin des Velrans dans le groupe de Lebrac, les ailes de Camus et de Grangibus dans les flancs de la troupe ennemie. Les triques ne servaient à rien. On s'étreignait, on s'étranglait, on se déchirait, on se griffait, on s'assommait, on se mordait, on arrachait des cheveux ; des manches de blouses et de chemises volaient au bout des doigts crispés, et les coffres des poitrines, heurtées de coups de poing, sonnaient comme des tambours, les nez saignaient, les yeux pleuraient.

C'était sourd et haletant, on n'entendait que des grognements, des hurlements, des cris rauques, inarticulés : han ! ahi ! ran ! pan ! rah ! crac ! ahan ! charogne ! mêlés de plaintes étouffées : euh ! oille ! ah ! et cela se mêlait effroyablement.

C'était un immense torchis hurlant de croupes et de têtes, hérissé de bras et de jambes qui se nouaient et se dénouaient. Et tout ce bloc se roulait et se déroulait et se massait et s'étalait pour recommencer encore.

La victoire serait aux plus forts et aux plus brutaux. Elle devait sourire encore à Lebrac et à son armée.

Les plus atteints partirent individuellement. Boulot, le nez écrasé par un anonyme coup de sabot, regagna le Gros Buisson en s'épongeant comme il pouvait ; mais du côté des Velrans c'était la débandade : Tatti, Pissefroid, Lataupe, Bousbot, et sept ou huit autres filaient à cloche-pied ou le bras en écharpe ou la gueule en compote et d'autres encore les suivirent et encore quelques-uns, de sorte que les valides, se voyant petit à petit abandonnés et presque sûrs de leur perte, cherchèrent eux aussi leur salut dans la fuite, mais pas assez vite cependant pour que Touegueule, Migue la Lune et quatre autres ne fussent bel et bien enveloppés, chipés, empoignés et emmenés tout vifs au camp du

Gros Buisson, à grand renfort de coups de pied au cul.

Ce fut vraiment une belle journée.

La Marie, prévenue, était à la cabane. Gambette y conduisit Boulot pour le faire panser. Lui-même prit une casserole et fila dare dare à la source la plus proche puiser de l'eau fraîche pour laver le pif endommagé de son vaillant compaing, tandis que, durant ce temps, les vainqueurs désustentaient leurs prisonniers des objets divers encombrant leurs poches et tranchaient impitoyablement tous les boutons.

Ils y passèrent chacun à son tour. Ce fut Toue-gueule qui eut les honneurs de la soirée ; Camus le soigna particulièrement, n'omit point de lui confisquer sa fronde et l'obligea à rester à cul nu devant tout le monde, jusqu'à la fin de l'exécution.

Les quatre autres, qui n'avaient pas encore été pincés, furent échenillés à leur tour simplement, froidement, sans barbarie inutile.

On avait réservé Migue la Lune pour le dernier, pour la bonne bouche, comme on disait. N'avait-il pas dernièrement porté une griffe sacrilège sur le général après l'avoir fait trébucher traîtreusement ! Oui, c'était ce pleurnicheur, ce « jean-grognard », cette « mort aux rats » qui avait osé frapper d'une baguette les fesses d'un guerrier désarmé qu'il était bien incapable de prendre. La réciproque s'imposait. Il serait fessé d'importance. Mais une odeur caractéristique émanait de sa personne, une odeur insupportable, infecte, qui, malgré leur endurance, fit se boucher le nez aux exécuteurs des hautes œuvres de Longeverne.

Ce salaud-là pétait comme un ronsin [1] ! Ah ! il se permettait de péter !

Migue la Lune balbutiait des syllabes inintelligibles, larmoyant et pleurnichant, la gorge secouée de sanglots. Mais quand, tous les boutons étant tranchés, le pan-

1. Etalon.

talon tomba et qu'on découvrit la source d'infection, on s'aperçut, en effet, que l'odeur pouvait perdurer avec tant de véhémence. Le malheureux avait fait dans sa culotte et ses maigres fesses conchiées répandaient tout alentour un parfum pénétrant et épouvantable, tant que, généreux quand même, le général Lebrac renonça aux coups de verge vengeurs et renvoya son prisonnier comme les autres, sans plus de dépens, heureux, au fond, et jubilant de cette punition naturelle infligée, par sa couardise, au plus sale guerrier que les Velrans comptaient dans leurs rangs de peigneculs et de foireux.

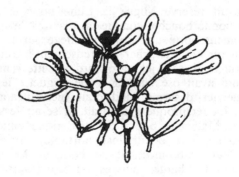

Le festin
dans la forêt

Qu'on boute du vin en la tasse,
Soumelier ! Qu'on en verse tant
Qu'il se respande dans la place !
Qu'on mange, qu'on boive d'autant !
                              Ronsard (*Odes*).

Qu'allait-il se passer dans la troupe de l'Aztec rossée, meurtrie, pillée et abattue ? Lebrac, après tout, s'en f...ichait et son armée aussi. On avait la victoire, on avait fait six prisonniers. Jamais ça ne s'était vu depuis des temps et des temps. La tradition des hauts faits de guerre, religieusement conservée et transmise, ne signalait, La Crique s'en portait garant, aucune de ces prises fabuleuses et de ces rossées fantastiques. Lebrac pouvait se considérer comme le plus grand capitaine qui eût jamais commandé à Longeverne, et son armée comme la phalange la plus vaillante et la plus éprouvée.

Le butin était là en tas : amas de boutons et de tresses, de cordons et de boucles et d'objets hétéroclites très divers, car on avait fait main basse sur tout ce que renfermaient les poches, les mouchoirs exceptés. On voyait de petits os de cochon percés au milieu, traversés d'un double cordon de laine qui faisait en se roulant et se déroulant tourner en frondonnant l'osselet : on appelait ce joujou un « fredot » ; on voyait aussi des billes, des couteaux, ou, pour être plus juste, de vagues lames mal emmanchées ; il s'y trouvait également quelques clés de boîtes de sardines, un père La Colique en plomb accroupi dans une posture intime, et des tubes chalumeaux pour lancer des pois. Tout cela, entassé pêle-mêle, devait aller grossir le trésor commun ou serait tiré au sort.

Mais le trésor, du coup, serait certainement doublé. Et c'était le surlendemain qu'on devait justement payer au trésorier la seconde contribution de guerre.

La première idée de Lebrac lui revint à l'esprit. Si on employait cet argent à faire la fête ?

Comme il était homme de réalisation, il s'enquit immédiatement auprès de ses soldats des sommes que pourrait récupérer le trésorier.

— Qui c'est qui n'a pas son sou pour payer l'impôt de guerre ?

Personne ne dit mot ! Tout le monde a bien compris. Levez la main ceusses qui n'ont pas leur sou d'impôt ?

Aucune main ne se leva. Un silence religieux planait. Etait-ce possible ? Ils avaient tous trouvé le moyen d'acquérir leur « rond » ! Les bons conseils du général avaient porté leurs fruits : aussi félicita-t-il chaudement ses troupes :

— Vous voyez bien que vous n'êtes pas si bêtes que vous croyiez, hein ! Il suffit de vouloir, on trouve toujours. Mais il ne faut pas être une nouille, pardine, sans quoi on est toujours roulé dans la vie du monde.

« Ici dedans, fit-il en désignant les dépouilles opimes, il y a au moins pour quarante sous de fourbi, eh bien ! mes petits, puisqu'on a été assez courageux pour le conquérir avec nos poings, il n'y a' pas besoin de dépenser nos sous à en acheter d'autre.

« Nous allons avoir demain quarante-cinq sous. Pour fêter la victoire et « prendre le chat » de la construction de la cabane, on va faire la bringue tous ensemble jeudi prochain après-midi.

« Qu'en dites-vous ?

— Oui, oui, oui ! bravo, bravo ! c'est ça ! crièrent, beuglèrent, hurlèrent quarante voix, c'est ça, vive la fête, vive la noce !

— Et maintenant à la cabane ! reprit le chef.

Tintin, passe-moi ton béret que je l'emplisse de butin, pour le joindre à notre cagnotte.

Il n'y a plus personne là-bas ? questionna-t-il en désignant la lisière du bois de Velrans.

Camus grimpa au chêne pour s'en assurer.

— Penses-tu, fit-il au bout d'un instant d'examen, après une pareille tatouille ils ont filé comme des lièvres.

L'armée de Longeverne rejoignit à la cabane Boulot, Gambette et la Marie qui s'apprêtait à partir. Le blessé, qui avait abondamment saigné, avait le nez tout bleu et enflé comme une pomme de terre, mais il ne se plaignait pas trop tout de même, songeant au nombre de tignasses crêpées par ses doigts et à la quantité respectable de coups de poing qu'il avait équitablement distribués de côté et d'autre.

On s'arrangea pour raconter qu'en courant il était tombé sur une bille de bois et qu'il n'avait pas eu le temps de porter les mains en avant pour protéger sa face.

Jeudi, il serait guéri, il pourrait faire la fête avec les autres, et comme c'était lui qui avait, en l'occurrence, été le plus malmené, on lui revaudrait ça en nature à l'heure du partage des provisions.

Le lendemain, Lebrac et Tintin, ayant perçu l'argent, discutèrent avec les camarades de la façon dont on devrait l'employer.

On fit des propositions.

— Du chocolat.

Tout le monde était d'accord pour cet achat.

— Comptons, fit La Crique. La tablette de dix raies coûte huit sous : il en faut à chacun un assez gros morceau : avec trois tablettes, trente raies, on en aura chacun plus d'une demie ; oui, reprit-il après calcul, cela fera juste deux tiers de raie à chacun, c'est très bien.

« On le mangera comme ça, sec ou avec son pain. Trois tablettes à huit sous, ça fait vingt-quatre sous. De quarante-cinq, il restera vingt et un ronds.

« Qu'est-ce qu'on va acheter avec ?

— Des croquets !

— Des biscuits !

— Des bonbons !

— Des sardines !

— Nous n'avons que vingt et un sous, souligna Lebrac.

— Faut acheter des sardines, insinua Tintin. C'est bon les sardines. Ah ! tu sais pas ce que c'est, Guerreuillas ! Eh bien mon vieux, c'est des petits poissons sans tête cuits « dedans » une boîte en fer-blanc, mais tu sais, c'est salement bon ! Seulement on n'en achète pas souvent chez nous « passe que » c'est cher.

Achetons-en une boîte, voulez-vous ? Il y en a dix, douze, même quelquefois « tienze » par boîte, on partagera.

— Ah oui ! que c'est bon, renchérit Tigibus, et l'huile aussi, mes amis ; moi, ce que je l'aime l'huile de sardine ! je relèche les boîtes quand on en achète ; c'est pas comme l'huile à salade.

On vota d'enthousiasme l'achat d'une boîte de sardines de onze sous.

Restaient dix sous de disponibles.

La Crique, en le faisant remarquer, crut devoir ajouter cet avis :

— On ferait bien de prendre quelque chose qu'on puisse partager plus facilement et dont on aurait plusieurs morceaux pour un sou.

Les bonbons s'imposaient : les petits bonbons ronds et aussi la réglisse en bois qu'il faisait si bon sucer et mâcher en classe, derrière le paravent des pupitres ouverts.

— Partageons donc, conclut Lebrac, cinq sous de bonbons, cinq sous de réglisse en bois.

C'est réglé comme ça ; mais ce n'est pas tout, vous savez. Il faudra chiper des pommes et des poires à la cave, on fera aussi cuire des pommes de terre, Camus fera des cigares de « véllie ».

— Faudra boire aussi, déclara Grangibus.

— Si on pouvait avoir du vin ?

— Et de la goutte ?

— Du cassis ?

— Du sirop ?

— De la « gueurnadine » ?

212

— C'est bien difficile !

— Je sais ousqu'est la bonbonne de goutte à la chambre haute, fit Lebrac, si y a moyen d'en prendre un « maillet » [1], as pas peur, on en aura, mais du vin, bernique !

— Et puis, on n'a pas de verres.

— Faudra au moins avoir de l'eau dans quelque chose.

— Il y a des casseroles là-bas !

— C'est pas assez grand !

— Si on pouvait avoir un petit tonneau ou même un vieil arrosoir.

— Un arrosoir ! il y a le vieux de l'école qu'est au fond du « collidor » ; si on le chipait ! il y a bien un trou au fond et il est plein de poussière, mais c'est pas une affaire, on bouchera le « poutiu » [2] avec une cheville et on récurera le fer-blanc avec du sable ! ça y est-il ?

— Oui, acquiesça Lebrac, c'est une bonne idée. A quatre heures ce soir, j'suis de balayage, je le foutrai derrière le mur de la cour en venant vider le chenit [3] ; le soir, à la nuit, je viendrai le prendre et j'irai le cacher en attendant dans la caverne du Tilleul ; on le récurera demain.

« Pour les achats, voici comment il faudra faire : moi j'achèterai une plaque de chocolat, Grangibus une autre, Tintin la troisième ; La Crique ira chercher les sardines, Boulot les bonbons et Gambette la réglisse. Personne ne pourra se douter de rien. On portera tout le fourbi à la cabane avec les pommes et les " patates " et tout ce qu'on pourra rabioter.

« Ah ! j'oubliais ! Du sucre ! Tâchez de chiper du sucre pour manger avec la goutte... si on en a. On fera des canards !

« C'est facile à prendre, du sucre, quand la vieille tourne le pied.

Aucune de ces excellentes recommandations ne fut oubliée ; chacun s'était chargé d'une tâche particulière

1. Litre, bouteille.
2. Pertuis, trou.
3. Chenit : balayures.

et s'appliquait à la remplir consciencieusement. Aussi le jeudi après-midi, Lebrac, Camus, Tintin, La Crique et Grangibus, lesquels avaient pris les devants, reçurent-ils leurs camarades qui arrivaient l'un après l'autre ou par petites bandes avec les poches garnies et bourrées, mais bourrées à taper.

Eux, les chefs, avaient aussi des surprises à faire à leurs invités.

Un feu clair, dont la flamme montait à plus d'un mètre de haut, emplissait la cabane d'une clarté chaude et faisait chatoyer les couleurs violentes des gravures.

Sur la table rustique, où les journaux étendus remplaçaient la nappe, les provisions achetées, en bel ordre, s'alignaient ; et derrière, ô joie ! ô triomphe ! trois bouteilles pleines, trois bouteilles mystérieuses, dérobées à coup de génie par les Gibus et par Lebrac, dressaient leurs formes élégantes.

L'une renfermait de l'eau-de-vie, les deux autres du vin.

Sur une sorte de piédestal de pierre, l'arrosoir récuré, neuf, dont les cabossures brillaient, brandissait en avant son goulot poli qui déverserait une eau limpide et pure puisée à la source voisine ; des tas de pommes de terre pétaient sous la cendre chaude.

Quelle belle journée !

Il avait été entendu qu'on partageait tout, chacun devant seulement garder son pain. Aussi, à côté des plaques de chocolat et de la boîte de sardines, une pile de morceaux de sucre monta bientôt que La Crique dénombra avec soin.

Il était impossible de faire tenir les pommes sur la table, il y en avait plus de trois doubles. On avait vraiment bien fait les choses, mais ici encore le général, avec sa bouteille de goutte, battait tous les records.

— Chacun aura son cigare, affirma Camus, désignant d'un geste large une pile régulière et serrée de bouts de clématite, soigneusement choisis, sans nœuds, lisses, avec de beaux petits trous ronds qui disaient que cela tirerait bien.

Les uns se tenaient dans la cabane, d'autres ne faisaient qu'y passer ; on entrait, on sortait, on riait, on se tapait sur le ventre, on se fichait pour rire de grands coups de poing dans le dos, on se congratulait.

— Ben, mon vieux, ça biche ?

— Crois-tu qu'on est des types, hein ?

— Ce qu'on va rigoler !

Il était entendu que l'on commencerait dès que les pommes de terre seraient prêtes : Camus et Tigibus en surveillaient la cuisson, repoussaient les cendres, rejetaient les braises, tirant de temps à autre avec un petit bâton les savoureux tubercules et les tâtant du bout des doigts ; ils se brûlaient et secouaient les mains, soufflaient sur leurs ongles, puis rechargeaient le feu continuellement.

Pendant ce temps, Lebrac, Tintin, Grangibus et La Crique, après avoir calculé le nombre de pommes et de morceaux de sucre auxquels chacun aurait droit, s'occupaient à un équitable partage des tablettes de chocolat, des petits bonbons et des bouts de réglisse.

Une grosse émotion les étreignit en ouvrant la boîte de sardines : seraient-ce des petites ou des grosses ? Pourrait-on répartir également le contenu entre tous ?

Avec la pointe de son couteau, détournant celles du dessus, La Crique compta : huit, neuf, dix, onze ! Onze, répéta-t-il. Voyons, trois fois onze trente-trois, quatre fois onze quarante-quatre !

— Merde ! bon dious ! nous sommes quarante-cinq, un de trop ! Il y en a un qui s'en passera.

Tigibus, à croupetons devant son brasier, entendit cette exclamation sinistre et, d'un geste et d'un mot, trancha la difficulté et résolut le problème :

— Ce sera moi qui n'en aurai point si vous voulez, s'écria-t-il ; vous me donnerez la boîte avec l'huile pour la relécher, j'aime autant ça ! Est-ce que ça ira ?

Si ça irait ? c'était même épatant !

— Je crois bien que les pommes de terre sont cuites, émit Camus, repoussant vers le fond, avec une fourche en coudre plus qu'à moitié brûlée, le brasier rougeoyant, afin d'aveindre son butin.

— A table alors ! rugit Lebrac.

Et se portant à l'entrée :

— Eh bien, la coterie, on n'entend rien ? A table

qu'on vous dit ! Amenez-vous ! Y a pus d'amour, quoi ! y a pus moyen ! Faut-il aller chercher la bannière ?

Et l'on se massa dans la cabane.

— Que chacun s'asseye à sa place, ordonna le chef ; on va partager. Les patates d'abord, faut commencer par quéque chose de chaud, c'est mieux, c'est plus chic, c'est comme ça qu'on fait dans les grands dîners.

Et les quarante gaillards, alignés sur leurs sièges, les jambes serrées, les genoux à angle droit comme des statues égyptiennes, le quignon de pain au poing, attendirent la distribution.

Elle se fit dans un religieux silence : les derniers servis lorgnaient les boules grises dont la chair d'une blancheur mate fumait en épandant un bon parfum sain et vigoureux qui aiguisait les appétits.

On éventrait la croûte, on mordait à même, on se brûlait, on se retirait vivement et la pomme de terre roulait quelquefois sur les genoux où une main leste la rattrapait à temps ; c'était si bon ! Et l'on riait, et l'on se regardait, et une contagion de joie les secouait tous, et les langues commençaient à se délier.

De temps en temps on allait boire à l'arrosoir.

Le buveur ajustait sa bouche comme un suçoir au goulot de fer-blanc, aspirait un bon coup et, la bouche pleine et les joues gonflées, avalait tout, hoquetant sa gorgée ou recrachait l'eau en gerbe, en éclatant de rire sous les lazzi des camarades.

— Boira ! boira pas ! pari que si ! parie que ni !

C'était le tour des sardines.

La Crique, religieusement, avait partagé chaque poisson en quatre ; il avait opéré avec tout le soin et la précision désirables, afin que les fractions ne s'émiettassent point et il s'occupait à remettre à chacun la part qui lui revenait. Délicatement, avec le couteau, il prenait dans la boîte que portait Tintin et mettait sur le pain de chacun la portion légale. Il avait l'air d'un prêtre faisant communier les fidèles.

Pas un ne toucha à son morceau avant que tous ne fussent servis : Tigibus, comme il était convenu, eut

la boîte avec l'huile ainsi que quelques petits bouts de peau qui nageaient dedans.

Il n'y en avait pas gros, mais c'était du bon ! Il fallait en jouir. Et tous flairaient, reniflaient, palpaient, léchaient le morceau qu'ils avaient sur leur pain, se félicitant de l'aubaine, se réjouissant au plaisir qu'ils allaient prendre à le mastiquer, s'attristant à penser que cela durerait si peu de temps. Un coup d'engouloir et tout serait fini ! Pas un ne se décidait à attaquer franchement. C'était si minime. Il fallait jouir, jouir, et l'on jouissait par les yeux, par les mains, par le bout de la langue, par le nez, par le nez surtout, jusqu'au moment où Tigibus, qui pompait, torchait, épongeait son reste de « sauce » avec de la mie de pain fraîche, leur demanda ironiquement s'ils voulaient faire des reliques de leur poisson, qu'ils n'avaient dans ce cas qu'à porter leurs morceaux au curé pour qu'il pût les joindre aux os de lapins qu'il faisait baiser aux vieilles gribiches en leur disant : « Passe tes cornes [1] ! »

Et l'on mangea lentement, sans pain, par petites portions égales, épuisant le suc, pompant par chaque papille, arrêtant au passage le morceau délayé, noyé, submergé dans un flux de salive pour le ramener encore sous la langue, le remastiquer de nouveau et ne le laisser filer enfin qu'à regret.

Et cela finit ainsi religieusement. Ensuite Guerreuillas confessa qu'en effet c'était rudement bon, mais qu'il n'y en avait guère !

Les bonbons étaient pour le dessert et la réglisse pour ronger en s'en retournant. Restaient les pommes et le chocolat.

— Voui, mais va-t-on pas boire bientôt ? réclama Boulot.

— Il y a l'arrosoir, répondit Grangibus, facétieux.

— Tout à l'heure, régla Lebrac, le vin et la gniaule c'est pour la fin, pour le cigare.

— Au chocolat, maintenant !

Chacun eut sa part, les uns en deux morceaux, les autres en un seul. C'était le plat de résistance, on le

1. Sans doute : *Pax tecum !*

mangea avec le pain ; toutefois, quelques-uns, des raffinés, sans doute, préférèrent manger leur pain sec d'abord et le chocolat ensuite.

Les dents croquaient et mastiquaient, les yeux pétillaient. La flamme du foyer, ravivée par une brassée de brandes, enluminait les joues et rougissait les lèvres. On parlait des batailles passées, des combats futurs, des conquêtes prochaines, et les bras commençaient à s'agiter et les pieds se trémoussaient et les torses se tortillaient.

C'était l'heure des pommes et du vin.

— On boira chacun à son tour dans la petite casserole, proposa Camus.

Mais La Crique, dédaigneusement, répliqua :

— Pas du tout ! Chacun aura son verre !

Une telle affirmation bouleversa les convives.

— Des verres ! T'as des verres ? Chacun son verre ! T'es pas fou, La Crique ! Comment ça ?

— Ah ! ah ! ricana le compère. Voilà ce que c'est que d'être malin ! Et ces pommes pour qui que vous les prenez ?

Personne ne voyait où La Crique en voulait venir.

— Tas de gourdes ! reprit-il, sans respect pour la société, prenez vos couteaux et faites comme moi.

Ce disant, l'inventeur, l'eustache à la main, creusa immédiatement dans les chairs rebondies d'une belle pomme rouge un trou qu'il évida avec soin, transformant en coupe originale le beau fruit qu'il avait entaillé.

— C'est vrai tout de même : sacré La Crique ! C'est épatant ! s'exclama Lebrac.

Et immédiatement il fit faire la distribution des pommes. Chacun se mit à la taille de son gobelet, tandis que La Crique, loquace et triomphant, expliquait :

— Quand j'allais aux champs et que j'avais soif, je creusais une grosse pomme et je trayais une vache et voilà, je m'enfilais comme ça mon petit bol de lait chaudot.

Chacun ayant confectionné son gobelet, Grangibus et Lebrac débouchèrent les litres de vin. Ils se partagèrent les convives. Le litre de Grangibus, plus grand que l'autre, devait contenter vingt-trois guerriers, celui de son chef vingt-deux. Les verres heureusement étaient petits et le partage fut équitable, du moins il faut le croire, car il ne donna lieu à aucune récrimination.

Quand chacun fut servi, Lebrac, levant sa pomme pleine, formula le toast d'usage, simple et bref :

— Et maintenant, à la nôtre, mes vieux, et à cul les Velrans !

— A la tienne !

— A la nôtre !

— Vive nous !

— Vivent les Longevernes !

On choqua les pommes, on brandit les coupes, on beugla des injures aux ennemis, on exalta le courage, la force, l'héroïsme de Longeverne, et on but, on lécha, on suça la pomme jusqu'au tréfonds des chairs.

— Si on en poussait une, maintenant ! proposa Tigibus.

— Allez, Camus ! Ta chanson !

Camus entonna :

> *Rien n'est si beau*
> *Qu'un artilleur sur un chameau...*

— C'est pas assez long ! C'est dommage ! Elle est belle.

— Alors on va tous chanter ensemble : *Auprès de ma blonde*. Tout le monde la sait. Allons-y. Une ! deusse !

Et toutes les voix juvéniles lancèrent à pleins poumons la vieille chanson :

> *Au jardin de mon père* ⎫
> *Les lauriers sont fleuris,* ⎬ bis
> *Tous les oiseaux du monde* ⎭
> *Viennent faire leur nid,*
> *Oui !*
> *Auprès de ma blonde*
> *Qu'il fait bon, fait bon, fait bon !*
> *Auprès de ma blonde*
> *Qu'il fait bon dormir !*

Tous les oiseaux du monde
Viennent faire leur nid,
La caill', la tourterelle
Et la jolie perdrix,
Oui !
Auprès de ma blonde...

La caille, la tourterelle
Et la jolie perdrix,
Et la blanche colombe
Qui chante jour et nuit,
Oui !
Auprès de ma blonde...

Et la blanche colombe
Qui chante jour et nuit,
Qui chante pour les belles
Qui n'ont pas de mari,
Oui !
Auprès de ma blonde...

...

Quand on eut fini celle-là, on en voulut recommencer une autre et ce fut Tintin qui entonna :

Petit tambour s'en revenant de guerre (bis)
S'en revenant de guerre
Pan plan ra-ta-plan...

Mais on la lâcha en cours de route, car maintenant qu'on avait bu, il fallait autre chose, quelque chose de mieux.

— Allez, Camus ! Dis-nous *Madeleine s'en fut à Rome*.

— Oh ! J'sais rien que deux morceaux de deux couplets, c'est pas la peine ; personne ne la sait ! Quand les conscrits voient qu'on approche pour écouter, ils s'arrêtent et ils nous disent de foutre le camp.

— C'est passe que c'est rigolo.

— Non, j'crois que c'est passe que c'est des cochoncetés !

« Y a un sacré truc, mais j'sais pas ce que c'est, ousqu'on y fourre la Madeleine, l'Estitut et le Patéon, un régiment d'infanterie la baïonnette au canon et encore un tas d'aut'fourbis « que je peux pas me raviser ».

— Plus tard, quand on sera conscrit, on le saura nous aussi, va, affirma Tigibus, pour exhorter ses camarades à la patience.

On essaya alors de se rappeler la chanson de Débiez quand il est saoul :

Soupe à l'oignon, bouillon démocratique...

On écorcha encore tant bien que mal le refrain de Kinkin le braconnier :

Car le Paradis laïri,
Car le Paradis laïri,
Car le Paradis
Aux ivrogn' est promis.

Puis, de guerre lasse, l'ensemble manquant, il y eut un court silence étonné.

Alors Boulot, pour le rompre, proposa :

— Si on faisait des tours ?

— Faire voir le diable dans une manche de veste !

— Si on jouait à pigeon vole ? reprit un autre.

— Penses-tu ! un jeu de gamines ça ; pourquoi pas sauter à la corde !

— Et notre goutte, nom de Dieu ! rugit Lebrac.

— Et mes cigares ! beugla Camus.

Récits
des temps héroïques

En ces temps, époque lointaine,
merveilleuse...

Charles Callet (*Contes anciens*).

Chacun, à l'exclamation des chefs, reprit sa pomme, et tandis que Camus, passant entre les rangs, offrait avec une nonchalante élégance les cigares de « véllie », Grangibus, lui, distribuait les morceaux de sucre.

— Tout de même, quelle noce !

— M'en parle pas, quelle bringue !

— Quel gueuleton !

— Quelle bombe !

Lebrac, en connaisseur, agitait son litre d'eau-de-vie où des bulles d'air se formaient qui venaient s'épanouir et crever en couronne au goulot.

— C'est de la bonne, affirma-t-il. Elle a de la religion, elle fait le chapelet. Attention, j'vas passer ; que personne ne bouge !

Et, lentement, il partagea entre les quarante-cinq convives le litre d'alcool. Cela dura bien dix minutes, mais personne ne but avant le signal. On porta alors de nouveaux toasts plus verts et plus violents que jamais ; ensuite on trempa les morceaux de sucre et on pompa le liquide à petits coups.

Vingt dieux ! ce qu'elle était forte ! Les petits en éternuaient, toussaient, crachaient, devenaient rouges, violets, cramoisis, mais pas un ne voulait avouer que cela lui brûlait la gorge et que ça lui tordait les tripes.

C'était chipé, donc c'était bon : c'était même délicieux, exquis, et il n'en fallait pas perdre une goutte.

Aussi, dût-on en crever, on avala la gniaule jusqu'à la dernière molécule, et on lécha la pomme et on la mangea pour ne rien perdre du jus qui avait pu pénétrer à l'intérieur des chairs.

— Et maintenant, allumons ! proposa Camus.

Tigibus le chauffeur fit passer des tisons enflammés. On emboucha les morceaux de « véllie » et tous, fermant à demi les yeux, tordant les bajoues, pinçant les lèvres, plissant le front, se mirent à tirer de toute leur énergie. Parfois même, tant on y mettait d'ardeur, il arrivait que la clématite, bien sèche, s'enflammait et alors on admirait et tous s'appliquaient à réaliser cet exploit.

— Pendant que nous avons les pattes au chaud et le ventre plein, qu'on est bien tranquille en train de fumer un bon cigare, si on disait des racontottes [1] ?

— Ah ! oui, c'est ça, ou bien des devinettes ? Pour rigoler, on donnerait des gages.

— Mes vieux, coupa La Crique, les jambes croisées, grave, le cigare aux dents, moi, si vous voulez, j'vas vous dire quelque chose, quéque chose de sérieux, de vrai, que j'ai appris y a pas longtemps. C'est même presque de l'histoire. Oui, je l'ai entendu du vieux Jean-Claude qui le racontait à mon parrain.

— Ah ! quoi ? quoi donc ? interrogèrent plusieurs voix.

— C'est la cause pourquoi qu'on se bat avec les Velrans. Vous savez, mes petits, c'est pas d'aujourd'hui ni d'hier que ça dure : il y a des années et des années.

— C'est depuis le commencement du monde, pardié, interrompit Gambette, parce qu'ils ont toujours été des peigne-culs ! et voilà !

— C'est des peigne-culs tant que tu voudras, pourtant c'est pas depuis le moment que tu dis quand

1. Histoires.

224

même, Gambette, c'est après, bien après, mais il y a tout de même une belle lurette depuis ce temps-là au jour d'aujord'hui.

— Ben, puisque tu le sais, dis-nous ça, ma vieille, ça doit être sûrement passe que c'est rien qu'une sale bande de foutus cochons.

— Tout juste des fainéants et des gouris[1] ! Et ils ont osé traiter les Longevernes de voleurs encore par-dessus le marché ces salauds-là.

— Ah ! par exemple, quel toupet !

— Oui, fit La Crique continuant. Quant à pouvoir dire au juste l'année où que c'est arrivé, je peux pas, le vieux Jean-Claude y sait pas non plus, personne ne se rappelle ; pour savoir, il faudrait regarder dans les vieux papiers, dans les archives, qu'ils disent, et je sais pas ce que c'est que ces cochonneries-là.

« C'était au temps où qu'on parlait de la Murie. La Murie, voilà, on ne sait plus bien ce que c'est ; peut-être une sale maladie, quelque chose comme un fantôme qui sortait tout vivant du ventre des bêtes crevées qu'on laissait pourrir dans les coins et qui voyageait, qui se baladait dans les champs, dans les bois, dans les rues des villages, la nuit. On ne la voyait pas : on la sentait, on la reniflait ; les bêtes meuglaient, les chiens jappaient à la mort quand elle était par là, aux alentours, à rôder. Les gens, eux, se signaient et disaient : Y a un malheur qu'est en route ! Alors, au matin, quand on l'avait sentie passer, les bêtes qu'elle avait touchées dans leurs étables tombaient et périssaient, et les gens aussi crevaient comme des mouches.

« La Murie venait surtout quand il faisait chaud.

« Voilà : on était bien, on riait, on mangeait, on buvait, et puis, sans savoir pourquoi ni comment, une ou deux heures après, on devenait tout noir, on vomissait du sang pourri et on claquait. Rien à faire et rien à dire. Personne n'arrêtait la Murie, les malades étaient fichus. On avait beau jeter de l'eau bénite, dire toutes sortes de prières, faire venir le curé pour marmonner ses oremus, invoquer tous les

___
1. Gouris : gorets.

saints du Paradis, la Vierge, Jésus-Christ, le père Bon Dieu, c'était comme si on avait pissé dans un violon ou puisé de l'eau avec une écumoire, tout crevait quand même et le pays était ruiné et les gens étaient foutus.

« Aussi, quand une bête venait à périr, vous pouvez croire qu'on l'encrottait vivement.

« C'est la Murie qui a amené la guerre entre les Velrâns et les Longevernes. »

Le conteur ici fit une pause, savourant son préambule, jouissant de l'attention éveillée, puis il tira quelques bouffées de son cigare de clématite et reprit, les yeux des camarades dardés sur lui :

— Savoir au juste comment que c'est arrivé, c'est pas possible, on n'a pas assez de renseignements. On croit pourtant que des espèces de maquignons, peut-être bien des voleurs, étaient venus aux foires de Morteau ou de Maîche et s'en retournaient dans le pays bas. Ils voyageaient la nuit ; peut-être se cachaient-ils, surtout s'ils avaient volé des bêtes. Toujours est-il que comme ils passaient là-haut par les pâtures de Chasalans, une des vaches qu'ils emmenaient s'est mise à meugler, à meugler, puis elle n'a plus voulu marcher ; elle s'est « accouté le cul » comme un « murot » et elle est restée là à meugler toujours. Les autres ont eu beau tirer sur la longe et lui flanquer des coups de trique, rien n'y a fait, elle n'a plus bougé ; au bout d'un moment elle s'est fichue par terre, s'est allongée toute raide ; elle était crevée, foutue.

« Les " types " ne pouvaient pas l'emporter, à quoi leur aurait-elle servi ? Ils n'ont rien dit du tout, et comme c'était la nuit, loin des villages — ni vu, ni connu je t'embrouille — ils ont fichu le camp et on ne les a jamais revus et on n'a jamais su ni qui ils étaient, ni d'où ils venaient.

« Faut dire que c'était en été que ça se passait.

« A ce moment-là c'étaient les Velrans qui pâturaient les communaux de Chasalans et qui faisaient les coupes du bois qu'on a toujours appelé depuis bois de Velrans, le bois ousqu'ils viennent pour nous attaquer, pardié !

226

— Ah ! ah ! interrompirent des voix. C'est bien le nôtre pourtant, ce bois-là, nom d. D... !

— Oui, c'est le nôtre et vous allez bien le voir, mais écoutez. Comme il faisait très chaud cet été-là, bientôt la vache crevée a commencé de sentir mauvais ; au bout de trois ou quatre jours, elle empoisonnait ; elle était pleine de mouches, de sales mouches vertes, de mouches à murie, comme on disait. Alors les gens qui ont eu l'occasion de passer par là ont bien reniflé l'odeur, ils se sont approchés et ils ont vu la charogne qui pourrissait là, sur place.

« Ça pressait ! Ils n'ont fait ni une ni deusse, ils ont filé subito trouver les anciens de Velrans et ils leur z'ont dit :

« — Voilà, y a une charogne qui pourrit dedans vot'pâturage de Chasalans et ça empoisonne jusqu'au milieu du Chanet, faut vite aller l'encrotter avant que les bêtes n'attrapent la Murie.

« — La Murie, qu'ils ont répondu, mais c'est nous qu'on l'attraperait peut-être en enfouissant la bête : encrottez-la vous-mêmes puisque vous l'avez trouvée ; d'abord, qu'est-ce qui prouve qu'elle est sur not'territoire ? La pâture est autant à vous qu'à nous ; à preuve, c'est que vos bêtes y sont tout le temps fourrées.

« — Quand par hasard elles y vont, vous savez bien nous gueuler après et les acaillener, qu'ont répondu les Longevernes (ce qui était la pure vérité). Vous n'avez point de temps à perdre ou bien, autant à Velrans qu'à Longeverne, les bêtes vont bientôt crever par la Murie, et les gens itou.

« — Murie vous-même ! qu'ont répondu les Velrans.

« — Ah ! vous ne voulez pas l'encrotter, ah ben ! on verra voir ; d'abord vous n'êtes que des propres-à-rien et des peigne-culs !

« — C'est vous qui n'êtes que des jeanfoutres ; puisque vous avez trouvé la charogne, eh ben ! c'est la vôtre, gardez-la, on vous la donne.

— Salauds ! interrompirent quelques auditeurs, furieux de retrouver l'antique mauvaise foi des Velrans.

— Alors, qu'est-ce qui s'est passé ?

— Ce qui s'est passé, reprit La Crique. Eh bien ! voici :

« Les Longevernes sont revenus au pays ; ils sont allés trouver tous les anciens et le curé et ceusses qui avaient du bien et qu'auraient fait comme qui dirait le Conseil Municipal d'aujourd'hui, et ils leur ont raconté ce qu'ils avaient vu et " sentu " et ce qu'avaient dit les Velrans...

« Quand les femmes ont su ce qu'il y avait, elles ont commencé à chougner [1] et à gueuler ; elles ont dit que tout était foutu et qu'on allait périr. Alors les vieux ont décidé de foutre le camp à Besançon que je crois, ou ailleurs, je sais pas trop au juste, trouver les grosses légumes, les juges et le gouverneur. Comme c'était pressant, toute la grande séquelle a rappliqué aussitôt, et ils ont fait venir à Chasalans les Longevernes et les Velrans pour qu'ils s'essepliquent.

« Les Velrans ont dit : Messeigneurs, la pâture n'est pas à nous, nous le jurons devant le Bon Dieu et la sainte Vierge qu'est notre sainte patronne à tertous ; elle est aux Longevernes, c'est à eusses d'encrotter la bête.

« Les Longevernes ont dit : Sauf vot'respect, Messeigneurs, c'est pas vrai, c'est des menteurs ! A preuve c'est qu'ils la pâturent toute l'année et qu'ils font les coupes de bois.

« Là-dessus, les autres ont rejuré en crachant par terre que le terrain n'était pas à eux.

« Les gens de la haute étaient bien embêtés. Tout de même, comme ça ne sentait pas bon et qu'il fallait en finir, ils ont jugé sur place et ont dit :

« Puisque c'est comme ça, comme les Velrans jurent que la propriété ne leur appartient pas, les Longevernes encrotteront la bête... Alors les Velrans ont ri, passe que, vous savez, ce qu'elle empoisonnait, la vache ! et les beaux messieurs ils ne s'en approchaient que de loin... Mais, qu'ils ont ajouté, puisqu'ils l'encrotteront, la pâture et le bois seront acquis défini-

1. Pleurer.

tivement à Longeverne attendu que les Velrans n'en veulent pas.

« Alors, après ça, les Velrans ont ri jaune et ça les emm... bêtait bien, mais ils avaient juré en crachant par terre, ils ne pouvaient pas se dédire devant le curé et les messieurs.

« Les gens de Longeverne ont tiré à la courte bûche qui c'est qu'encrotterait la vache et ceux-là ont eu double affouage de bois pendant les quatre coupes qu'on a faites ! Seulement sitôt que la bête a été encrottée et qu'on n'a plus eu peur de la Murie, les Velrans ont prétendu que le bois était toujours à eux et ils ne voulaient pas que les gens de Longeverne fassent les coupes.

« Ils traitaient nos vieux de voleurs et de relèche-murie, ces fainéants-là qu'avaient pas eu le courage d'enterrer leur pourriture.

« Ils ont fait un procès à Longeverne, un procès qu'a duré longtemps, longtemps, et ils ont dépensé des tas de sous ; mais ils ont perdu à Baume, ils ont perdu à Besançon, ils ont perdu à Dijon, ils ont perdu à Paris : paraît qu'ils ont mis plus de cent ans à en définir.

« Et ça les " houkssait " salement de voir les Longevernes venir leur couper le bois à leur nez ; à chaque coup ils les appelaient voleurs de bois ; seulement nos vieux qu'avaient des bonnes poignes ne se le laissaient pas dire deux fois : ils leur tombaient sur le râb'e et ils leur foutaient des peignées, des peignées ! ah, quelles peignées !

« A toutes les foires de Vercel, de Baume, de Sancey, de Belleherbe, de Maîche, sitôt qu'ils avaient bu un petit coup, ils se reprenaient de gueule et pan ! aïe donc ! Ils s'en foutaient, ils s'en foutaient jusqu'à ce que le sang coule comme vache qui pisse, et c'étaient pas des feignants, ceux-là, ils savaient cogner. Aussi, pendant deux cents ans, trois cents ans peut-être, jamais un Longeverne ne s'est marié avec une Velrans et jamais un Velrans n'est venu à la fête à Longeverne.

« Mais c'était le dimanche de la fête de la Paroisse qu'ils se retrouvaient régulièrement. Tout le monde y allait en bande, tous les hommes de Longeverne et tous ceux de Velrans.

« Ils faisaient d'abord le tour du pays pour prendre le vent, ensuite de quoi ils entraient dans les auberges et commençaient à boire pour se mettre " en vibrance ". Alors, dès qu'on voyait qu'ils commençaient à être saouls, tout le monde foutait le camp et se cachait. Ça ne manquait jamais.

« Les Longevernes allaient s'enfiler dans le " bouchon " où étaient les Velrans, ils mettaient bas leurs vestes et leurs " blaudes " et allez-y, ça commençait.

« Les tables, les bancs, les chaises, les verres, les bouteilles, tout sautait, tout dansait, tout volait, tout ronflait. On cognait à un bout, pan ! par-ci, pan ! par-là ! à grands coups de pieds et de poings, de tabourets et de litres ; tout était bientôt cassé, les chandelles roulaient et s'éteignaient ; on cognait quand même dans la nuit, on roulait sur les tessons de bouteilles et les débris de verre, le sang coulait comme du vin et quand on n'y voyait plus rien, rien du tout, qu'il y en avait deux ou trois qui râlaient et criaient miséricorde, tous ceux qui pouvaient encore se traîner foutaient le camp.

« Il y en avait toujours un ou deux de cabés [1], il y en avait des éborgnés, des autres qu'avaient les bras cassés, les guibolles éreintées, le nez écrabouillé, les oreilles arrachées ; quant à savoir celui ou ceusses qui avaient tué, jamais, jamais on ne l'a su et tous les ans, pendant cent ans et plus, il y en a eu au moins un d'esquinté par fête patronale.

« Quand il n'y avait point de morts, nos vieux disaient : Nous n'avons pas *bien fait la fête !*

« C'étaient des bougres, et tous y allaient, tous se battaient, les jeunes comme les vieux ; c'était le bon temps ; plus tard ça n'a plus été que les conscrits qui se rossaient le jour du tirage au sort et du conseil de révision, et maintenant... maintenant il n'y a plus que nous pour défendre l'honneur de Longeverne. C'est triste d'y songer ! »

Les yeux, dans la fumée bleue des cigares de cléma-

---

1. Tués.

tite, flamboyaient comme les tisons du foyer. Le conteur, très excité, continua :

— Et puis ça n'est pas là toute l'affaire.

« Non, le plus beau de l'histoire et le plus rigolo, ça a été le pèlerinage à la Sainte Vierge de Ranguelle ; Ranguelle... vous savez, c'est la chapelle qui se trouve du côté de Baume, derrière le bois de Vaudrivillers.

« Vous vous rappelez, c'est là que nous sommes allés l'année dernière avec le curé et la vieille Pauline : c'était au moment des z'hannetons ; on en secouait tout le long du bois et on les mettait sur la soutane du " noir " et sur la caule [1] de la vieille. Ils étaient tout fleuris de " cancoines " qui gonflaient leurs ailes pour s'essayer et qui partaient de temps en temps en zonzonnant. C'était bien rigolo.

« Oui, mes amis, eh bien ! un jour du vieux temps, au moment où l'herbe allait devenir bonne à faucher et à rentrer, les Longevernes, conduits par leur curé, s'en sont tous allés, hommes, femmes et enfants, en pèlerinage à la Notre-Dame de Ranguelle demander à la Sainte Vierge qu'elle leur fasse avoir du soleil pour bien faire les foins.

« Malheureusement, le même jour, le curé de Velrans avait décidé de conduire ses oies, — c'est comme ça qu'on dit, je crois...

— Non, c'est ses oilles [2], rectifia Camus.

— Ses oilles, alors, si tu veux, reprit La Crique, à la même Sainte Vierge, passe que y en a pas des chiées de saintes vierges dans le pays, avec tous les trucs de saint sacrement et autres fourbis : eux ils voulaient de la pluie pour leurs choux qui ne têtaient pas...

« Alors bon ! les voilà partis de bonne heure, le curé en tête avec ses surplis et son calice, les servants avec le goupillon et l'ostensoir, le marguillier avec ses livres de Kyrie ; derrière eux venaient les gosses, puis les hommes et pour finir les gamines et les femmes.

---

1. Coiffe, bonnet tuyauté.
2. C'est : ouailles que voulait dire Camus.

« Quand les Longevernes ont passé le bois, qu'est-ce qu'ils voient ?

« Pardié ! toute cette bande de grands dépendeurs d'andouilles de Velrans qui beuglaient des litanies en demandant de l'eau.

« Vous pensez si ça leur a fait plaisir aux Longevernes, eux qui venaient justement pour demander du soleil.

« Alors, ils se sont mis de toutes leurs forces à gueuler les prières qu'il faut dire pour avoir le beau temps, tandis que les autres râlaient comme des veaux pour avoir la pluie.

« Les Longevernes ont voulu arriver les premiers et ils ont allongé le pas ; quand les Velrans s'en sont aperçus ils se sont mis à courir.

« Il n'y avait plus bien loin pour arriver à la chapelle, peut-être deux cents cambées [1], alors ils ont couru eux aussi ; puis ils se sont regardés de travers : ils se sont traités de feignants, de voleurs, de salauds, de pourris et, de plus en plus, les deux bandes se rapprochaient.

. « Quand les hommes n'ont plus été qu'à dix pas les uns des autres, ils ont commencé à se menacer, à se montrer le poing, à se bourrer des quinquets comme des matous en chaleur, puis les femmes se sont amenées elles aussi ; elles se sont traitées de gourmandes, de rouleuses, de vaches, de putains, et les curés aussi, mes vieux, se regardaient d'un sale œil.

« Alors tout le monde a commencé par ramasser des cailloux, à couper des triques, et on se les lançait à distance. Mais à force de s'exciter en gueulant, la rage les a pris et ils se sont tombés dessus à grands coups et ils se sont mis à taper avec tout ce qui leur tombait sous la main : pan, à coups de souliers ! pan, à coups de livres de messe ! Les femmes piaillaient, les gosses hurlaient, les hommes juraient comme des chiffonniers : ah ! vous voulez de la pluie, tas de cochons, on vous en foutra ! Et pan par-ci et aïe donc par-là... Les hommes n'avaient plus d'habits,

1. Enjambées.

les femmes avaient leurs jupes " ravalées ", leurs caracos déchirés, et le plus drôle c'est que les curés, qui ne se gobaient pas non plus, comme je vous l'ai dit, après s'être maudits l'un l'autre et menacés du tonnerre du diable, se sont mis à cogner eux aussi. Ils ont mis bas leurs surplis, troussé leurs soutanes, et allez donc, comme de bons bougres, après s'être engueulés comme des artilleurs, beugnés à coups de pieds, lancés des cailloux, tiré les poils, quand ils n'ont plus su sur quoi tomber, ils se sont foutu leurs calices et leurs bons dieux par la gueule ! »

Ça a dû être rudement bien, tout de même, songeait Lebrac, très ému.

— Et qui est-ce qui a eu raison auprès de la Notre-Dame ? c'est-y les Velrans ou les Longevernes ? Est-ce qu'ils ont eu le soleil ou bien la pluie ?

— Pour s'en venir, acheva La Crique nonchalamment, ils ont tous eu la grêle !

Querelles intestines

> Ce n'est que dans le sang qu'on lave un tel outrage.
>
> Corneille (*Le Cid,* acte I, sc. IV).

C'était l'heure de l'entrée dans la cour de l'école, ce vendredi matin.

— Ce qu'on s'est bien amusé hier, tout de même !

— Tu sais que Tigibus a dégueulé tout le long du mur des Menelots, en s'en retournant.

— Ah ! Guerreuillas aussi ; il a sûrement tout recraché ses patates et son pain, pour quant aux sardines et au chocolat on ne sait pas.

— C'est les cigares !

— Ou bien la goutte !

— Tout de même, quelle belle fête ! Faudra tâcher de recommencer le mois prochain.

Ainsi, dans le recoin du fond qu'abritait la grange du père Gugu, Lebrac, Grangibus, Tintin et Boulot continuaient à se congratuler et se féliciter et se louer de la façon admirable dont ils avaient passé leur après-midi du jeudi.

Ç'avait été vraiment très bien, puisqu'en s'en retournant ils étaient tous aux trois quarts saouls et qu'une bonne demi-douzaine s'étaient trouvés en proie à un chavirant mal au cœur qui les avait contraints à s'arrêter et s'asseoir n'importe où, sur un mur, sur une

235

pierre, à terre, le cou tendu, la langue pâteuse, l'estomac en révolution.

On causait de ces joies perdurables et pures qui devaient hanter longtemps les mémoires vierges et sensibles, quand de grands cris de rage accompagnés de gifles sonores et suivis d'injures violentes attirèrent l'attention de tout le monde.

On se précipita vers le coin d'où venait le bruit.

Camus, de la main gauche tenant Bacaillé par la tignasse, le calottait de l'autre puissamment, tout en lui hurlant aux oreilles qu'il n'était qu'un sale sournois et un foutu salaud, et il lui en fichait, le gars, pour lui apprendre, disait-il, à ce cochon-là !

Lui apprendre quoi ? Nul des grands ne savait encore.

Le père Simon arrivant en hâte, attiré par le bruit des gifles et les injures des deux belligérants, commença par les séparer de force et à les planter devant lui, un au bout de son bras droit, l'autre au bout de son bras gauche, puis, pour calmer toute velléité de révolte, à leur flanquer équitablement et à chacun une retenue ; ensuite de quoi, assuré pour son compte, après ce coup de force, d'avoir la paix, il voulut bien connaître les causes de cette subite et violente querelle.

Une retenue à Camus ! pensait Lebrac. Comme ça tombe bien ! On a justement besoin de lui ce soir. Les Velrans vont venir et on ne sera pas de trop.

— J'ai toujours pensé, quant à moi, rappela Tintin, que ce sale bancal jouerait un vilain tour à Camus un jour ou l'autre. Mon vieux, au fond, c'est parce qu'il est jaloux de la Tavie et qu'elle se fout de sa fiole.

« Depuis longtemps déjà il cherche à embêter Camus et à le faire punir. Je l'ai bien vu et La Crique aussi, y avait pas besoin d'être sorcier pour le remarquer.

— Mais pourquoi se sont-ils donc attrapés comme ça ?

Un petit renseigna discrètement Lebrac et ses féaux... Tous étaient d'ailleurs d'avance convaincus que, dans cette affaire, Camus avait raison ; ils l'étaient d'autant plus que le lieutenant avait toute leur sympathie et qu'il était nécessaire à la bande ce soir-là ; aussi, spontanément, songèrent-ils à tenter avec ensemble une manifestation en sa faveur et à prouver par leur témoignage que, en l'occurrence, Bacaillé avait tous les torts, tandis que son rival était innocent comme le cabri qui vient de naître.

Ainsi, le père Simon, forcé dans ses sentiments d'équité par cet assaut de témoignages et cette magnifique manifestation, se devrait, s'il ne voulait pas faire perdre toute confiance en lui à ses élèves et tuer dans l'œuf leur notion de la justice, d'acquitter Camus et de condamner le bancal.

Ce qui s'était passé était bien simple.

Camus devant tous le dit carrément, tout en omettant avec prudence certains détails préparatoires qui avaient peut-être leur importance.

Etant aux cabinets avec Bacaillé, celui-ci lui avait d'essequeprès [1] traîtreusement pissé dessus, injure qu'il n'avait, comme de juste, pu tolérer ; de là ce crêpage de toisons et la série d'épithètes colorées qu'il avait envoyées avec une rafale de gifles à la face de son insulteur.

La chose, en réalité, était un peu plus compliquée.

Bacaillé et Camus, entrés dans le même cabinet pour y satisfaire le même besoin, avaient fait converger leurs jets vers l'orifice destiné à les recueillir. Une émulation naturelle avait jailli spontanément de cet acte simple devenu jeu... C'était Bacaillé qui avait affirmé sa supériorité : il cherchait rogne évidemment.

— Je vais plus loin que toi, avait-il fait remarquer.

— Ça n'est pas vrai, riposta Camus, fort de sa bonne foi et de l'expérience des faits. Et lors, tous deux, haussés sur la pointe des pieds, bombant le ventre comme un baril, s'étaient mutuellement efforcés à se surpasser.

Aucune preuve convaincante de la supériorité de l'un d'eux n'étant jaillie avec les jets de cette rivalité, Bacaillé, qui voulait avoir sa querelle, trouva autre chose.

1. Exprès, volontairement.

— C'est la mienne qu'est la plus grande, affirma-t-il.

— Des néf'es ! riposta Camus, c'est la mienne !

— Menteur ! Mesurons.

Camus se prêta à l'examen. Et c'était au moment de la comparaison que Bacaillé, gardant en réserve une partie de ce qu'il aurait dû lâcher précédemment, compissa aigrement et traîtreusement la main et le pantalon de Camus, sans défense.

Une gifle bien appliquée avait suivi cette ouverture salée des hostilités, puis vinrent sans délai la bousculade, le crêpage des tignasses, la chute des casquettes, le défoncement de la porte et le scandale de la cour.

— Sale salaud ! dégoûtant ! fumier ! râlait Camus, hors de lui.

— Assassin ! ripostait Bacaillé.

— Si vous ne vous taisez pas tous les deux, je vous colle à chacun huit pages d'histoire à copier et à réciter et quinze jours de retenue.

— M'sieu, c'est lui qu'a commencé, j'lui faisas rien, moi, j'lui disais rien à ce...

— Non, m'sieu ! c'est pas vrai ; c'est lui qui m'a dit que j'étais un menteur.

Cela devenait épineux et délicat.

— Il m'a pissé dessus, reprenait Camus. Je ne pouvais pourtant pas le laisser faire.

C'était le moment d'intervenir.

Un oh ! général d'exclamation dégoûtée et d'unanime réprobation prouva au joyeux grimpeur et lieutenant que toute la troupe prenait son parti, condamnant le boiteux sournois, fielleux et rageur qui avait cherché à le faire punir.

Camus, comprenant bien le sens de cette exclamation, s'en remettant à la haute justice du maître, influencé déjà par les témoignages spontanés des camarades, s'écria noblement :

— M'sieu, je veux rien dire, moi, mais demandez-leur-z-y aux autres si c'est pas vrai que c'est lui qu'a commencé et que j'y avais rien fait et que j'y avais pas dit de noms.

Tour à tour, Tintin, La Crique, Lebrac, les deux Gibus confirmèrent les dires de Camus et n'eurent

pas assez de termes énergiques congruents pour flétrir l'acte malpropre et de mauvaise camaraderie de Bacaillé.

Pour se défendre, ce dernier les récusa, alléguant leur absence du lieu du conflit au moment où il éclatait ; il insista même sur leur éloignement et leur isolement suspects dans un coin retiré de la cour.

— Demandez aux petits, alors, m'sieu, répliqua vertement Camus, demandez-leur-z-y, eux ils étaient là, peut-être.

Les petits, individuellement interpellés, répondirent invariablement :

— C'est comme Camus dit, que c'est vrai, Bacaillé a dit des mentes [1].

— C'est pas vrai, c'est pas vrai, protesta l'accusé ; c'est pas vrai et puisque c'est ça je veux dire tout, na !

Lebrac fut énergique et prit les devants.

Il se campa résolument devant lui, à la barbe du père Simon intrigué de ces petits mystères, et, fixant Bacaillé de ses yeux de loup, il lui rugit à la face, le défiant de toute sa personne :

— Dis-le donc un peu ce que tu as à dire, menteur, salaud, dégoûtant, dis-le, si tu n'es pas un lâche !

— Lebrac, interrompit le maître, si vous ne modérez pas vos expressions, je vous punirai vous aussi.

— Mais, m'sieu, répliqua le chef, vous le voyez bien que c'est un menteur ; qu'il le dise si on lui a jamais fait du mal ! Il cherche encore quelles menteries il pourrait bien inventer cette sale cabe-là ; quand il ne fait pas le mal, il le pense.

De fait, Bacaillé, médusé par les regards, les gestes, la voix et toute l'attitude du général, restait là muet et confondu.

Un court instant de réflexion lui permit de se rendre compte que ses aveux et dénonciations, même s'ils étaient pris au sérieux, ne pouvaient en définitive que faire corser sa punition, et, somme toute, il n'y tenait point.

1. Mentes pour menteries ou mensonges.

Il jugea donc bon de changer d'attitude.

Portant les mains à ses yeux, il se mit à pleurnicher, à larmoyer, à sangloter, à parler en phrases entrecoupées, à se plaindre de ce que, parce qu'il était faible et infirme, les autres se moquaient de lui, lui cherchaient querelle, l'injuriaient, le pinçaient dans les coins et le bousculaient à chaque entrée et à toutes les sorties.

— Par exemple ! Si c'est permis ! rugissait Lebrac. Autant dire qu'on est des sauvages, des assassins ; dis donc, mais dis-le où et quand on t'a dit « quéque » chose de vexsant [1], quand c'est-y qu'on t'a empêché de jouer avec nous ?

— C'est bon, conclut le père Simon, édifié et pressé par l'heure, je verrai ce que j'ai à faire. Bacaillé, en attendant, aura sa retenue ; quant à Camus, tout dépendra de la façon dont il se comportera pendant la classe d'aujourd'hui.

« D'ailleurs huit heures sonnent. Mettez-vous en rangs, vivement et en silence.

Et il frappa plusieurs fois de suite dans ses mains pour confirmer cet ordre verbal.

— Sais-tu tes leçons ? demanda Tintin à Camus.

— Oui, oui ! mais pas trop ! Dis à La Crique de me souffler quand même, hein ! s'il le peut.

— M'sieu, fit d'une voix rogue Bacaillé, ils me disent des noms, les Gibus et La Crique !

— Quoi ? Qu'est-ce qu'il y a !

— Ils me disent : vache espagnole ! boquezizi ! peigne...

— C'est pas vrai, m'sieu, c'est pas vrai, c'est un menteur, on l'a à peine « ergardé », ce menteur-là !

Il faut croire que les regards étaient éloquents.

— Allons, fit le maître d'un ton sec, en voilà assez ; le premier qui redira quelque chose et qui reviendra sur ce sujet me copiera deux fois d'un bout à l'autre la liste des départements avec les préfectures et sous-préfectures.

Bacaillé, étant englobé dans cette menace de punition qui ne se confondait pas avec la retenue, se

1. **Vexant.**

241

résolut momentanément à se taire, mais il se jura bien, lorsqu'elle se présenterait, de ne pas perdre l'occasion de se venger.

Tintin avait communiqué à La Crique le vœu de Camus, lui souffler, consigne presque inutile puisque La Crique était très équitablement, comme on l'a vu déjà, le souffleur attitré de toute la classe. Camus plus que jamais pouvait compter sur lui.

Le lieutenant et grimpeur, contrairement à l'habitude, y sauta en arithmétique.

Il avait pris dans son livre quelque teinture de la matière de la leçon et répondait tant bien que mal, vigoureusement secondé par La Crique, dont la mimique expressive corrigeait ses défaillances de mémoire.

Mais Bacaillé veillait.

— M'sieu, y a La Crique qui lui souffle.

— Moi ! fit La Crique indigné, je n'ai pas dit un mot.

— En effet, je n'ai rien entendu, affirma le père Simon, et je ne suis pas sourd.

— M'sieu, c'est avec ses doigts qu'il lui souffle, voulut expliquer Bacaillé.

— Avec ses doigts ! reprit le maître, ahuri. Bacaillé, scanda-t-il magistralement, je crois que vous commencez à m'échauffer les oreilles. Vous accusez à tort et à travers tous vos camarades quand personne ne vous demande rien. Je n'aime pas les dénonciateurs, moi ! Il n'y a que quand je demande qui a fait une faute que le coupable doit me répondre et se dénoncer.

— Ou pas, compléta à voix basse Lebrac.

— Si je vous entends encore, et c'est mon dernier avertissement, je vous en mets pour huit jours !

— Bisque, bisque, enrage ! rancuseur [1] ! sale cafard ! marmottait à voix basse Tigibus en lui faisant les cornes. Traître ! judas ! vendu ! peigne-cul !

Bacaillé, pour qui décidément cela tournait mal, ravalant en silence sa rage, se mit à bouder, la tête dans les mains.

On le laissa ainsi et l'on poursuivit la leçon, tandis qu'il ruminait ce qu'il pourrait bien faire pour se

1. Rancuseur : dénonciateur.

venger de ses camarades qui, du coup, allaient fort probablement le mettre en quarantaine et le bannir de leurs jeux.

Il songea, il imagina des vengeances folles, des pots d'eau jetés en pleine figure, des giclées d'encre sur les habits, des épingles plantées sur les bancs pour de petits empalages, des livres déchirés, des cahiers torchonnés ; mais peu à peu, la réflexion aidant, il abandonna chacun de ces projets, car il convenait d'agir avec prudence, Lebrac, Camus et les autres n'étant point des gaillards à se laisser faire sans frapper dur et cogner sec.

Et il attendit les événements.

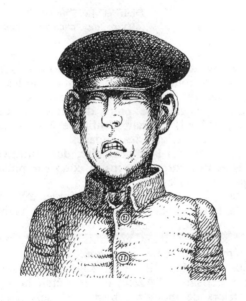

L'honneur et
la culotte de Tintin

Dieu et ta Dame !
(*Devise des anciens chevaliers.*)

On se battait ce soir-là à la Saute. Le trésor gonflé
de boutons de toutes sortes et de toutes tailles, d'agrafes multiples, de cordons divers, d'épingles complexes,
voire d'une magnifique paire de bretelles (celles de
l'Aztec, parbleu !) donnait confiance à tous, stimulait
les énergies et ravivait les audaces.

Ce fut le jour, si l'on peut dire, des initiatives indi-
viduelles et des corps à corps, à coup sûr plus dangereux que les mêlées.

Les camps, à peu près d'égale force, avaient commencé la bataille par le duel collectif de cailloux, et
puis, ces munitions manquant, d'enjambées en enjambées, de sauts en avant en sauts en avant, on s'était
tout de même affronté et colleté.

Camus saboulait (il disait sagoulait) Touegueule,
Lebrac « cerisait » l'Aztec, le reste était occupé avec
des guerriers de moindre envergure, mais Tintin, lui,
se trouvait être aux prises avec Tatti, un grand
« conot » qui était bête comme « trente-six cochons
mariés en seconde noce », mais qui, de ses longs bras
de pieuvre, le paralysait et l'étouffait.

Il avait beau lui enfoncer ses poings dans le ventre,
lui lancer des crocs-en-jambe à faire trébucher un

éléphant (un petit), lui bourrer le menton de coups de tête et les chevilles de coups de sabots, l'autre, patient comme une bonne brute, l'étreignait par le milieu du corps, le serrait comme un boudin et le pliait, le balançait, tant et si bien que, vlan ! ils basculèrent enfin tous deux, lui dessus, Tintin dessous, parmi les groupes s'entrecognant épars sur le champ de bataille.

Les vainqueurs, dessus, grognaient, menaçants, tandis que les vaincus, parmi lesquels Tintin, silencieux par fierté, tapaient comme des sourds aussi fort que possible chaque fois qu'ils le pouvaient et n'importe où pour reconquérir l'avantage.

Emmener un prisonnier dans l'un ou l'autre camp semblait difficile sinon impossible.

Ceux qui étaient debout se boxaient comme des lutteurs, se garant de droite, se gardant à gauche, et ceux qui étaient à terre y étaient bien ; au reste, chacun avait assez à faire à se dépêtrer soi-même.

Tintin et Tatti étaient parmi les plus occupés. Enlacés sur le sol, ils se mordaient et se bosselaient, roulant l'un sur l'autre et passant alternativement, après des efforts plus ou moins longs, tantôt dessus, tantôt dessous. Mais ce que Tintin, ni les autres Longevernes, ni les Velrans eux-mêmes trop préoccupés ne voyaient point, c'est que cet idiot de Tatti, qui n'était peut-être pas tout à fait aussi bête qu'on ne l'imaginait, s'arrangeait toujours pour faire rouler Tintin ou pour rouler lui-même du côté de la lisière du bois, s'isolant ainsi de plus en plus des autres groupes belligérants aux prises par le champ de bataille.

Il arriva ce qui devait arriver, et le duo Tatti-Tintin fut bientôt, sans que le Longeverne dans le feu de l'action s'en fût aperçu le moins du monde, à cinq ou six pas du camp de Velrans.

Le premier coup de cloche annonçant la prière, sonnant à on ne sait quelle paroisse, ayant instantanément désagrégé les groupes, les Velrans regagnant leur lisière, n'eurent pour ainsi dire qu'à cueillir Tintin gigotant de tous ses membres, le dos sur le sol où le maintenait son tenace adversaire.

Les Longevernes n'avaient rien vu de cette prise,

lorsque, se retrouvant au Gros Buisson et procédant des yeux à un dénombrement mutuel, ils durent bon gré mal gré reconnaître que Tintin manquait à l'appel.

Ils poussèrent le « tirouit » de ralliement. Rien ne répondit.

Ils crièrent, ils hurlèrent le nom de Tintin, et une huée moqueuse parvint à leurs oreilles.

Tintin était chauffé.

— Gambette, commanda Lebrac, cours, cours vite au village et va dire à la Marie qu'elle vienne tout de suite, que son frère est prisonnier ; toi, Boulot, va-t'en à la cabane, défais l'armoire du trésor, et prépare tout ce qu'il faut pour le « rafistolage » du trésorier ; trouve les boutons, enfile les aiguillées de fil afin qu'il n'y ait pas de temps de perdu. Ah ! les cochons ! Mais comment ont-ils fait ? Qui est-ce qui a vu quelque chose ? C'est presque pas possible !

Personne ne pouvait répondre, et pour cause, aux questions du chef ; nul n'avait rien remarqué.

— Faut attendre qu'ils le lâchent.

Mais Tintin, ligoté, bâillonné derrière le rideau de taillis de la lisière, était long à revenir.

Enfin, parmi des cris, des huées et des ronflements de cailloux, on le vit tout de même reparaître, débraillé, ses habits sur son bras, dans le même appareil que Lebrac et l'Aztec après leurs exécutions respectives, c'est-à-dire à cul nu ou presque, sa trop courte chemise voilant mal ce qu'il est habituel de dérober d'ordinaire aux regards.

— Tiens, fit Camus, sans réfléchir, il leur z-y a montré son derrière, lui aussi. C'est épatant !

— Comment ça se fait-il qu'ils l'aient laissé faire et qu'ils ne l'aient pas repris ? objecta La Crique qui flairait quelque chose de plus grave. C'est louche ! On leur a pourtant appris la façon de s'y prendre.

Lebrac grinça des dents, fronça le nez et fit bouger ses cheveux, signe de perplexité coléreuse.

— Oui, répondit-il à La Crique, il y a sûrement quelque chose de plus.

Tintin se rapprochait, hoquetant, ravalant sa salive, le nez humide des terribles efforts qu'il faisait pour contenir ses larmes. Ce n'était point l'attitude d'un gaillard qui vient de jouer un bon tour à ses ennemis.

Il arrivait aussi vite que le lui permettaient ses souliers délacés. On l'entoura avec sollicitude.

— Ils t'ont fait du mal ? Qui c'est ceusses qui t'ont tapé dessus ? Dis-le, nom de Dieu, qu'on les rechope ceux-là ! C'est encore au moins ce sale Migue la Lune, ce foireux dégoûtant, il est aussi lâche que méchant.

— Ma culotte ! Ma culotte ! heu ! heue ! Ma culotte ! gémit Tintin, se dégonflant un peu dans une crise de sanglots et de larmes.

— Hein ! quoi ? ben on te la recoudra, ta culotte ! la belle affaire ! Gambette est allé chercher ta sœur et Boulot prépare le fil.

— Heue !... euhe ! Ma culotte ! Ma culotte !

— Viens voir c'te culotte !

— Heue ! Je l'ai pas, ils me l'ont chipée, ma culotte, les voleurs !

— ?...

— Oui, l'Aztec a dit comme ça : Ah ? c'est toi qui m'as chipé mon pantalon l'autre fois, eh ben, mon salaud, c'est le moment de le payer ; change pour change ; t'as eu le « mienne » toi et tes relèche-murie d'amis, moi je confixe [1] celui-ci. Ça nous servira de drapeau.

Et ils me l'ont pris et après ils m'ont tout châtré mes boutons et puis ils m'ont tous foutu leur pied au cul. Comment que je vais faire pour rentrer ?

— Ah ! ben m..., zut ! C'est salement emmerdant cette histoire-là ! s'exclama Lebrac.

— T'as-t-y pas des autres « patalons » chez vous ? interrogea Camus. Faut envoyer quelqu'un au-devant de Gambette et faire dire à la Marie qu'elle t'en rapporte un autre.

— Oui, mais on verrait bien que c'est pas çui que j'avais ce matin ; je l'avais justement mis tout propre et ma mère m'a dit que s'il était crotté ce soir je saurais ce que ça me coûterait. Qu'est-ce que je veux dire ?

1. Confisque.

Camus eut un grand geste évasif et ennuyé, évoquant les piles paternelles et les jérémiades des mères.

— Et l'honneur ! nom de Dieu ! rugit Lebrac. Vous voulez qu'on dise que les Longevernes se sont laissé chiper la culotte de Tintin tout comme un merdeux d'Aztec des Gués, vous voulez ça, vous ? Ah ! non ! nom de Dieu ! non ! jamais ! ou bien on n'est rien qu'une bande de pignoufs juste bons à servir la messe et à empiler du bois derrière le fourneau.

Les autres ouvraient sur Lebrac des yeux interrogateurs ; il répondit :

— Il faut reprendre la culotte de Tintin, il le faut à tout prix, quand ça ne serait que pour l'honneur, ou bien je ne veux plus être chef, ni me battre !

— Mais comment ?

Tintin, nu-jambes, grelottait en pleurant au centre de ses amis.

— Voilà, reprit Lebrac qui avait ramassé ses idées et combiné son plan : Tintin va partir à la cabane rejoindre Boulot et attendre la Marie. Pendant ce temps-là, nous autres, au triple galop, avec nos triques et nos sabres, nous allons filer par les champs de la fin dessous, longer le bas du bois et aller les attendre à leur tranchée.

— Et la prière ? fit quelqu'un.

— Merde pour la prière ! riposta le chef. Les Velrans vont certainement aller à leur cabane, car ils en ont une, ils en ont sûrement une ; pendant ce temps-là, on a le temps d'arriver ; on se calera dans les rejets de la jeune coupe, le long de la tranchée qui descend.

Eux, à ce moment-là, n'auront plus de triques, ils ne se douteront de rien ; alors, à mon commandement, tout d'un coup, on leur tombera dessus et on leur reprendra bien la culotte. A grands coups de trique, vous savez, et s'ils font de la rebiffe, cassez-leur-z'y la gueule !

« C'est entendu, allez, en route !

— Mais s'ils ont caché la culotte dans leur cabane ?

— On verra bien après, c'est pas le moment de cancaner, et puis y aura toujours l'honneur de sauvé !

Et comme rien ne bougeait plus à la lisière ennemie,

tous les guerriers valides de Longeverne, entraînés par le général, dévalèrent comme un ouragan la pente en remblai du coteau de la Saute, sautant les murgers et les buissons, trouant les haies, franchissant les fossés, vifs comme des lièvres, hérissés et furieux comme des sangliers.

Ils longèrent le mur d'enceinte du bois et toujours galopant en silence, en se rasant le plus possible, ils arrivèrent à la tranchée qui séparait les coupes des deux pays. Ils la remontèrent à la queue leu leu, vivement, sans bruit et, sur un signe du chef qui les fit passer devant et resta en queue, par petits paquets ou individuellement, se blottirent dans les massifs de buissons épais qui grandissaient entre les baliveaux de la coupe de Velrans.

Il était temps vraiment.

Des profondeurs du taillis une rumeur montait de cris, de rires et de piétinements ; encore un peu et l'on distingua les voix.

— Hein, traînait Tatti, que je l'ai bien attrapé çui-là, il n'a rien pu. Qu'est-ce qu'il doit faire maintenant « avec sa culotte qu'il n'a plus » ?

— Il pourra toujours faire la colbute [1] sans perdre ce qu'il y a dans ses poches.

— On va la mettre au bout de la perche, ça y est-il ? Est-elle prête, Touegueule, ta perche ?

— Attends un peu, e suis en train de « siver » les nœuds pour ne pas me « grafigner » les mains ; na ! ça y est !

— Mets-y les pattes en l'air !

— On va marcher l'un derrière l'autre, ordonna l'Aztec, et on va chanter not'cantique : s'ils entendent ça les fera bisquer !

Et l'Aztec entonna :

> *Je suis chrétien, voilà ma gloire,*
> *Mon espérance...*

Lebrac avec Camus, tous deux cachés dans un buisson un peu plus bas que la tranchée du milieu,

1. Colbute : culbute.

s'ils voyaient mal le spectacle, ne perdaient rien des paroles.

Tous leurs soldats, le poing crispé sur les gourdins, restaient muets comme les souches sur lesquelles ils étaient à croppetons. Le général, les dents serrées, regardait et écoutait. Quand les voix des Velrans reprirent après le chef :

Je suis chrétien, voilà ma gloire...

il mâcha entre ses dents cette menace :

— Attendez un peu, nom de Dieu ! je vais vous en foutre, moi, de la gloire !

Cependant, triomphante, la troupe arrivait. Touegueule en tête, la culotte de Tintin servant d'enseigne au bout d'une grande perche.

Quand ils furent à peu près tous alignés dans la tranchée et qu'ils commencèrent, au rythme lent du cantique, à la descendre, Lebrac eut un rugissement épouvantable comme le cri d'un taureau qu'on égorge. Il se détendit tel un ressort terriblement bandé et bondit de son buisson pendant que tous ses soldats, enlevés par son élan, emportés par son cri, fonçaient comme des catapultes sur la muraille désarmée des Velrans.

Ah ! cela ne fit pas un pli. Le bloc vivant des Longevernes, triques sifflant, vint frapper, hurlant, la ligne ahurie des Velrans. Tous furent culbutés du même coup et beugnés de coups de triques terribles, tandis que le chef, martelant de ses talons Touegueule épouvanté, lui reprenait d'un tour de main la culotte de son ami Tintin en jurant effroyablement.

Puis, en possession du vêtement reconquis avec l'honneur, il commanda sans hésitation la retraite qui se fit en vitesse par cette même tranchée du milieu que les ennemis venaient de quitter.

Et tandis que, piteux et roulés une fois de plus, ils se relevaient, le sous-bois silencieux retentissait des rires, des huées et des vertes injures de Lebrac et de son armée regagnant leur camp au galop derrière la culotte reconquise.

Bientôt ils arrivèrent à la cabane où Gambette,

Boulot et Tintin, ce dernier très inquiet sur le sort de son pantalon, entouraient la Marie qui, de ses doigts agiles, achevait de remettre aux vêtements de son frère les indispensables accessoires dont ils avaient été rudement dépouillés.

La victime cependant, sa blouse descendue comme un jupon par pudeur pour le voisinage de sa sœur, reçut son pantalon avec des larmes de joie.

Il faillit embrasser Lebrac, mais, pour être plus agréable à son ami, il déclara qu'il chargeait sa sœur de ce soin et il se se contenta de lui affirmer d'une voix tremblante encore d'émotion qu'il était un vrai frère et plus qu'un frère pour lui.

Chacun comprit et applaudit discrètement.

La Marie Tintin eut sitôt fait de remettre à la culotte de son frère les boutons qui manquaient et on la laissa, par prudence, partir seule un peu en avance.

Et ce soir-là, l'armée de Longeverne, après avoir passé par de terribles transes, rentra au village fièrement, aux mâles accents de la musique de Méhul :

La victoire en chantant...

heureuse d'avoir reconquis l'honneur et la culotte de Tintin.

Le trésor pillé

Le temple est en ruine au haut du promontoire
J.-M. de Heredia (*Les Trophées*).

On n'avait, malgré tout, pas gardé rancune à Bacaillé
de sa querelle avec Camus, non plus que de ses tenta-
tives de chantage et de ses velléités de cafardage
auprès du père Simon.

Somme toute, il avait eu le dessous, il avait été
puni. On se garderait à carreau avec lui et sauf quelques irréductibles, dont La Crique et Tintin, le reste
de l'armée et même Camus avait généreusement passé
l'éponge sur cette scène regrettable, mais après tout
assez habituelle, qui avait failli, à un moment critique,
semer la discorde et la zizanie au camp de Longeverne.

Malgré cette attitude tolérante dont il profitait,
Bacaillé n'avait point désarmé. Il avait toujours sur le
cœur, sinon sur les joues, les gifles de Camus, la
retenue du père Simon, le témoignage de toute l'armée
(grands et petits) contre lui et surtout il avait contre
l'éclaireur et lieutenant de Lebrac la haine que donne
l'affreuse jalousie de l'évincé en amour. Et tout cela,
non ! il ne le pardonnait pas.

D'un autre côté il avait réfléchi qu'il lui serait plus
facile d'exercer sur tous les Longevernes en général
et sur Camus en particulier des représailles mysté-

rieuses et de leur dresser des embûches s'il continuait à combattre dans leurs rangs. Aussi, sa punition finie, il se rapprocha de la bande.

S'il ne fut pas du combat fameux au cours duquel la culotte de Tintin, comme une redoute célèbre, fut prise et reprise, il ne songea point à s'en pendre, comme le brave Crillon, mais il vint à la Saute les soirs suivants et prit une part modeste et effacée aux grands duels d'artillerie, ainsi qu'aux assauts houleux et vociférants qui les suivaient généralement.

Il eut la joie pure de n'être pas pincé et de voir prendre tantôt par les uns, tantôt par les autres, car il les haïssait tous, quelques guerriers des deux partis que l'on renvoya ou qui revinrent en piteux état.

Il restait, lui, prudemment à l'arrière-garde, riant en dedans quand un Longeverne était pincé, plus bruyamment quand c'était un Velrans. Le trésor fonctionnait, si l'on peut dire. Tout le monde, et Bacaillé comme les autres, allait, avant de rentrer, déposer les armes à la cabane et vérifier la cagnotte qui, selon les victoires ou les revers, fluctuait, montait avec les prisonniers qu'on faisait, baissait quand il y avait un ou plusieurs vaincus (c'était rare !) à retaper pour la rentrée.

Ce trésor, c'était la joie, c'était l'orgueil de Lebrac et des Longevernes, c'était leur consolation dans le malheur, leur panacée contre le désespoir, leur réconfort après le désastre. Bacaillé un jour pensa : « Tiens, si je le leur chipais et que je le fiche au vent ! C'est pour le coup qu'ils en feraient une gueule et ça serait bien tapé comme vengeance. »

Mais Bacaillé était prudent. Il songea qu'il pouvait être vu rôdant seul de ce côté, que les soupçons se dirigeraient naturellement sur lui et qu'alors, oh ! alors ! il faudrait tout craindre de la justice et de la colère de Lebrac.

Non, il ne pouvait pas lui-même prendre le trésor.

Si je cafardais à mon père ? pensa-t-il.

Ah ! oui ! ce serait encore pis. On saurait tout de suite d'où partait le coup et moins que jamais il échappait au châtiment.

Non, ce n'était pas cela !

Pourtant, et son esprit et sa pensée sans cesse y revenaient, c'était là qu'il fallait frapper, il le sentait bien, c'était par là qu'il les atteindrait au vif.

Mais comment ? comment ? voilà !...

Après tout, il avait le temps : l'occasion s'offrirait peut-être toute seule.

Le jeudi suivant, de bon matin, le père de Bacaillé accompagné de son fils partit à la foire à Baume. Sur le devant de la voiture à planches à laquelle on avait attelé Bichette, la vieille jument, ils s'installèrent sur une botte de paille disposée en travers ; en arrière, sur une litière fraîche, tout le corps dans un sac serré en coulisse autour de son cou, un petit veau de six semaines montrait sa tête étonnée. Le père Bacaillé, qui l'avait vendu au boucher de Baume, profitait de l'occasion qu'offrait la foire pour le conduire à son acquéreur. Comme c'était jeudi et qu'il devait toucher de l'argent, il emmenait son fils avec lui.

Bacaillé était joyeux. Ces bonheurs-là n'arrivaient pas souvent. Il évoquait d'avance toutes les jouissances de la journée : il dînerait à l'auberge, boirait du vin, des petits verres ou des sirops dans le gobelet de son père, il achèterait des pains d'épices, un sifflet, et il se rengorgeait encore en pensant que ses camarades, ses ennemis, enviaient certainement son sort.

Ce jour-là il y eut entre Longeverne et Velrans une bataille terrible. On ne fit, il est vrai, pas de prisonniers, mais les cailloux et les triques firent rage, et les blessés n'avaient guère, le soir, envie de rire.

Camus avait une bosse épouvantable au front, une bosse avec une belle entaille rouge, qui avait saigné durant deux heures ; Tintin ne sentait plus son bras gauche ou plutôt il ne le sentait que trop ; Boulot avait une jambe toute noire. La Crique n'y voyait plus sous l'enflure de la paupière droite, Grangibus avait les orteils écrasés, son frère remuait avec une peine infinie le poignet droit et l'on comptait pour rien les meurtrissures multiples qui tatouaient les côtes et les membres du général, de son lieutenant et de la plupart des autres guerriers.

Mais on ne se plaignait pas trop, car du côté des Velrans c'était sûrement pis encore. Bien sûr qu'on n'était pas allé inventorier les « gnons » reçus par les ennemis, mais c'était une bénédiction s'il n'y en avait pas, dans le tas des écharpés, quelques-uns qui se missent au lit avec des méningites, des foulures graves, des luxations ou des fièvres carabinées.

Bacaillé, entre ses planches, sur sa botte de paille, rentra le soir un peu éméché, l'air triomphant, et ricana même méchamment au nez des camarades qui d'aventure assistèrent à sa descente de voiture.

— Fait-il le « zig » ! bon Dieu ! pour une fois qu'il va à la foire, ce coco-là ! Dirait-on pas qu'il descend de calèche et que son calandeau [1] est un pur sang !

Mais l'autre, d'un air de vengeance satisfaite et de profond dédain, continuait à ricaner en les regardant.

Au reste, ils ne pouvaient se comprendre.

Le lendemain, vu la quantité d'unités hors de combat, il était impossible de songer à se battre. D'ailleurs, les Velrans, eux, ne pourraient certainement pas venir ! On se reposa donc, on se soigna, on se pansa avec des herbages simples ou compliqués chipés dans les vieilles boîtes à remèdes des mamans, au petit bonheur des trouvailles. Ainsi La Crique se faisait des lavages de camomille à la paupière et Tintin pansait son bras avec de la tisane de chiendent. Il jurait d'ailleurs que cela lui faisait beaucoup de bien. En médecine comme en religion il n'y a que la foi qui sauve.

Et puis on fit quelques parties de billes pour se changer un peu des distractions violentes de la veille.

Le samedi on ne devait pas plus que le vendredi se rendre au Gros Buisson. Pourtant Camus, Lebrac, Tintin et La Crique, que l'ennui taraudait, résolurent, non point d'aller chercher noise ou reconnaître l'ennemi, mais bien d'aller faire un petit tour à la cabane, la chère cabane qui abritait le trésor et où l'on était si tranquille et si bien pour faire la fête.

Ils ne confièrent à personne leur projet, pas même aux Gibus et à Gambette. A quatre heures, ils par-

1. Carcan, vieux cheval.

tirent chacun vers son domicile respectif et, un moment
après, se retrouvèrent à la vie à Donzé pour gagner, à
travers le bois du Teuré, l'emplacement de la forteresse.

Chemin faisant ils parlaient de la grande bataille
du jeudi. Tintin, son bras en écharpe, et La Crique,
un bandeau sur l'œil, deux des plus maltraités de la
journée, revivaient avec délices les coups de pieds
qu'ils avaient foutus et les coups de trique qu'ils
avaient distribués avant de recevoir, l'un le poing de
Touegueule dans l'œil, l'autre le bâton de Pissefroid
sur le radius... ou le cubitus.

— Il a fait han ! comme un bœuf qu'on assomme,
disait Tintin en parlant de son grand ennemi Tatti,
quand j'y ai foutu mon talon dans l'estomac ; j'ai
cru qu'il ne voulait pas reprendre son souffle : ça
lui apprendra à me refiler ma culotte.

La Crique évoquait les dents cassées et les crachats
rouges de Touegueule recevant son coup de tête sous
la mâchoire et tout cela leur faisait oublier les petites
souffrances de l'heure présente.

On était maintenant sous bois, dans le vieux chemin de défruit, rétréci d'année en année par les pousses
vigoureuses du taillis envahissant qui obligeait à se
courber ou à se baisser pour éviter la gifle sèche d'une
ramille défeuillée.

Des corbeaux, qui rentraient en forêt à l'appel d'un
vétéran, tournoyaient en croassant au-dessus de leur
groupe...

— On dit que c'est des oiseaux qui portent malheur
tout comme les chouettes qui chantent la nuit annon-
cent une mort dans la maison. Crois-tu que c'est
vrai, toi, Lebrac ? demanda Camus.

— Peuh ! fit le général, c'est des histoires de vieille
femme. S'il arrivait un malheur chaque fois qu'on
voit un « cro », on ne pourrait plus vivre sur la
terre ; mon père dit toujours que ces corbeaux-là sont
moins à craindre que ceusses qui n'ont point d'ailes.
Faut toucher du fer quand on en voit un de ceux-là,
pour détourner la malchance.

— C'est-il vrai qu'ils vivent cent ans ces bêtes-là ?

Je voudrais bien être que d'eux : ils voient du pays et ils ne vont pas en classe, envia Tintin.

— Mon vieux, reprit La Crique, pour savoir s'ils vivent si longtemps, et ça se peut bien, il faudrait être là et en marquer un au nid. Seulement quand on vient au monde on n'a pas toujours un corbeau sous la main et puis on n'y pense guère, tu sais, sans compter qu'il n'y a pas beaucoup de types qui viennent à cet âge-là.

— Parlez plus de ces bêtes-là, demanda Camus, moi je crois quand même que ça porte malheur.

— Faut pas être « superticieux », Camus. C'était bon pour les gens du vieux temps, maintenant on est civilisé, y a la science...

Et l'on continua à marcher, tandis que La Crique interrompait sa phrase et l'éloge des temps modernes pour éviter la caresse brusque d'une branche basse qu'avait déplacée le passage de Lebrac.

A la sortie de la forêt on obliqua vers la droite pour gagner les carrières.

— Les autres ne nous ont pas vus, remarqua Lebrac. Personne ne sait qu'on est venu. Ah ! notre cabane est vraiment bien cachée !

On fit chorus. Ce sujet était inépuisable.

— C'est moi « que je l'ai trouvée » ! hein ! rappela La Crique, riant d'un large rire triomphant malgré son œil au beurre noir.

— Entrons, coupa Lebrac.

Un cri de stupéfaction et d'horreur jaillit simultanément des quatre poitrines, un cri épouvantable, déchirant, où il y avait de l'angoisse, de la terreur et de la rage.

La cabane était dévastée, pillée, ravagée, anéantie.

Des gens étaient venus là, des ennemis, les Velrans assurément ! Le trésor avait disparu, les armes étaient cassées ou dérobées, la table arrachée, le foyer démolli, les bancs renversés, la mousse et les feuilles brûlées, les images déchirées, le miroir brisé, l'arrosoir cabossé et percé, le toit défoncé et le balai, suprême insulte, le vieux balai dérobé au stock de l'école, plus dépaillé et plus sale que jamais, dérisoirement planté en terre au milieu de ce désordre, comme un témoin vivant du désastre et de l'ironie des pillards.

A chaque découverte, c'étaient de nouveaux cris de rage, et des vociférations, et des blasphèmes, et des serments de vengeance.

On avait démoli les casseroles et... souillé les pommes de terre !

C'étaient sûrement les Velrans qui avaient fait le coup : La Crique, avec son intuitive finesse et sa logique habituelle, le prouva incontinent.

— Voyons, un homme de Longeverne qui aurait trouvé par aventure la cabane n'aurait fait qu'en rire ; il en aurait jasé au village et on l'aurait su ; un étranger n'avait rien à prendre là et s'en serait fichu ; Bédouin, lui, était bien trop nouille pour trouver tout seul une cache pareille et d'ailleurs, depuis sa dernière soulographie, il ne se hasardait plus en rase campagne et, comme un sage, cultivait et rentrait les légumes et les fruits de son jardin.

Restaient donc les Velrans.

— Quand ? La veille parbleu ! puisque le jeudi soir tout était intact et qu'aujourd'hui il leur aurait été impossible de trouver après quatre heures le temps matériel nécessaire pour perpétrer un pareil saccage, à moins toutefois qu'ils ne fussent venus le matin, mais ils étaient bien trop froussards pour oser friper une classe !

— Ah ! si nous étions au moins venus hier, se lamentait Lebrac. Dire que j'y ai pensé ! Car enfin ils n'ont pas pu tous venir, il y en avait trop d'éclopés parmi eux, je le sais bien, peut-être, moi, comme ils étaient arrangés : ils étaient sûrement plus mal foutus que nous encore.

Ah ! si on leur était tombé dessus. Bon Dieu de nom de Dieu ! je les étranglais !

— Cochons ! canailles ! bandits !

— C'est tout de même lâche, vous savez, ce qu'ils ont fait là, jugea Camus.

— Et nous en sommes des propres pour nous rebattre !

— Il faudra trouver leur cabane aussi, nous, reprit

Lebrac ; il n'y a plus que ça, parbleu, plus rien que ça !

— Oui, mais quand ? Après quatre heures, ils viendront faire le guet à la lisière, il n'y a que pendant la classe qu'on pourrait chercher, mais faudrait la gouepper [1] au moins huit jours de suite « passe que » il ne faut guère compter qu'on tombera dessus le premier matin. Qu'est-ce qui veut oser faire ce coup-là pour recevoir une tatouille carabinée de son père et attraper un mois de retenue du maître d'école ?

— Il n'y a que Gambette !

— Mais comment ont-ils bien pu la trouver, les salauds ? Une cabane si bien cachée, que personne ne connaissait et où ils ne nous avaient jamais vus venir !

— C'est pas possible ! on leur a dit !

— Tu crois ? Mais qui ? il n'y a que nous qui sachions où elle est ! Il y aurait donc un traître ?

— Un traître ! ruminait La Crique. — Puis se frappant le front sans souci de son œil, illuminé malgré son bandeau d'une pensée subite :

— Oui ! là ! nom de Dieu ! rugit-il, oui, il y a un traître et je le connais, le salaud, je sais qui c'est ! Ah ! je vois tout, je devine tout maintenant, le dégoûtant, le Judas, le pourri !

— Qui ? interrogea Camus.

— Qui ? reprirent les deux autres.

— Bacaillé ! pardi !

— Le bancal ! Tu crois ?

— J'en suis sûr. Ecoutez-moi :

« Jeudi, il n'était pas avec nous, il est allé avec son père à la foire à Baume, hein ! vous vous souvenez ? Rappelez-vous bien maintenant la gueule qu'il faisait en rentrant : il avait l'air de nous narguer, de se fout' de nous, parfaitement ! Eh bien, en revenant de Baume il est passé par Velrans avec son père ; ils étaient un peu éméchés, ils se sont arrêtés chez quelqu'un là-bas, je ne sais pas chez qui, mais je parierais tout ce qu'on voudrait que c'est comme ça ; peut-être bien même qu'il s'en est revenu avec des Velrans et

1. Manquer, friper.

alors il leur z'y a dit sûrement, il leur z'y a dit ousqu'était not'cabane.

« Alors l'autre qui n'était pas éclopé s'est amené hier ici avec les moins malades ; et voilà, parbleu, voilà !

— Le cochon ! le traître ! la crapule ! mâchonnait Lebrac ; si c'est vrai, bon Dieu ! gare à sa peau ! je le saigne !

— Si c'est vrai ? Mais c'est sûr comme un et un font « deusse », comme je m'appelle La Crique et que j'ai l'œil noir comme un cul de marmite, pardine !

— Faut le démasquer, alors ! conclut Tintin.

— Allons-nous-en, il n'y a plus rien à faire ici, ça me retourne les sangs et ça me chavire le cœur de voir ça, gémit Camus. On causera bien en s'en allant et il ne faut pas surtout qu'on se doute que nous sommes venus aujourd'hui.

— C'est demain dimanche, reprit-il, on le démasquera bien, on le fera avouer, et alors...

Camus n'acheva pas. Mais son poing fermé, brandi vers le ciel, complétait énergiquement sa pensée.

Et par le même chemin qu'ils étaient venus, ils rentrèrent au village après avoir, d'un commun accord, pris de sévères dispositions pour le lendemain.

Le traître châtié

Le trouble de mon âme étant sans guérison,
Le vœu de la vengeance est un vœu légitime.
Malherbe (*Sur la mort de son fils*).

— Si on allait faire un tour à la cabane ? proposa
insidieusement La Crique, le dimanche après vêpres,
quand tous ses camarades furent réunis, sous l'auvent
de l'abreuvoir, autour du général.

Bacaillé frémit de joie sans se douter le moins du
monde qu'il était observé discrètement.

Au reste, à part les quatre chefs qui avaient pris
part à la promenade de la veille, nul, pas même les
Gibus, ni Gambette, ne se doutait de l'état dans
lequel se trouvait la cabane.

— Faudra pas se battre aujourd'hui, conseilla
Camus, allons-y par la vie à Donzé.

On acquiesça à ces propositions diverses et la petite
armée, babillante, gaie et sans penser à mal, s'achemina
vers la forteresse.

Lebrac, selon son habitude, tenait la tête ; Tintin,
au milieu de la colonne et sans avoir l'air de penser à
rien, marchait à hauteur de Bacaillé sur qui il ne
jetait même pas les yeux ; à l'arrière-garde, fermant
la marche et ne perdant point de vue l'accusé, venaient

La Crique et Camus dont les blessures étaient en bonne voie de guérison.

Bacaillé était visiblement agité de pensées complexes, car il ne savait rien au juste de ce qu'avaient fait les Velrans : qu'allait-on trouver à la cabane ? Quelle gueule feraient Lebrac et Camus et les autres si...

Il les regardait de temps à autre à la dérobée, et ses yeux pétillaient malgré lui de malice contenue, de joie refrénée et aussi d'un léger sentiment de crainte.

Et s'ils allaient se douter ! Mais comment pourraient-ils savoir et surtout prouver ?

On avançait dans le sentier du bois. Et La Crique penché vers le grimpeur lui disait :

— Hein, Camus, tes corbeaux d'hier, tu te souviens... j'aurais jamais cru. C'est tout de même vrai que ça porte malheur quelquefois ces bêtes-là !

— Demande voir à Bacaillé, riposta Camus, qui, par un inexplicable revirement, redevenait sceptique, demande-z'y voir s'il en a vu ce matin, des corbeaux. Il ne se doute guère que nous savons et ne sait pas ce qui l'attend. Regarde-le, mais regarde-le donc un peu ce salaud-là !

— Crois-tu qu'il a du toupet ? Oh ! il se croit bien sûr et bien tranquille !

— Tu sais, faut pas le laisser échapper !

— Penses-tu, un bancal comme ça !

— Oh ! mais il court bien tout de même, ce sauteré-là [1] !

A l'autre extrémité de la colonne, on entendait Boulot qui disait :

— Ce que je ne comprends pas, c'est qu'ils reviennent encore après les tatouilles qu'on leur z'y a foutues !

— Pour moi, répondait Lebrac, ils doivent avoir une cache, eux aussi. Vous avez bien vu que pour la culotte de Tintin ils n'avaient plus de triques en sortant du bois.

1. Sauteré : probablement mâle de sauterelle, sauteur.

— Oui, ils ont sûrement une cabane comme nous, concluait Tigibus.

Bacaillé, à cette affirmation, eut un ricanement muet qui n'échappa point à Tintin pas plus qu'à La Crique ni à Camus.

— Eh bien ! es-tu sûr maintenant ? fit La Crique.

— Oui ! répondit l'autre. Ah ! la crapule ! Faudra bien qu'il avoue !

On sortait du bois, on allait arriver, on s'engageait dans les chemins creux.

— Ah ! nom de Dieu ! s'exclama Lebrac s'arrêtant, et, ainsi que c'était convenu, jouant la rage et la surprise, comme s'il eût tout ignoré.

Il y eut un vacarme effroyable de cris et de bousculades pour voir plus vite, et ce fut bientôt un concert farouche de malédictions.

— Bon Dieu de bon Dieu ! C'est-y possible !

— Cochons de cochons !

— Qui est-ce qui a bien pu faire ça ?

— Le trésor ?

— Rien, pus rien ! râlait Grangibus.

— Et notre toit, et nos sabres, not'arrosoir, nos images, le lit, la glace, la table !

— Le balai ?

— C'est les Velrans !

— Pour sûr ! qui ça serait-il ?

— Peut-on savoir, hasarda Bacaillé, pour dire quelque chose lui aussi.

Tous étaient entrés derrière le chef. Seuls, Camus et La Crique, sombres et silencieux, leur trique au poing, comme le Chéroub au seuil du paradis perdu, gardaient la porte.

Lebrac laissa ses soldats se plaindre, se lamenter et hurler ainsi que des chiens qui sentent la mort. Lui, comme écrasé, s'assit à terre, au fond, sur les pierres qui avaient contenu le trésor, et, la tête dans les mains, sembla s'abandonner à son désespoir.

Personne ne songeait à sortir : on criait, on menaçait ; puis l'effervescence de cris se calma et cette grande colère bruyante et vaine fit place à la prostration qui suit les irréparables désastres.

Camus et La Crique gardaient toujours la porte.

Enfin Lebrac, relevant la tête et se redressant, montra sa figure ravagée et ses traits crispés.

— C'est pas possible, rugit-il, que les Velrans aient fait ça tout seuls ; non, c'est pas possible qu'ils aient réussi à trouver not'cabane sans qu'on leur ait enseigné où elle était ! C'est pas possible, on leur a dit ! Il y a un traître ici !

Et son accusation proférée tomba dans le grand silence comme un coup de fouet cinglant sur un troupeau désemparé.

Les yeux s'écarquillèrent et papillotèrent. Un silence plus lourd plana.

— Un traître ! reprirent en écho lointain et affaibli quelques voix, comme si c'eût été monstrueux et impossible.

— Un traître ! oui ! tonna derechef Lebrac. Il y a un traître et je le connais.

— Il est ici, glapit La Crique, brandissant son épieu d'un geste exterminateur.

— Regardez et vous le verrez, le traître ! reprit Lebrac, fixant Bacaillé de ses yeux de loup.

— C'est pas vrai ; c'est pas vrai ! balbutia le bancal qui rougissait, blêmissait, verdissait, tremblait devant cette accusation muette comme toute une frondaison de bouleau et chancelait sur ses jambes.

— Vous voyez bien qu'il se dénonce tout seul, le traître. Le traître, c'est Bacaillé ! Là, le voyez-vous ?

— Judas ! va, hurla Gambette, terriblement ému, tandis que Grangibus, frémissant, lui posait la griffe sur l'épaule et le secouait comme un prunier.

— C'est pas vrai, c'est pas vrai ! protestait de nouveau Bacaillé ; quand est-ce que j'aurais pu leur dire, moi, je ne les vois pas, les Velrans, je ne les connais pas !

— Silence, menteur ! coupa le chef. Nous savons tout. Jeudi la cabane était intacte, c'est vendredi qu'on l'a sacquée, puisqu'hier elle y était déjà. Allez, dites-le, ceux qui sont venus hier soir avec moi !

— Nous le jurons, firent ensemble Camus, Tintin et La Crique, levant la main droite préalablement mouillée de salive et crachant par terre, serment solennel.

— Et tu vas dire, canaille, ou je t'étrangle, t'entends ! tu vas avouer à qui tu l'as dit jeudi en revenant de Baume ! C'est jeudi que t'as vendu tes frères !

Une secouée brutale rappela à Bacaillée ahuri sa situation terrible.

— C'est pas vrai, na ! continua-t-il à nier, et j'veux m'en aller puisque c'est comme ça.

— On ne passe pas, grogna La Crique, levant son bâton.

— Lâches ! vous êtes des lâches ! riposta Bacaillé.

— Canaille ! gibier de bagne ! beugla Camus ; il nous trahit, il nous fait voler et il nous insulte encore par-dessus le marché !

— Liez-le ! ordonna Lebrac d'un ton sec.

Et, avant que la chose fût faite, il se saisit du prisonnier et le calotta vigoureusement.

— La Crique, interrogea-t-il ensuite, d'un air grave, toi qui connais ton histoire de France, dis-nous un peu comment on s'y prenait au bon vieux temps pour faire avouer leurs crimes aux coupables ?

— On leur « roustissait » les doigts de pied.

— Déchaussez le traître, alors, et allumez du feu.

Bacaillé se débattait.

— Oh ! tu as beau faire, prévint le chef, tu n'échapperas pas ; avoueras-tu, canaille ?

Une fumée épaisse et blanche montait déjà d'un amas de mousse et de feuilles sèches.

— Oui, fit l'autre affolé, oui !

Et le bancal, toujours maintenu par des ficelles et des mouchoirs roulés en forme de lien, au milieu du cercle menaçant et furibond des guerriers de Longeverne, avoua par petites phrases qu'il était en effet revenu de Baume avec Boguet de Velrans et le père d'icelui, qu'ils s'étaient arrêtés chez eux, là-bas, pour boire un litre et une goutte, et qu'il avait, étant saoul, raconté, sans croire mal faire, où se trouvait la cabane de Longeverne.

— C'est pas la peine d'essayer de nous monter le coup, tu sais, coupa La Crique, j'ai bien vu la gueule que tu faisais en rentrant de Baume, tu savais bien ce que tu disais ; et en venant ici tout à l'heure, nous t'avons bien vu aussi. Tu savais !

— Tout ça, « c'est passe que tu bisques » de ce que la Tavie aime mieux Camus. Elle a sûrement raison de se foutre de ta gueule ! Mais est-ce qu'on t'avait fait du mal après l'affaire de vendredi ? Est-ce qu'on t'a seulement empêché de revenir te battre avec nous ? Pourquoi alors que tu te venges aussi salement ? T'as pas « d'escuses » !

— Voilà, conclut Lebrac, serrez les nœuds. On va le juger.

Un grand silence tomba.

Camus et La Crique, geôliers sinistres, barraient toujours le seuil. Une houle de poings se tendaient vers Bacaillé. Comprenant qu'il n'avait pas de pitié à attendre des geôliers et sentant venir l'heure des expiations suprêmes, il eut une révolte désespérée et terrible et essaya de ruer, de se débattre et de mordre.

Mais Gambette et les Gibus, qui avaient assumé le rôle de garde-chiourme, étaient des gars solides et râblés, et on ne le leur faisait pas comme ça, d'autant que la colère, une colère folle qui leur faisait les oreilles rouges, décuplait encore leurs forces.

Les poignets de Bacaillé, serrés dans des étaux de fer, devinrent bleus, ses jambes furent en un clin d'œil ligotées plus étroitement encore et on le jeta comme un paquet de chiffons au milieu de la cabane, sous le trou du toit défoncé, du toit si solide que, malgré tous leurs efforts, les Velrans ne l'avaient pu crever qu'en un seul endroit.

Lebrac en chef parla :

— La cabane, dit-il, est foutue ; on connaît notre cache ; tout est à refaire ; mais ça ce n'est rien : il y a le trésor qui a disparu, il y a l'honneur qui est atteint.

« L'honneur on le redressera, on sait ce que valent nos poings, mais le trésor... le trésor valait bien cent sous !

« Bacaillé, continua-t-il gravement, tu es complice des voleurs, tu es un voleur, tu nous a volé cent sous ; as-tu un écu de cinq livres à nous rendre ? »

La question était de pure forme et Lebrac ne l'ignorait pas. Qui est-ce qui avait jamais eu cent sous à soi, cent sous ignorés des parents et sur lesquels ces derniers ne pussent avoir à toute heure droit de haute main ?

Personne !

— J'ai trois sous, gémit Bacaillé.

— Fous-toi-les « quéque » part tes trois sous ! rugit Gambette.

— Messieurs, reprit Lebrac, solennel, voici un traître et nous allons le juger et l'exécuter sans rémission.

— Sans haine et sans crainte, redressa La Crique, qui se remémorait des lambeaux de phrases d'instruction civique.

— Il a avoué qu'il était coupable, mais il a avoué parce qu'il ne pouvait pas faire autrement et que nous connaissions son crime. Quel supplice doit-on lui faire subir ?

— Le saigner ! rugirent dix voix.

— Le pendre ! beuglèrent dix autres.

— Le châtrer ! grondèrent quelques-unes.

— Lui couper la langue !

— On va d'abord, interrompit le chef, plus prudent et gardant inconsciemment, malgré sa colère, une plus saine idée des choses et des conséquences de leur acte, on va d'abord lui nettoyer tous ses boutons pour reconstituer un noyau de trésor et remplacer en partie celui qui nous a été volé par ses amis les Velrans.

— Mes habits du dimanche ? sursauta le prisonnier. J'veux pas, j'veux pas ! je l'dirai à nos gens[1] !

— Chante toujours, mon petit, tu nous amuses ; mais tu sais, tu n'as qu'à recommencer à cafarder pour voir un peu, et j'te préviens que si tu brailles trop fort ici on te la boucle, ta gueule, avec ton « tire-jus », comme on a fait à l'Aztec des Gués !

Comme ces menaces ne décidaient point Bacaillé à se taire, on le bâillonna et on fit sauter tous ses boutons.

1. Nos gens, expression comtoise pour « mes parents ».

— Ce n'est pas tout ça, n.. d. D...! reprit La Crique, si on ne fait que ça à un traître, c'est vraiment pas la peine ! Un traître !... c'est un traître ! n.. d. D...! et ça n'a pas le droit de vivre !

— On va le fouetter, proposa Grangibus, chacun son coup puisqu'il nous a fait du mal à tertous.

On ligota de nouveau Bacaillé nu sur les planches de la table démolie.

— Commencez ! ordonna Lebrac.

Un à un, la baguette de coudre à la main, les quarante Longevernes défilèrent devant Bacaillé, qui, sous leurs coups, hurlait à fendre le roc, et ils lui crachèrent sur le dos, sur les reins, sur les cuisses, sur tout le corps en signe de mépris et de dégoût.

Durant ce temps une dizaine de guerriers, sous la conduite de La Crique, étaient sortis avec les habits du condamné.

Ils revinrent quand finissait l'opération et Bacaillé, débâillonné et délié, reçut au bout de longs bâtons les diverses pièces de son habillement veuves de boutons qui avaient été de plus largement compissées et abondamment souillées d'autre façon encore par les justiciers de Longeverne.

— Va te faire recoudre ça par les Velrans ! lui conseilla-t-on pour finir.

Tragiques rentrées

> Les sanglots des martyrs et des suppliciés
> Sont une symphonie enivrante sans doute...
> Ch. Baudelaire (*Les Fleurs du Mal*).

Bacaillé, dépêtré de ses liens, les fesses en sang, la face ·congestionnée, les yeux révulsés d'horreur, reçut en pleine figure les paquets malodorants qu'étaient ses habits, cependant que toute l'armée, suivant ses chefs, l'abandonnait à son sort et quittait dignement la cabane pour aller un peu plus loin, dans un endroit désert et caché, se concerter sur ce qu'il convenait de faire en si pressante et pénible occurrence.

Pas un ne se demandait ce qu'il allait advenir du traître démasqué, châtié, fessé, déshonoré, empuanti. Ça, c'était son affaire, il n'avait que ce qu'il méritait et tout juste encore. Des râles et des hoquets de rage, des sanglots d'un homme qu'on assassine parvenaient bien jusqu'à leurs oreilles, ils ne s'en soucièrent point.

Bientôt, par degrés, l'autre reprenant conscience et se sauvant à toute allure, les sanglots et les cris et les hurlements diminuèrent et l'on n'entendit plus rien.

Alors Lebrac commanda :

— Il faut aller prendre à la cabane tout ce qui

peut servir encore et aller le cacher ailleurs en attendant.

A deux cents mètres de là, dans le taillis, une petite excavation, insuffisante pour remplacer celle que l'on venait de perdre par le crime de Bacaillé, pouvait, faute de mieux, abriter momentanément les débris de ce qui avait été le palais de gloire de l'armée de Longeverne.

— Il faut tout apporter, ici, décida-t-il. Et immédiatement la majeure partie de la troupe s'occupa à ce travail.

— Fichez aussi le mur en bas, compléta-t-il, enlevez le toit et murez la provision de bois ; il faut qu'on ne voie plus rien de rien.

Les ordres étant donnés, pendant que les soldats vaquaient à ces corvées réglementaires et pressées, il conféra avec les autres chefs : Camus, La Crique, Tintin, Boulot, Grangibus et Gambette.

Ce fut une conférence longue et mystérieuse.

L'avenir et le présent y furent confrontés au passé, non sans regrets et sans plaintes, et surtout l'on agita la question de reconquérir le trésor.

Ce trésor était sûrement dans la cabane des Velrans et la cabane était dans le bois ; mais comment le trouver et surtout quand pourrait-on le chercher ?

Il n'y avait que Gambette habitant sur la Côte et quelquefois Grangibus occupé au moulin qui pouvaient invoquer des motifs plausibles d'absence sans courir le risque d'un contrôle immédiat et sérieux.

Gambette n'hésita pas.

— Je gouepperai [1] l'école tant qu'il faudra ; je battrai le bois en long, en large, en haut, en travers, j'en laisserai pas un pouce d'inesqueploré [2], tant que j'aurai pas démoli leur cabane et repris notre sac.

Grangibus déclara que, toutes les fois qu'il pourrait se joindre à lui, il le trouverait à la carrière à Pepiot, une demi-heure environ avant l'entrée en classe.

Dès que la traque de Gambette aurait abouti et qu'on aurait reconquis le trésor, on rebâtirait la cabane

1. Manquerai.
2. Inexploré.

sur un emplacement qu'on déterminerait plus tard, après les recherches les plus précieuses.

Pour l'heure, on se contenterait de protéger jusqu'au contour des Menelots et à la marnière de Jean-Baptiste le retour au Vernois des Gibus.

Le transport des matériaux était achevé ; les guerriers vinrent se grouper autour des chefs.

Lebrac, au nom du Conseil, annonça gravement que la guerre à la Saute était suspendue jusqu'à une date prochaine qu'on fixerait de façon précise dès qu'on aurait retrouvé ce qu'il fallait.

Le Conseil, prudent, gardait en effet pour lui le secret de ses grandes décisions.

On effaça aussi bien que possible les traces qui menaient de l'ancienne cabane à la nouvelle réserve, après quoi, le soleil baissant, on se résolut à regagner le village sans se douter qu'à cette heure il était en pleine révolution.

Les conscrits qui jouaient aux quilles, les hommes qui buvaient leur litre à l'auberge de Fricot, les commères allant faire la causette avec la voisine, les grandes filles s'exerçant à la broderie ou au crochet derrière les rideaux de la fenêtre, toute la population de Longeverne, se récréant ou se reposant, fut tout d'un coup attirée, aspirée devrait-on dire, au milieu de la rue, par des cris épouvantables, par les râles qui n'avaient plus rien d'humain d'un malheureux qui est à bout, qui va tomber, rendre l'âme, et chacun, les yeux arrondis d'angoisse, se demandait ce qu'il y avait.

Et voilà que l'on vit surgir du « traje » des Cheminées, bancalant plus que jamais et courant et hurlant autant qu'on peut hurler, Bacaillé tout nu ou presque, car il n'avait sur son dos que sa chemise et aux pieds des souliers sans cordons. Il tenait sur ses bras deux paquets d'habits et il sentait, il empoisonnait plus que trente-six charognes en train de pourrir.

Les premiers qui accoururent à sa rencontre reculèrent en se bouchant le nez, puis, un peu aguerris, se rapprochèrent tout de même, complètement ahuris, interrogeant :

— Qu'est-ce qu'il y a ?

Bacaillé avait les fesses rouges de sang, des rigoles

de crachat lui descendaient le long des cuisses, ses yeux chavirés n'avaient plus de larmes, ses cheveux étaient tout droits et agglutinés comme les poils d'un hérisson, et il tremblait comme une feuille morte qui va se détacher de son rameau et s'envoler au vent.

— Qu'est-ce qu'il y a ? Qu'est-ce qu'il y a ?

Bacaillé ne pouvait rien dire : il hoquetait, râlait, se tordait, hochait la tête, se laissait aller.

Son père et sa mère accourus l'emportèrent à la maison à demi évanoui, cependant que tout le village intrigué les suivait.

On pansa les fesses de Bacaillé, on le débarbouilla, on mit tremper ses habits dans une seille à la remise, on le coucha, on lui chauffa des briques, des cruchons, des bouillottes ; on lui fit boire du thé, du café, des grogs et, toujours hoquetant, il se calma un peu et baissa les paupières.

Un quart d'heure après, un peu remis, il rouvrait les yeux et racontait à ses parents, ainsi qu'aux nombreuses femmes qui entouraient sa couche, tout ce qui venait de se passer à la cabane, en omettant toutefois soigneusement de spécifier les motifs qui lui avaient valu ce traitement barbare, c'est-à-dire sa trahison.

Il dit tout le reste : il vendit tous les secrets de l'armée de Longeverne, il narra les escapades à la Saute et les batailles, il confessa les boutons chipés et la contribution de guerre, il dévoila tous les trucs de Lebrac, dénonça tous ses conseils ; il chargea Camus autant qu'il put ; il dit les planches dérobées, les clous soustraits, les outils empruntés et la noce, la goutte, le vin, les pommes et le sucre volés, les chants obscènes, la dégueulade au retour, et les farces à Bédouin et le culottage de saint Joseph avec les dépouilles de l'Aztec des Gués, tout, tout, tout ; il se dégonfla, se vida, se vengea et s'endormit là-dessus avec la fièvre et le cauchemar.

Marchant sur la pointe des pieds, une à une ou par petits groupes, s'arrêtant de temps à autre pour jeter un coup d'œil sur l'intéressant malade, les visiteuses se retirèrent. Mais elles s'attendirent au seuil de la porte, et, toutes réunies, conférèrent, s'animèrent, s'excitèrent, se montèrent jusqu'à la fureur folle :

œufs volés, boutons raflés, clous chipés, sans compter ce qu'on ne savait pas, et bientôt pas un chat dans le village — si toutefois ces gracieux animaux eurent le mauvais goût de prêter l'oreille aux discours de leurs patronnes — n'ignora un mot de la terrible affaire.

— Les gredins ! les gouillands ! les gouapes ! les voyous ! les saligauds !

— Attendez un peu qu'il rentre, j'vais le soigner,

— J'vais lui servir quéque chose aussi, au nôtre ! le mien !

— Si c'est permis, des gamins de leur âge !

— Y a pus d'enfants, voyez-vous !

— Moi, c'est son père qui va lui en foutre !

— Attendez seulement qu'ils reviennent !

Le fait est qu'ils ne paraissaient point autrement pressés de rentrer, les gars de Longeverne, et ils l'auraient été bien moins encore s'ils avaient pu se douter de l'état de surexcitation dans lequel le retour et les révélations de Bacaillé avaient mis les auteurs de leurs jours.

— Vous ne les avez pas encore revus ?

— Non ! quelles sottises peuvent-ils bien être encore en train de faire ?

Les pères venaient de rentrer pour arranger les bêtes, leur donner à manger, les mener boire et renouveler la litière. Ils criaient moins que leurs épouses, mais ils avaient les traits crispés et durcis.

Le père Bacaillé avait parlé de maladie, procès, dommages-intérêts, et, dame ! quand il était question de leur faire desserrer les cordons de la bourse, cela n'allait point ; aussi promettaient-ils intérieurement, et même à haute voix, de fabuleuses raclées à leurs rejetons.

— Les voici, annonça la mère Camus, du haut de sa levée de grange, la main en abat-jour sur les yeux.

Et, en effet, presque aussitôt, se poursuivant et discutant comme à l'ordinaire, les gamins du village apparurent dans le chemin près de la fontaine.

— File chez nous, tout de suite, commanda sèchement à son fils le père Tintin, qui abreuvait ses bêtes.

« Lebrac, ajouta-t-il, et toi aussi, Camus, y a ton père qui t'a déjà appelé trois fois.

— Ah bien ! on y va alors, répondirent nonchalamment les deux chefs.

Et bientôt, de tous les coins, sur tous les seuils, on vit surgir des mamans ou des papas hélant à haute voix leur fils et le priant de rentrer immédiatement.

Les Gibus et Gambette, presque instantanément abandonnés, se résolurent, puisqu'il en était ainsi, à regagner également leurs domiciles respectifs ; mais Gambette, en montant la côte, et les Gibus, la dernière bicoque dépassée, s'arrêtèrent court.

De toutes les maisons du village, des cris, des hurlements, des vociférations, des râles, mêlés à des coups de pieds claquant, à des coups de poings sonnant, à des tonnerres de chaises et de meubles s'écroulant, se mariaient à des jappements épouvantés de chiens se sauvant, de chats faisant claquer les chatières pour le plus effroyable charivari qu'oreille humaine pût rêver.

On eût dit que partout à la fois on s'égorgeait.

Gambette, le cœur serré, immobile, écoutait.

C'étaient... oui, c'étaient bien les voix de ses amis : c'étaient les rugissements de Lebrac, les cris de putois de La Crique, les meuglements de Camus, les hurlements de Tintin, les piaillements de Boulot, les pleurs des autres et leurs grincements de dents : on les battait, on les rossait, on les étrillait, on les assommait !

Qu'est-ce que ça pouvait bien signifier ?

Et il revint par derrière, à travers les vergers, n'osant repasser devant chez Léon, le buraliste, où quelques célibataires endurcis, fumant leur bouffarde, jugeaient des coups d'après les cris et discutaient avec ironie sur la vigueur comparée des poignes paternelles.

Il aperçut les deux Gibus, arrêtés, eux aussi, comme des lièvres qui écoutent la chasse, l'œil rond et les cheveux hérissés...

— Entends-tu ? entendez-vous ?

— Ils les éreintent ! Pourquoi ?

— Bacaillé !... fit Grangibus, c'est à cause de Bacaillé, je parierais ! Oui, il est rentré tout à l'heure au village, peut-être tel qu'on l'avait laissé, avec ses habits pleins de merde, et il a dû recafarder !

— Peut-être qu'il a tout raconté, le salaud !

— Alors, nous aussi, quand les vieux le sauront, on va recevoir la danse !

— S'il n'a pas dit nos noms et qu'on en parle chez nous, on dira qu'on n'y était pas.

— Ecoute ! écoute !...

Une bordée de sanglots et de râles et de cris et d'injures et de menaces s'évadait de chaque maison, montait, se mêlait, emplissait la rue pour une effarante cacophonie, un sabbat infernal, un vrai concert de damnés.

Toute l'armée de Longeverne, du général au plus humble soldat, du plus grand au plus petit, du plus malin au moins dégourdi, tous recevaient la pile et les paternels y allaient sans se retenir (la question d'argent ayant été évoquée), à grands coups de poings et de pieds, de souliers et de sabots, de martinets et de triques ; et les mères s'en mêlaient elles aussi, farouches, impitoyables sur les questions de gros sous, tandis que les sœurs, navrées et un peu complices, pleuraient, se lamentaient et suppliaient qu'on ne tuât pas pour si peu leur pauvre petit frère.

La Marie Tintin voulut intervenir directement. Elle reçut de sa mère une paire de gifles lancées à toute volée avec cette menace :

— Toi, petite garce, mêle-toi de ce qui te regarde, et que j'entende dire encore par les voisines que tu fricotes avec ce jeune gouilland de Lebrac, je veux t'apprendre ce qui est de ton âge.

La Marie voulut lui répliquer : une nouvelle paire de claques du père lui en coupa l'envie et elle s'en fut pleurer silencieusement dans un coin.

Et Gambette et les Gibus, épouvantés, s'en furent aussi, chacun de leur côté, après avoir convenu que Grangibus irait en classe le lendemain matin pour avoir des renseignements sur ce qui s'était passé et qu'il accompagnerait le mardi Gambette à la Saute dans sa recherche de la cabane des Velrans pour lui raconter comment tout ça avait tourné.

Dernières paroles

Et s'il n'en reste qu'un, je serai celui-là !
Victor Hugo (*Les Châtiments*).

Sous la pression de la poigne toute-puissante et des irrésistibles arguments que sont des coups de pied au cul bien appliqués, une promesse, un serment avaient été arrachés à presque tous les guerriers de Longeverne : la promesse de ne plus se battre avec les Velrans, le serment de ne plus détourner à l'avenir ni boutons, ni clous, ni planches, ni œufs, ni sous au détriment du ménage.

Seuls les Gibus et Gambette, habitant des métairies éloignées du centre, avaient momentanément échappé à la sauce ; quant à Lebrac, plus têtu qu'une demi-douzaine de mules, il n'avait rien voulu avouer ni sous la menace, ni sous la trique. Il n'avait rien promis, ni juré ; il était resté muet comme une carpe, c'est-à-dire qu'il n'avait pas proféré, durant la bastonnade furieuse qu'il reçut, de sons humainement articulés ; mais, par contre, il s'était copieusement rattrapé en beuglements, en rugissements, en hennissements, en hurlements qui auraient pu rendre jaloux tous les animaux sauvages de la création.

Et naturellement tous les jeunes Longevernois se couchèrent ce soir-là sans souper ou bien eurent pour toute pitance, avec le morceau de pain sec, la permission d'aller boire un coup à l'arrosoir ou au bassin [1].

On leur défendit le lendemain de s'amuser avant la classe, on leur ordonna de rentrer immédiatement après onze et quatre heures ; interdiction aussi de parler aux camarades, recommandation au père Simon de donner des devoirs supplémentaires et des leçons itou, de veiller à l'isolement, de punir dur et de doubler chaque fois qu'un audacieux oserait troubler le silence et enfreindre la défense générale donnée de concert par tous les chefs de famille.

A huit heures moins cinq minutes on les lâcha.

Les Gibus, arrivant, voulurent interpeller Tintin, qui filait sous les yeux de son père, Tintin, les yeux rouges et les épaules renfoncées, qui eut en les entendant un regard affolé et se tut obstinément comme si le chat lui eût mangé la langue. Ils n'eurent pas plus de succès auprès de Boulot.

Décidément, ça devenait grave.

Tous les pères étaient sur le seuil de leur porte. Camus fut aussi muet que Tintin, et La Crique eut un geste d'épaules qui en disait long, très long.

Grangibus pensait se rattraper dans la cour de l'école. Mais le père Simon ne leur permit pas d'y entrer.

En arrêt devant la porte, il les parquait par deux dès leur arrivée avec défense d'ouvrir la bouche.

Grangibus regretta amèrement de n'avoir pas suivi son impulsion première qui lui commandait d'accompagner Gambette dans ses recherches et d'avoir laissé à son frère le soin de les renseigner.

On entra.

Le maître, du haut de sa chaire, droit et sévère, sa règle d'ébène à la main, commença par flétrir en termes énergiques leur conduite sauvage de la veille, indigne

1. Quand j'étais enfant, chez presque tous les paysans, on mettait la provision d'eau dans des seilles de bois ; on y puisait à l'aide d'un bassin de cuivre. Quand on avait soif, chacun pouvait aller boire au bassin.

de citoyens civilisés, vivant en République dont la devise était : liberté, égalité, fraternité !

Il les compara ensuite aux êtres apparemment les plus horrifiques et les plus dégradés de la création : aux apaches, aux anthropophages, aux ilotes antiques, aux singes de Sumatra et de l'Afrique équatoriale, aux tigres, aux loups, aux indigènes de Bornéo, aux Bachibouzouks, aux Barbares des temps jadis, et, c'était le plus grave, comme conclusion à ce discours, déclara qu'il ne tolérerait pas un mot, que le premier geste de communication qu'il surprendrait soit en classe, soit en récréation vaudrait, à son auteur, trente jours de retenue et dix pages, par soir, d'histoire de France ou de géographie à copier et à réciter.

Ce fut une classe morne pour tous ; on n'entendait que le bruit crissant des plumes mordant rageusement le papier, quelques claquements de sabots, le frottement léger et étouffé des pupitres levés avec prudence, et, quand venait l'heure des leçons, la voix rogue du père Simon et le récitatif hésitant et timide de l'interrogé.

Les Gibus pourtant auraient bien voulu être fixés, car l'appréhension de la raclée, comme une épée de Damoclès, pendait toujours sur leur destin.

A la fin, Grangibus, par l'intermédiaire de ses voisins et avec d'infinies précautions, fit passer à Lebrac un court billet interrogateur.

Lebrac, par le même truchement, réussit à lui répondre, à lui narrer en quelques phrases poignantes la situation, et lui indiquer en quelques mots concis la conduite à tenir.

« Bacaillé oli avèque la fiaivre, sai dès manier. Hi la tout vandu lamaiche. Tout le monde a aité rocé. Défense de cosé ou bien nouvaile danse, sairman de pas recommencé, mais on çanfou, les Velrant repaieron tou. Rechaircher le tréssor quand même. »

Grangibus en savait assez. Il était inutile de s'exposer davantage.

L'après-midi même, il fripait la classe et filait rejoindre Gambette, tandis que son frère l'excusait auprès du maître en disant que Narcisse, le domestique, s'étant fait mal au bras, son frère le remplaçait momentanément au travail du moulin.

Le mardi et le mercredi furent, comme le lundi, des jours mornes et studieux. Les leçons étaient sues imperturbablement et les devoirs soignés, fignolés et parachevés.

On n'essaya pas d'enfreindre les ordres, c'était trop grave, on fit comme les chats, patte douce, on eut l'air soumis.

Tigibus, tous les jours, passait le même billet à Lebrac :

— Rien !

Le vendredi, la surveillance un peu se relâcha : ils étaient si sages et sans doute si bien corrigés, totalement guéris, et puis on apprit que Bacaillé s'était levé.

La crainte de la justice et des dommages-intérêts se dissipant avec la guérison du malade, les pères et les mères sentirent s'apaiser par degrés leur rancune et se montrèrent moins rogues. Mais on se garda à carreau tout de même dans le petit monde des gosses.

Le samedi, comme Bacaillé était sorti, la tension diminua encore ; on leur permit de jouer dans la cour et ils purent, au cours des parties organisées, mêler aux expressions réglementaires du jeu quelques phrases relatives à leur situation, phrases brèves, prudentes et à double entente, car ils se sentaient épiés.

Le dimanche, un peu avant la messe, ils purent se réunir autour de l'abreuvoir et causer enfin de leurs affaires.

Ils virent passer, tenant son père par la main, Bacaillé, entièrement remis et plus narquois que jamais dans ses habits « rappropriés ». Après vêpres, ils crurent habile et prudent de rentrer avant qu'on les y invitât.

Bien leur en prit, en effet, car ce dernier trait désarma tout à fait les parents et le maître si bien que, le lundi, on les laissa libres de jouer et de bavarder comme avant la sauce, ce qu'ils ne manquèrent pas de faire à quatre heures, loin des oreilles inquisitoriales et des regards malintentionnés.

Mais le mardi, tous eurent une grosse émotion :

Grangibus arriva à l'école avec son frère, et Gambette lui aussi descendit de la Côte avant huit heures. Il apportait au père Simon un chiffon de papier graisseux plié en quatre, que l'autre ouvrit et sur lequel il lut :

Mocieu le maître,

Je vous envoi sé deux mots pour vous dire que j'ai gardé Léon à la méson à cause de mes rumatisses pour arrangé les bêtes.

Jean-Baptiste Cassard.

C'était Gambette qui avait rédigé le billet, et Grangibus qui l'avait signé pour le père de l'absent, afin que les deux écritures ne se ressemblassent point : il passa haut la main.

La chose, d'ailleurs, n'inquiétait pas les guerriers ; Gambette, on le savait, était souvent retenu à la maison.

Mais si Gambette revenait avec Grangibus, c'est qu'il avait trouvé la cabane des Velrans et repris le trésor.

Les yeux de Lebrac flamboyaient comme ceux d'un loup ; les camarades n'étaient pas moins intéressés. Ah ! comme elle était oubliée la pile de l'avant-dernier dimanche, et comme les promesses et les serments arrachés de force à leurs lèvres pesaient peu à leurs âmes de douze ans !

— Ça y est ti ? interrogea-t-il.

— Oui, ça y est, fit Gambette.

Lebrac faillit pâlir et tomber, il ravala sa salive.

Tintin, La Crique, Boulot avaient entendu la demande et la réponse ; eux aussi étaient pâles.

Lebrac décida :

— Faudra se réunir ce soir !

— Oui, à quatre heures, à la carrière à Pepiot. Tant pis si on est chopé !

— On s'arrangera, exposa La Crique, pour jouer à la cachette, on filera chacun par un chemin de ce côté-là sans rien dire à personne.

— Entendu !

. . . .

C'était un soir gris et sombre. La bise avait couru tout le jour, balayant la poussière des routes : elle s'arrêtait un peu de souffler ; un calme froid pesait sur les champs ; des nuages plombés, de gros nuages informes s'ébattaient à l'horizon ; la neige n'était pas loin sans doute, mais aucun des chefs accourus à la carrière ne sentait la froidure, ils avaient un brasier dans le cœur, une illumination dans le cerveau.

— Où est-il ? demanda Lebrac à Gambette.

— Là-haut, à la nouvelle cache, répondit l'autre ; et tu sais, il a fait des petits !

— Ah !

Et comme Boulot, toujours bon dernier, arrivait, ils filèrent tous au triple galop vers leur abri provisoire où Gambette extirpa de dessous un amas de planches et de clous un sac énorme, rebondi, pétant de boutons, alourdi de toutes les munitions des guerriers de Velrans.

— Comment as-tu ⸱fait pour le trouver ? Tu as démoli leur cabane ?

— Leur cabane !... s'exclama Gambette... cabane ! Peuh ! pas une cabane, ils sont trop bêtes pour en bâtir une comme nous, pas même un bacul, un petit machin de rien du tout, accouté contre un bout de rocher et qu'on ne pouvait même pas voir !

« C'est à peine si on pouvait y entrer à genoux !

— Ah !

— Oui, leurs sabres, leurs triques, leurs lances étaient empilés là-dedans et on a commencé par leur z'y casser tous l'un après l'autre, tant qu'à force on en avait mal aux genoux.

— Et le sac ?

— Mais je vous ai pas dit comment qu'on l'avait trouvé, leur bacul ? Ah ! mes vieux, ce qu'on a eu du mal !

— Depuis huit jours qu'on cherchait pour rien, renchérit Grangibus, ça commençait à être emm...bê-tant !

— Et devinez comment qu'on l'a trouvé ?

— J'donne ma part au chat, pressa La Crique.

— Et moi aussi, firent tous les autres, impatients.

— Non, vous ne devineriez jamais, et ce qu'on a eu de la veine de regarder en l'air !

— ?...

— Oui, mes vieux, on avait déjà bien passé quatre ou cinq fois par là, quand, sur un chêne, un peu plus loin, on a vu une boule d'écureuil et Grangibus m'a dit :

— Je ne sais s'il est dedans ? Si tu montais voir comme c'est ?

— Alors, j'ai pris entre mes dents un petit bâton pour fourgonner, parce que s'il avait été dedans, quand j'aurais mis la main il aurait pu me mordre les doigts. Je monte, j'arrive, je tâte, et qu'est-ce que je trouve ?

— Le sac !

— Mais non, rien du tout ; alors je fous la boule en bas et alors, en regardant, c'est là que dans un contrebas, un peu plus du côté de bise, j'ai vu le bacul de ces cochons de Velrans.

« Ah ! j'ai bientôt été en bas. Grangibus croyait que l'écureuil m'avait mordu et que je dégringolais de frousse, mais quand il m'a vu courir, il s'est douté tout de suite qu'il y avait du nouveau et c'est alors que nous avons fichu leur cambuse à sac.

« Les boutons étaient au fond, sous une grosse pierre ; on n'y voyait presque pas clair, je les ai trouvés en tâtant.

« Ah ! ce qu'on était content !

« Mais vous savez, c'est pas tout. Avant de partir, je me suis déculotté au fond de leur cabane... j'ai rebouché avec la pierre, on a bien remis tous les morceaux de sabres et de lances comme ils étaient, et quand ils iront mettre la main sous la pierre, ils sentiront comment il est fait maintenant leur trésor ! J'ai t'i bien travaillé ? »

On serra la main de Gambette, on lui tapa sur le ventre, on lui ficha des coups de poing dans le dos pour le féliciter comme il convenait.

— Alors ! reprit-il, interrompant le concert de louanges qu'on lui décernait, alors vous, vous avez reçu la pile ?

— Ah ! mon vieux, ce qu'ils nous ont passé ! Et le « noir » a dit, ajouta Lebrac, que je ferais encore pas de première communion cette année, rapport à la culotte de saint Joseph, mais je m'en fous !

— Tout de même, des parents comme les nôtres, c'est pas rigolo ! Ils sont charognes au fond, tout comme si, eux, ils n'en avaient pas fait autant. Et dire qu'ils se figurent, maintenant qu'ils nous ont bien tanné la peau, que tout est passé et qu'on ne songera plus à recommencer.

— Non, mais des fois, est-ce qu'ils nous prennent pour des c... ! Ah ! ils auront beau dire, sitôt qu'ils auront un peu oublié, on les retrouvera les autres, hein, fit Lebrac, on recommence !

« Oh ! ajouta-t-il, j'sais bien qu'il y a " quéque " froussards qui ne reviendront pas, mais vous tous, vous, sûrement vous reviendrez, et bien d'autres encore, et quand je devrais être tout seul, moi, je reviendrais et je leur z'y dirais aux Velrans que je les emm... et que c'est rien que des peigne-culs et des vaches sans lait, voui ! je leur z'y dirais !

— On y sera aussi, nous autres, on z'y sera sûrement et flûte pour les vieux !

« Comme si on ne savait pas ce qu'ils ont fait eux aussi, quand ils étaient jeunes !

« Après souper, ils nous envoient au plumard et eux, entre voisins, ils se mettent à blaguer, à jouer à la bête hombrée, à casser des noix, à manger de la " cancoillotte ", à boire des litres, à licher des gouttes, et ils se racontent leurs tours du vieux temps.

« Parce qu'on ferme les yeux ils se figurent qu'on dort et ils en disent, et on écoute et ils ne savent pas qu'on sait tout.

« Moi, j'ai entendu mon père, un soir de l'hiver passé, qui racontait aux autres comment il s'y prenait quand il allait voir ma mère.

« Il entrait par l'écurie, croyez-vous, et il attendait que les vieux aillent au lit pour aller coucher avec elle, mais un soir mon grand-père a bien manqué de le pincer en venant clairer les bêtes ; oui, le paternel, il s'était caché sous la crèche devant les naseaux des bœufs qui lui soufflaient au nez, et il n'était pas fier, allez !

« Le vieux s'est amené avec sa lanterne tout bonnement et il s'est tourné par hasard de son côté comme s'il le regardait, même que mon père se demandait s'il n'allait pas lui sauter dessus.

« Mais pas du tout, le pépé [1] n'y songeait guère : il s'est déboutonné, puis il s'est mis à pisser tranquillement, et mon père disait qu'il en finissait pas de secouer son outil et qu'il trouvait le temps bougrement long parce que ça le piquait à la " gargotte " [2] et qu'il avait peur de tousser ; alors sitôt que le grand-papa a été parti, il a pu se redresser et reprendre son souffle, et un quart d'heure après il était " pieuté " avec ma mère, à la chambre haute.

« Voilà ce qu'ils faisaient ! Est-ce qu'on a jamais fait des " trueries " comme ça, nous autres ? Hein, je vous le demande, c'est à peine si on embrasse de temps en temps nos bonn'amies quand on leur donne un pain d'épices ou une orange, et pour un sale traître et voleur qu'on fouaille un tout petit peu, ils font des chichis et des histoires comme si un bœuf était crevé.

— Mais c'est pas ça qui empêchera qu'on fasse son devoir.

— Tout de même, bon Dieu ! qu'il y a pitié aux enfants d'avoir des père et mère !

Un long silence suivit cette réflexion. Lebrac recachait le trésor jusqu'au jour de la nouvelle déclaration de guerre.

Chacun songeait à sa fessée, et, comme on redescendait entre les buissons de la Saute, La Crique, très ému, plein de la mélancolie de la neige prochaine et peut-être aussi du pressentiment des illusions perdues, laissa tomber ces mots :

— Dire que, quand nous serons grands, nous serons peut-être aussi bêtes qu'eux !

1. Grand-père.
2. Gargotte : gorge.

Table

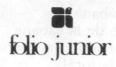

folio junior

La première collection de poche
illustrée pour la jeunesse
Plus de 500 titres disponibles

Buzzati, Dino
**La fameuse invasion de la
Sicile par les ours**
Le chien qui a vu Dieu

Cameron, Ian
Le cimetière des cachalots

Campbell, Reginald
Sa Majesté le tigre

Camus, William
Les oiseaux de feu
et autres contes peaux-rouges

Capote, Truman
L'invité du jour

Carré, Gérard
**La troisième guerre mondiale
n'aura pas lieu**

Carroll, Lewis
Alice au pays des merveilles
De l'autre côté du miroir

Causse, Rolande
Rouge Braise

Cendrars, Blaise
**Petits contes nègres pour les
enfants des blancs**

Chaillou, Michel
La vindicte du sourd

Cole, Gerald
La petite amie de Grégory

Collodi, Carlo
Pinocchio

Colum, Padraïc
Le fils du roi d'Irlande

Cooper, James Fenimore
Le dernier des mohicans

Coué, Jean
Kopoli, le renne guide
L'homme de la rivière Kwaï

Crompton, Richmal
William
L'insupportable William

Dahl, Roald
Charlie et la chocolaterie
**Charlie et le grand ascenseur
de verre**
Escadrille 80
James et la grosse pêche
**L'enfant qui parlait aux
animaux** *et autres nouvelles*
**La potion magique de Georges
Bouillon**
Le Bon Gros Géant
Le cygne *suivi de*
**La merveilleuse histoire de
Henry Sugar**
Les deux gredins
Moi, Boy
Sacrées sorcières

Daudet, Alphone
La dernière classe
et autres contes du lundi
Le petit Chose
Lettres de mon moulin
Tartarin de Tarascon

Desai, Anita
Un village près de la mer

Dhôtel, André
**Le pays où l'on n'arrive
jamais**

Doyle, Arthur Conan
Le chien de Baskerville

Fallet, René
Bulle ou la voix de l'océan

Faulkner, William
L'arbre aux souhaits

Fon Eisen, Anthony
Le prince d'Omeyya

Forsyth, Frederick
Le berger

Fournel, Paul
Un rocker de trop

Frémion, Yves
Tongre

Frère, Maud
Vacances secrètes

Gamarra, Pierre
Six colonnes à la une

Garfield, Léon
Le fantôme de l'apothicaire

Garrel, Nadine
Au pays du grand condor
Les princes de l'exil

Gautier, Théophile
Le roman de la momie

Gilbreth, Ernestine et Frank
Treize à la douzaine

Giono, Aline
**Mon père, contes des jours
ordinaires**

Golding, William
Sa Majesté des Mouches

Gordon, Donald
Alerte à Mach 3

Grimm
Hans-mon-hérisson
et autres contes
Les trois plumes
et autres contes

Gripari, Pierre
**La sorcière de la rue
Mouffetard**
*et autres contes de la rue
Broca*
Le gentil petit diable
*et autres contes de la rue
Broca*

Halévy, Dominique
L'enfant et l'étoile

Hatano, Isoko et Ichiro
L'enfant d'Hiroshima

Hemingway, Ernest
Le vieil homme et la mer

Hickok, Lorena A.
L'histoire d'Helen Keller

Hines, Barry
Kes

Howker, Janni
Le blaireau sur la péniche

Jacob, Max
**Histoire du roi Kaboul Ier
et du marmiton Gauwain**

Louis Pergaud

La guerre des boutons

Supplément réalisé par
Christian Biet,
Jean-Paul Brighelli,
Michel Devoge
et Jean-Luc Rispail

Illustrations de Philippe Munch

ÊTES-VOUS
LE DIGNE HÉRITIER
DES LONGEVERNES ?

« Qui ne risque rien n'a rien », dit le proverbe. Ce test vous dira si vous savez affronter les situations de la vie avec suffisamment d'astuce et d'à-propos et si, à l'instar de Lebrac, vous osez vous lancer dans des entreprises audacieuses. Pour chaque question, cochez la réponse qui vous convient le mieux. Comptez ensuite le nombre de ○, □ et △ obtenus et reportez-vous à la page des solutions.

1. *Vous êtes pris par des ennemis qui commencent à vous « écheniller » :*
A. Vous êtes terrorisé △
B. Vous vous dites que vous aurez enfin des habits neufs □
C. Vous songez au bonheur de vous faire « regauper » par la Marie Tintin ○

2. *Pour vous venger d'une injustice commise par un camarade :*
A. Vous écrivez des graffitis insultants sur sa porte □
B. Vous aiguisez votre canif pour lui « affûter » les vêtements ○
C. Vous attendez que le hasard vous le livre △

3. *Quand Lebrac partage la goutte dans la cabane :*
A. Vous tendez votre pomme pour en avoir une bonne rasade ○
B. Vous avez peur de trébucher comme Zéphirin △
C. Vous dites : « C'est chipé, donc c'est bon ! » □

4. *Que feriez-vous du pantalon de l'Aztec ?*
A. Vous le garderiez pour le porter en cas de malheur △
B. Vous y découperiez des pattes pour les revendre au pattier □
C. Vous demanderiez à la Marie de coudre ensemble les bas du pantalon avant de le lui rendre ○

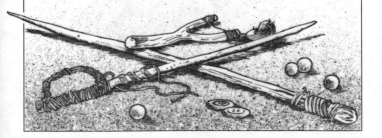

5. *Vous voyez le chien des Gibus « agresser » la petite chienne du maire :*
A. Vous leur lancez un seau d'eau pour les calmer △
B. Vous observez la scène avec intérêt ○
C. Vous espérez que le maire vous donnera un chiot □

6. *Vous vous procurez de l'argent à la manière de Lebrac :*
A. Vous avez peur d'être « pincé » par Zéphirin △
B. Vous courez vous acheter un mille-feuille □
C. Vous dites : « Ça peut rapporter gros ! » ○

7. *Lorsque vous relâchez votre langage en face de vos amis, vous le faites :*
A. Pour épater la galerie ○
B. Pour vous défouler □
C. Par paresse intellectuelle

8. *Vous trouvez le porte-monnaie du père Simon :*
A. Vous n'osez pas le lui rendre △
B. Vous en retirez les images confisquées avant de le lui rapporter □
C. Vous le jetez dans l'abreuvoir municipal ○

9. *Votre mère vous surprend la main dans son sac :*
A. Vous lui demandez où elle a mis vos chaussettes ○
B. Vous dites que vous ne l'avez pas fait exprès △
C. Vous lui demandez de vous recoudre un bouton □

10. *Vous rencontrez une bande de gamins tout nus :*
A. Vous vous mettez en tenue ! □
B. Vous rougissez △
C. Vous admirez leurs muscles ○

Solutions page 328

1
AU FIL DU TEXTE

LIVRE I

Des mots pour faire mal

L'invocation à la Murie est un cri de guerre en même temps qu'une malédiction. L'affrontement entre Velrans et Longeverne est l'occasion pour l'auteur d'étaler une verve gouailleuse et de nous faire découvrir un patois argotique dont la verdeur en ferait rougir plus d'un !

1. « Maraud, faquin, butor de pied-plat ridicule !
   – Ah ? Et moi, Cyrano-Savinien-Hercule
   – De Bergerac... » réplique Cyrano dans la pièce d'Edmond Rostand. Dans le roman, Lebrac attaque sur le même ton : « Hé grand fendu, cudot, feignant, pourri ! » lance-t-il à l'Aztec des Gués. (p. 29)
Si l'intention est la même, les mots choisis diffèrent sensiblement entre deux gentilshommes ou entre deux gamins. Et ils changent aussi selon les époques.
- Imaginez une dispute et les mots échangés entre deux gamins de Paris, deux marins, deux hommes politiques, deux commerçants, ou encore deux chevaliers du Moyen Age.

2. « Enfonceurs de portes ouvertes ! Etrangleurs de chats par la queue ! » (p. 30) Cette fois-ci la dérision passe par l'absurde et le rire.
- Seriez-vous capable de composer des insultes de ce genre ? Vous connaissez déjà au moins « marin d'eau douce » et « scaphandrier d'eau de vaisselle », que vous avez peut-être utilisés tout à l'heure !

Portrait d'un chef

Vous l'avez bien vu, Lebrac n'est pas quelqu'un qui passe inaperçu. Comment en effet retracer l'épopée des Longevernes sans mettre en avant la personnalité de leur chef ? C'est autour de son personnage que Louis Pergaud a organisé son récit : attardons-nous un peu sur son caractère.

1. En quelques traits, Louis Pergaud campe le personnage du gamin. Répertoriez les principales qualités de Lebrac. (p. 18) Dans quels domaines sa force de caractère se manifeste-t-elle ? Vérifiez aussi que ces qualités apparaissent bien tout au long du roman, et que le personnage reste à la hauteur de cette première description. Lebrac se montre-t-il aussi doué pour les études ?

2. Au cours du récit, Lebrac a des démêlées avec trois personnages. Lesquels ? (p. 18) Imaginez les « tours pendables » qu'il leur a joués. (La page 57 et le chapitre « Justes représailles » vous y aideront.)

3. Au cours du récit, Louis Pergaud enrichit la personnalité de Lebrac et lui donne une nouvelle envergure. De quelles nouvelles qualités fait-il preuve lors de l'expédition nocturne ? Répertoriez quelques-unes de ses nombreuses idées et montrez aussi comment les rebondissements de l'intrigue ont pour point de départ ses décisions.

4. Lebrac se conforme-t-il à l'image que vous vous faites d'un vrai chef ?

Les mots et les choses

1. L'auteur écrit que Lebrac, « fixant Bacaillé de ses yeux de loup, lui rugit à la face... »
- Relevez d'autres expressions similaires. (p. 240, 252, 277, 285)
« Têtu comme une mule », note Louis Pergaud à propos du même personnage.
- Faites la liste des autres comparaisons animales que vous connaissez.
- A votre tour, décrivez un personnage en utilisant ce genre de comparaisons, auxquelles vous ajouterez des cris d'animaux : votre personnage pourra ainsi « ululer » et « manger comme un chancre ».

2. Kisses et topes ne sont pas des mots anglais, mais de véritables mots du terroir, formés à partir d'onomatopées.
- Essayez d'entendre les allitérations qui émaillent les phrases où sont décrites ces armes.
- Ecrivez, vous aussi, des phrases où l'on puisse entendre le « carillon des cloches » ou le « vrombissement de la fronde à ficelle ».

L'ombre de la Murie
plane sur Longeverne

Comme tout village digne de ce nom, Longeverne entretient une légende : la Murie, mot sacré qui désigne une menace impalpable issue de la nuit des temps, menace qui hante le village et ses habitants, et nourrit même la haine entre Velrans et Longeverne. A vous de lever le voile sur ce mystère !

> « Velri
> Pourri
> traîne la Murie
> A vau les vies ! »

« Velri » désigne bien sûr Velrans. Mais la Murie ? Allez voir tout de suite l'explication qu'en donne La Crique. (p. 225) Quels ravages ce fléau a-t-il déjà provoqué à Longeverne ou à Velrans ?

« A vau les vies » signifie le long des chemins ; cette expression est formée sur le modèle de « à vau l'eau », qui signifie au fil de l'eau.

- Pourquoi l'ensemble de la formule est-il rythmé comme un slogan ?

La grande journée
(p. 34 à 43)

Décidément, ce jour donna lieu à une cascade d'émotions. Lebrac et ses braves durent d'abord affronter les redoutables questions et les menaces du maître, qui faillirent bien en conduire certains en retenue. Par bonheur, toute la troupe se retrouve le soir même sur le champ de bataille et, après une lutte acharnée, les Longevernes signent là leur première grande victoire.

En ce jour mémorable, on les verra successivement s'exercer aux techniques du copiage puis de « l'échenillage ».

1. Examinons tout d'abord la technique du copiage, susceptible, semble-t-il, d'être améliorée.

- Lebrac est « convaincu » d'avoir copié ; cela veut-il dire qu'il en est persuadé ?
- Que pensez-vous de la méthode mise au point par les élèves pour copier ?

2. Souvent grandiloquentes, les colères de l'instituteur font néanmoins forte impression sur ses élèves.
- Avez-vous remarqué que Lebrac reprend à son compte les attitudes du père Simon dès qu'il se trouve lui-même en position de chef ? (p. 36 et 42)

3. Vous découvrirez (p. 42) la technique de l'échenillage.

a) L'échenillage se pratique à l'aide d'un couteau ; quel autre nom donne-t-on à cet outil ?

b) A l'origine, qu'aurait-on voulu couper, et pourquoi ?
- Quel est le rapport avec l'insulte qui a déclenché la guerre ?
- Pourquoi ce châtiment donne-t-il lieu à une telle mise en scène ?

c) Le but de l'échenillage est-il de se procurer des boutons ?
- Imaginez la réception de Migue la Lune chez lui, au soir de sa capture. Décrivez son état d'esprit à la perspective de la réception qui l'attend... et celui de ses tourmenteurs !

d) Comparez vos vêtements à ceux de Migue la Lune ; que faudrait-il couper pour vous écheniller ?

4. La victoire.
Lebrac savoure son triomphe : « Hein ! On leur z'y a posé ! Ça leur apprendra à ces Alboches-là ! » Les Velrans, bien sûr, sont assimilés aux Allemands. L'abréviation « boche » date seulement du lendemain de la Grande Guerre.

a) On trouve trois fois le suffixe péjoratif et familier « oche » dans le roman (p. 30, 150, 165) ; retrouvez-le.

b) Complétez cette liste de mots et mettez-les dans la bouche des guerriers, en inventant des phrases dignes de ces farouches combattants !

La famille Lebrac
(p. 59 à 63)

Las, toute victoire est suivie de revers ! Lebrac lui-même sera la première victime du clan adverse, qui lui fait subir à son tour le supplice de l'échenillage. De retour à la maison, l'accueil familial est digne de lui ! La scène se déroule à huis clos, avec pour protagonistes Lebrac, son père et sa mère.

1. Héroïque Lebrac ! Par deux fois assailli et vaincu, il sauve pourtant l'honneur.
- Quel sens donneriez-vous à son dernier geste face aux Velrans ?
- Pourquoi refuse-t-il de répondre à son père ?

2. Conscient de représenter l'autorité, le père joint le geste à la parole pour rétablir l'ordre.
- Relevez toutes les invectives que le père adresse à son fils. Son dernier reproche (p. 53) n'est-il pas en contradiction avec les injonctions précédentes ?
- Les mesures physiques se montrent-elles plus efficaces que les mots ?

3. A tout prendre, Lebrac n'est pas un mauvais bougre. Aidez-le à plaider sa cause auprès de ses parents. Rédigez un dialogue à trois personnages dans lequel le fils pourrait cette fois-ci s'expliquer... et convaincre !

4. Le héros de *La Guerre des boutons* deviendra à son tour père de famille. Que fera-t-il le jour où son fils rentrera en piteux état ?
- Emploiera-t-il les méthodes paternelles ?
- Se montrera-t-il plus compréhensif ?

A propos de culottes

Les gamins de Longeverne déploient maints efforts pour conserver en bon état leur culotte... jusqu'au jour où ils ont l'idée de l'ôter carrément ! Mais, au début du roman, Lebrac inscrit sa déclaration de guerre sur le « panneau de chêne culotté et noirci » de l'église de Velrans.
- Que signifie ici « culotté » ? De même, un fumeur pourrait vous dire que sa pipe est culottée.
- Quel autre sens connaissez-vous à cet adjectif ?

LIVRE II

Dix questions
autour du trésor de guerre

A votre avis, les épisodes concernant le trésor de guerre sont-ils des faits marquants dans la vie des petits Longevernes ? Ont-ils retenu toute votre attention et tenez-vous ces événements pour décisifs dans le cours du récit ? Dix questions pour savoir si vous tendez l'oreille sitôt que l'on parle d'argent !

1. *A quoi sert le trésor de guerre ?*
A. A faire la fête
B. A empêcher les prisonniers de se faire rosser par leurs parents
C. A défier les Velrans

2. *La Marie Tintin aide les guerriers de Lebrac :*
A. En cousant un sac pour contenir le trésor
B. En dérobant des boutons à sa mère
C. En acceptant de devenir trésorière

3. *Lebrac et Tintin ont une heure de retenue parce que :*
A. Ils n'ont pas su expliquer la provenance des boutons
B. Ils troublent la classe
C. Ils pensent à leurs armes au lieu de travailler

4. *On se décide à construire une cabane parce que :*
A. Le père Tintin a trouvé le trésor de guerre
B. Tintin ne veut plus garder le trésor sur lui
C. Les épingles risqueraient de rouiller sans abri

5. *En cas de malheur :*
A. On garde deux sous de réserve
B. On achète du fil noir
C. On demande conseil à la Marie

6. *Un seul guerrier n'applaudit pas la cantinière d'honneur :*
A. La Crique
B. Bacaillé
C. Migue la Lune

7. *Tigibus surgit :*
A. Pour annoncer le départ de Tintin
B. Pour jouer aux billes
C. Pour annoncer l'arrivée du maître

8. *Tintin est nommé trésorier, parce que :*
A. Il sait bien compter
B. Il court plus vite que les autres
C. C'est sa sœur qui recoudra les boutons

9. *Quel sacrifice pour la patrie Lebrac attend-il de ses guerriers ?*
A. Que chacun verse un sou par mois
B. Qu'on se batte à tour de rôle en faisant un roulement
C. Qu'on vende ses images pieuses

10. *Les dix « pannés » sont d'abord rebelles à l'impôt, parce que :*
A. Ils sont contre la République
B. Ils voudraient que les riches paient plus que les pauvres
C. Ils sont trop pauvres pour trouver un sou par mois

Solutions page 328

Le nerf de la guerre
(p. 112 à 126)

Jamais à court d'idées, Lebrac sauve une nouvelle fois la situation. Pour parer à une éventuelle insuffisance de boutons et autres cordons, jarretières et bretelles, on décide d'acheter un petit nécessaire à couture. D'où l'idée de prélever un impôt mensuel auprès de tous les enfants. Ce qui soulève bien des difficultés...

1. Remettre une partie de ses économies au chef serait la solution. Mais l'argent de poche n'est pas chose facile à acquérir chez les petits paysans. Expliquez pourquoi et racontez de quelles ruses Lebrac doit user pour conserver l'argent donné par sa marraine.
- Vous-même, avez-vous déjà participé à une collecte avec des amis en vue d'un projet ou d'un achat commun ? Qui gérait les fonds ?

2. Lebrac énumère une série de propositions pour gagner de l'argent.
- Dressez-en la liste et expliquez lequel de ces moyens vous paraît le plus efficace.

3. Les expédients de Lebrac vous semblent peut-être limités, désuets et difficiles à mettre en œuvre aujourd'hui. En fin politique, vous avez certainement songé à d'autres moyens mieux adaptés à notre époque.
- Lesquels ?

4. L'une des propositions de Lebrac semble accabler Bati. Et pour cause !
- Quel est donc le motif de son malheur ?

A la guerre comme à la guerre !

La guerre a ses impératifs, et le prélèvement de l'impôt, la charge de trésorier supposent bien des responsabilités et des sacrifices dont ne sont pas conscients les adultes ! Aussi Lebrac et Tintin doivent-ils parfois payer de leur personne les humeurs parentales.

Appréciez la raclée de Lebrac (p. 59-63) et celle de Tintin (p. 169-174). La seconde vaut-elle la première ?
- Comparez en douze points le déroulement des événements :

	LEBRAC	TINTIN
1. Qui le père a-t-il rencontré ce jour-là ?		
2. Il s'en souviendra en disant à son fils :		
3. La cause de la raclée :		
4. Le père attaque le fils indirectement :		
5. La formule avec laquelle le père commence l'inspection :		
6. Le juron favori du père :		
7. Les noms qu'il donne à son fils :		
8. L'intervention maternelle :		
9. L'instrument utilisé pour la raclée :		
10. La réaction du fils en proie à la douleur :		
11. La conclusion du père est-elle paradoxale ?		
12. La solution à proposer pour qu'une telle raclée ne se produise plus :		

LIVRE III

En direct du champ de bataille
(p. 198 à 208)

Depuis quelques jours, chaque clan s'est replié sur ses quartiers et les troupes se requinquent. De part et d'autre, on mijote quelque chose ; les rumeurs vont bon train. Dès le dimanche, le ton monte, les insultes pleuvent. Le lundi enfin éclate la plus farouche, la plus héroïque bataille au corps à corps.

1. Louis Pergaud, qui semble féru d'art militaire, signale l'intérêt que manifestent les guerriers de Lebrac à l'égard des Gaulois, « qui étaient de grands batailleurs et qu'ils admiraient fort ». (p. 37) En revanche, à qui compare-t-il les Velrans ? (p. 204)

Chateaubriand peut vous souffler la réponse : « Ces barbares, fidèles aux coutumes des anciens Germains, s'étaient formés en coin, leur ordre accoutumé de bataille. Le formidable triangle, où l'on ne distinguait qu'une forêt de framées, des peaux de bêtes et des corps demi-nus, s'avançaient avec impétuosité, mais d'un mouvement égal, pour percer la ligne romaine. » (*Les Martyrs*, livre VI). Vous pouvez aussi lire *La Guerre des Gaules*, de Jules César : c'est par ce livre que nous connaissons les coutumes de la plupart des peuples barbares d'Europe.

2. Composez une bande dessinée relatant cette bataille (p. 204 et 206), ou encore une fresque à la manière de la tapisserie de la reine Mathilde, qui décrit le débarquement de Guillaume le Conquérant à Hastings, en 1066. Séparez les trois phases du combat : avant, pendant et après le passage des corbeaux ; n'oubliez pas les bruitages indiqués par l'auteur !

C'est la fête
(p. 209 à 222)

Chez les Longevernes, c'est dans l'allégresse que l'on célèbre la dernière victoire remportée haut la main. Un somptueux festin s'organise dans la cabane.

1. *La cabane*
- Pourquoi la construire ?
- Avec quoi ?
- Pour y réaliser quels rêves ?
- Pourquoi la décorer ?
- Comment serait votre cabane à vous ? Décrivez-la et racontez ce que vous y feriez...

2. *Le festin*
« On est tous en République, on est tous égaux, tous camarades, tous frères », disait Lebrac. (p. 115) Relevez tous les indices prouvant que la fête correspond bien à la devise :

LIBERTÉ	ÉGALITÉ	FRATERNITÉ

L'art de déguster : comment s'y prennent-ils ?
- Comment organiseriez-vous la fête dans votre cabane ?
- Quelle devise voudriez-vous inscrire au-dessus de la porte d'entrée ?

Crime et châtiment
(p. 254 à 280)

Lors d'une visite à leur repaire, les chefs découvrent avec horreur un spectacle affligeant : la cabane a été dévastée ! Le trésor de guerre a disparu ! Les soupçons se portent vite sur Bacaillé, rival de Camus, et chargé par la bande lors d'une altercation avec ce dernier.

1. *Bacaillé*
Ce personnage n'est pas présenté, dans le premier chapitre, en même temps que Lebrac et les autres gamins.
- Quel trait physique le distingue du reste de la troupe ? Est-il le seul handicapé à Longeverne ?
- Quelle est son attitude dans la classe du père Simon ? (p. 79)
- Pourquoi Bacaillé n'aime-t-il pas Camus ? Comment cette animosité se manifeste-t-elle ?

2. *Le rôle de Tintin*
Que remarque-t-il lors des quatre interventions de Bacaillé ? (p. 79, 130, 177 et 236)

3. *Le crime*
Il est bien connu que l'on respecte un ennemi mais qu'un traître mérite les pires châtiments.
- Connaissez-vous ceux qu'ont subis ces traîtres célèbres de la littérature ou de la légende : Judas, Ganelon, Milady, Ivan Ogareff, Olrik ?
- Répertoriez les « noms » dont est gratifié Bacaillé (p. 235 à 243 et p. 254 à 271) ; n'oubliez pas ceux que lui adresse l'auteur lui-même. Au total, il y en a une vingtaine...

4. *Le châtiment*
Bacaillé subira donc un châtiment exemplaire. En aurait-il été autrement s'il avait été jugé dans les règles ?
- Si vous vous sentez une âme d'avocat, rédigez une plaidoirie convaincante pour la défense de l'accusé. Prévoyez tous les arguments de l'accusation !

Le mot de la fin
(p. 272 à 289)

Quelques heures après le châtiment de Bacaillé, il n'est plus question de victoire à Longeverne. Dans la nuit tombante, le village entier ne résonne plus que de cris d'enfants et des raclées qui leur sont administrées.

1. *La fin des hostilités*
- La raclée mémorable met-elle fin à la guerre ?

2. *Le discours*
Pour ne pas être de reste, le père Simon harangue violemment les enfants. (p. 282-283) L'auteur se contente de résumer ce discours. A vous de le reconstituer dans son ensemble, tel que le maître aurait pu le prononcer :
« Votre conduite d'hier est absolument inadmissible, indigne de citoyens civilisés... »
De nos jours, le père Simon garderait sans doute la même sévérité, mais il emploierait d'autres comparaisons, d'autres exemples.
- Réécrivez le discours du maître comme s'il s'adressait à votre classe.

3. *La fin de l'enfance*
- Quel est l'hypocrite qui se prend pour le petit Jésus dans la Crèche ?
- Qu'est-ce qui vous semble plus important : la punition du traître ou la perte d'une vache ?
- A quel indice voit-on traîner encore le spectre de la Murie ?
- Quelles illusions les enfants perdent-ils ?

4. *Le mot de la fin*
- Qui finit par le prononcer ?
- Quelles réflexions vous inspire-t-il ?

2
SUR L'ENSEMBLE DU TEXTE
Des expressions bizarres

Le patois coloré de Louis Pergaud intrigue parfois le lecteur. Dérouté, celui-ci « gamberge », imagine les explications les plus folles, puis, soudain... tout s'éclaire ! A vous de rendre son sens à chaque expression.

1. « *Il vous foutait les znogs sur les onçottes* » (p. 18)
A. Il vous donnait des coups de règle sur les doigts
B. Il vous donnait des coups de pouce sur les ongles
C. Il vous lançait des coups de pied au derrière

2. « *Ma vieille est si tellement à cheval sur ses gélines* » (p. 122)
A. Ma mère pratique l'équitation sur ses juments
B. Ma mère veille attentivement sur ses poules
C. Ma mère garde jalousement des pièces de monnaie

3. « *Aller clairer les bêtes* » (p. 122)
A. Aller en vérifier l'odeur
B. Les mettre en sécurité pour la nuit
C. Jouer du clairon pour les réveiller

4. « *Aller prendre sa purée chez Fricot l'aubergiste* » (p. 93)
A. Se saouler
B. Choisir le plat du jour
C. Mouliner des pommes de terre

5. « *Aller endosser son surplis de thuriféraire* » (p. 23)
A. Se faire masser le dos
B. S'habiller avec un vêtement d'enfant de chœur
C. Aller chercher une lettre à la poste

6. « *Votre père m'a recommandé de vous soigner* » (p. 36)
A. De veiller à votre santé
B. De vous faire durement travailler
C. D'être aux petits soins pour vous

7. « *On était calotin à Velrans et rouge à Longeverne* » (p. 58)
A. Habillé de noir à Velrans, de rouge à Longeverne
B. On buvait du vin blanc à Velrans et du rouge à Longeverne
C. Pour l'Église à Velrans, anticlérical à Longeverne

8. « *Se bourrer des quinquets* » (p. 233)
A. Remplir sa pipe de tabac
B. Se bombarder de coups de poing
C. Se regarder en chiens de faïence

9. « *L'échenillage dominical* » (p. 65)
A. La grande toilette effectuée chaque dimanche
B. La chasse aux chenilles chez Dominique
C. L'élevage du vers à soie chez les dominicains

10. « *Se faire taugner à la cambuse* » (p. 66)
A. Recevoir une raclée chez soi
B. Se faire badigeonner au brou de noix
C. Se faire enfermer à la cave

Solutions page 328

En compagnie de Rabelais

Si vous n'avez pas encore lu Rabelais, vous avez assurément perdu quelque chose. Mais il n'est pas trop tard pour bien faire.

1. Clin d'œil d'auteur à auteur.
Au tout début du volume, deux personnages échangent un clin d'œil. Qui sont-ils, et pourquoi ce clin d'œil ? Vous le saurez en lisant la préface.

2. « L'épigraphe adornant la couverture » est une citation de Rabelais. Ce sont deux vers de l'inscription mise sur la grande porte de l'abbaye de Thélème. (Vous pouvez en lire l'intégralité au chapitre 54 de *Gargantua*.)
Bigot signifie tartufe, hypocrite ; êtes-vous bien sûr de pouvoir « entrer » dans le livre ? N'oubliez pas que la tartuferie peut s'appliquer à de nombreux domaines...
- De quoi sont taxés par Lebrac ceux qui entrent dans l'église de Velrans ? (p. 21)
L'abbaye de Thélème est en fait un collège idéal imaginé par Rabelais. Sur son fronton était inscrite la devise : « Fais ce que voudras. »
- Êtes-vous d'accord avec une telle devise attribuée à un collège ?
- Quelle inscription feriez-vous graver au fronton de votre collège idéal ?

3. Chaque chapitre est précédé d'une épigraphe ; trois d'entre elles sont de François Rabelais.
- Quel effet un auteur cherche-t-il à obtenir en plaçant en exergue une citation ?
- Ici, ce procédé n'a-t-il pas aussi un effet comique ?

L'heure est à la vengeance

Descendants des Celtes, les Longevernes sont farouches et fiers. C'est pourquoi il est souvent question parmi eux d'honneur à sauver et d'affronts à réparer.

1. Vous vous souvenez de l'origine de la « guerre des boutons ».
- Est-ce un simple fait divers qui la déclenche ?

2. A peine l'histoire commence-t-elle qu'on entend Lebrac déclarer : « Il n'y a qu'à se venger, na ! » (p. 15)
- Quelle vengeance mettra-t-il au point ?

3. Quelques pages plus loin, c'est au tour de l'Aztec des Gués de méditer sa vengeance. (p. 46)
- Comment s'y prend-il ?

4. Une seule capture permettra de venger Lebrac : laquelle ?
- Pour y parvenir, quelle tactique emploieront les Longevernes ? Quels obstacles rencontreront-ils ?
- Quelle autre vengeance « compliquée et terrible » les distrait un moment de leur tâche ?
- A quelle stratégie ont-ils recours ?

5. L'appétit de vengeance suscite des situations inattendues. Ainsi les Velrans confisquent la culotte de Tintin. C'est aussi par esprit de vengeance que Bacaillé fait rebondir l'action.
- De quoi au juste espère-t-il se venger ?
- Comment l'honneur des Longevernes est-il finalement redressé ?
- Qui, au juste, sort vainqueur de la « guerre des boutons » ?

6. Cette guerre se place décidément sous le signe de la revanche.
- Est-ce étonnant, si l'on sait que le roman a été écrit en 1912 ? Rappelez-vous d'ailleurs comment Louis Pergaud est mort.
- Connaissez-vous l'origine de la guerre de 1870 ? De la Seconde Guerre mondiale ?
- Pour quels motifs déclenche-t-on une guerre ?

Connaissez-vous bien les personnages de « La Guerre des boutons » ?

Voici un petit jeu de mémoire à jouer à plusieurs de préférence : gardez le livre fermé ; vous avez maintenant deux minutes pour répondre par « vrai » ou « faux » aux vingt questions suivantes. Attention, plus de trois erreurs donnent lieu à un gage !

	VRAI	FAUX
1. Bédouin est l'ami de Zéphirin	☐	☐
2. Marie est la sœur de Camus	☐	☐
3. St Joseph porte le pantalon de l'Aztec	☐	☐
4. Migue la Lune est le « plus grand foireux de Velrans »	☐	☐
5. La bonne amie de Lebrac, c'est la grande Phémie	☐	☐
6. Bacaillé boite	☐	☐
7. Mirabeau est né avec un pied tordu	☐	☐
8. L'Aztec des Gués est le guetteur de Velrans	☐	☐
9. Le père Simon a surpris Camus tout nu	☐	☐
10. Le garde champêtre fume de la véllie	☐	☐
11. Tigibus vomit après la fête	☐	☐
12. Guereuillas a une tache de vin sur le derrière	☐	☐
13. La Crique sait tout	☐	☐
14. Bacaillé est amoureux de la Marie Tintin	☐	☐
15. La Tavie des Planches est une « vieille gribiche »	☐	☐
16. Gambette a échappé à la raclée finale	☐	☐
17. Lebrac n'a pas volé d'argent à son père	☐	☐
18. Touegueule a retrouvé le trésor	☐	☐
19. Guignard se tourne de côté pour voir en face	☐	☐
20. Camus le grimpeur se poste dans un « foyard »	☐	☐

Solutions page 329

Il y a couper et couper !

Heureusement, on ne passe pas toujours aux actes ! Pourtant l'on parle beaucoup de « couper » dans ce roman. Vous non plus, vous n'y couperez pas : essayez donc de vous retrouver parmi toutes les coupes proposées ci-dessous.

1. *Histoire de coupes*
- Que veut-on couper à Migue la Lune (p. 40), Lebrac (p. 50), Bacaillé (p. 270) ?
- Et Bédouin, que voudrait-il couper ? (p. 91) Que coupe-t-on en réalité ?
- Quel est le but de toutes ces coupes ?

2. *Amusons-nous avec Pergaud*
Le verbe couper peut également s'employer de façon imagée et Pergaud s'en amuse.
- Avant d'attraper Migue la Lune, que coupe-t-on aux Velrans ? (p. 39)
- La famille de Lebrac est déjà attablée ; que signifie pour lui cette circonstance ? (p. 59)
- Que font les bûcherons dans le bois ? (p. 228)
- Comment est délimité le territoire des deux villages ennemis ? (p. 250)
- Quand Camus (p. 71), Lebrac (p. 197) ou La Crique (p. 268) coupent la parole à quelqu'un, il y a de la répression dans l'air : pourquoi ?
- Lorsque Lebrac capture l'Aztec des Gués et qu'il lui répète : « Tu n'y coupes pas » (p. 143 et 146), il veut dire que le chef ennemi ne va pas échapper... à quoi ?
- Le père Simon ne coupe pas non plus aux jeux sur ce mot : son rôle répressif oblige. Quelle menace plane ou planait sur Camus (p. 45) et sur Lebrac (p. 77) ?

3. *Que diriez-vous à la place de :*
- Couper du pain
- Couper un bras
- Couper les ongles
- Couper la fièvre
- Le froid coupe les mains
- Ça vous la coupe ?
- Couper le sifflet

4. *A vous de jouer*
- A quelle définition correspondent les expressions suivantes :
A. Couper l'herbe sous le pied
B. Donner sa tête à couper
C. Couper les cheveux en quatre
D. Couper dans le vif

Définitions :
1. Être excessivement minutieux
2. Prendre les devants
3. Être sûr de ne pas se tromper
4. Prendre des mesures énergiques pour régler une affaire

- Comment coupe-t-on le vin ?
- Comment coupe-t-on le carreau... ou le trèfle ?

Allongez la liste de ces expressions imagées qui utilisent le verbe couper.

Solutions page 329

Quelque part en Franche-Comté...

Ne cherchez pas Longeverne sur une carte : ce village a été inventé de toutes pièces par l'auteur. En revanche, vous trouverez les petites villes de Maîche, Morteau et Baume-les-Dames (qui doit son nom à un vieux mot celtique) mentionnées dans l'histoire.
Imaginez alors les petits villages de Longeverne et Velrans quelque part entre ces trois villes, à l'est de Besançon et près de la frontière suisse dans le département du Doubs.
- Pourquoi cette région s'appelle-t-elle « Franche-Comté » ?
- Depuis quand est-elle rattachée à la France ?
Vous êtes ici en plein Jura, une région rurale, un peu montagneuse, peuplée de forêts, de lacs et de grandes prairies, où coule le Doubs, tantôt calme rivière, tantôt cascade impétueuse (le Saut du Doubs).
Au début du siècle, les Comtois y étaient éleveurs, fromagers, bûcherons, sabotiers ou vignerons, quand ils ne travaillaient pas dans l'horlogerie, principale industrie du pays.
Si vous visitez la région, ne manquez pas de goûter la saucisse de Morteau, appelée aussi « jésus » par les gens du cru. Pensez aussi à déguster la fondue, la potée, la cancoil-

lotte, ou encore le célèbre gruyère de Comté (les meules de Comté pèsent jusqu'à 50 kg). Le tout arrosé d'un fameux vin du Jura.

C'est dans cette région accueillante que prend racine l'œuvre de Louis Pergaud. Les légendes y sont vivaces, les traditions régionales très marquées, et les rites pastoraux encore nombreux : ainsi les mois de mai et juin donnent lieu à de véritables fêtes villageoises ; la fenaison s'achève avec la fête des récoltes et un somptueux repas de fin de moisson.

Cette région donna naissance à d'autres poètes et écrivains, dont les plus célèbres sont, sans doute, Charles Nodier, Marcel Aymé, Bernard Clavel et Victor Hugo.

Seriez-vous un bon historien de la vie quotidienne ?

Au-delà du divertissement, ce livre est aussi un document sur la vie quotidienne des villageois du début du siècle. Avez-vous bonne mémoire ? Si vous savez répondre à ces questions, vous en saurez déjà long sur les mœurs de l'époque.

1. Les enfants des villages vivaient-ils plus ou moins isolés les uns des autres que les petits citadins d'aujourd'hui ? Comparez leurs jeux aux vôtres.

2. Comparez le contenu de vos poches et le contenu de celles d'un enfant de Longeverne. (p. 23) Reflète-t-il les mêmes activités ?

3. Les filles se mêlent-elles souvent aux garçons ? (p. 23) Les femmes aux hommes ? Trouvez des exemples.

4. La Crique et Tintin doivent soigner un œil au beurre noir et un bras endolori. Quels remèdes emploient-ils ? (p. 257)

5. Retrouvez les lieux de rencontre des villageois (par exemple, p. 22 et 159).

6. Un dîner de famille est rapporté dans le livre. Donnez-en le menu. (p. 60).

7. L'auteur raconte deux grands rites dominicaux. Quels sont-ils ? (p. 22, 32, 67, 68, 69).

8. De temps à autre, les villageois quittent le village, parfois accompagnés de leurs enfants. Où se rendent-ils ? (p. 68, 226, 256).

9. Citez deux fêtes d'importance dans les villages de l'époque. (p. 96, 230)

10. Quels rapports les paysans entretiennent-ils avec l'argent ? (p. 124)

11. Quels sont les journaux lus au village ? (p. 158, 201) Citez également un ouvrage familier aux paysans et que l'on consulte parfois. (p. 158)

12. L'auteur parle déjà d'une affiche publicitaire. Quel est le produit vanté ? (p. 201) Connaissez-vous d'autres publicités célèbres datant du début du siècle ?

13. Les enfants de Longeverne revendiquent des « opinions politiques » chères à l'époque. Retrouvez-les. (p. 115)

14. A l'époque les gens portaient le costume de leur profession. Reconstituez celui qu'auraient porté vos parents. Et vous, comment auriez-vous été vêtu ? N'oubliez pas qu'on ne s'habille pas de la même manière en ville et à la campagne.

Cette liste de questions pourrait être allongée : en effet, le roman abonde en anecdotes et éléments pittoresques. Reportez-vous aux différents chapitres et trouvez d'autres détails, au hasard des pages, qui vous permettront de reconstituer tout un mode de vie.
Choisissez des scènes très expressives que vous illustrerez ou jouerez à plusieurs personnages.

Littérature et cinéma

Cinquante ans après la parution du roman, Yves Robert l'a adapté au cinéma. En 1962, les tracteurs sillonnent la campagne et les enfants ne sont plus préoccupés par la revanche contre les Allemands. Yves Robert a donc fait œuvre originale à partir du roman de Louis Pergaud, qu'il a beaucoup modifié. Selon que la scène décrite apparaît dans le roman ou dans le film, mettez une croix dans la case correspondante.

	ROMAN	FILM
1. Le père Simon est un vieil instituteur sévère, bourru et naïf	☐	☐
2. Le père Simon est un vieil instituteur qui s'entend mieux avec ses élèves qu'avec leurs parents	☐	☐
3. Le facteur se déplace à bicyclette	☐	☐
4. Le garde champêtre trébuche dans ses marmites	☐	☐
5. Pour gagner de l'argent :		
a. On vend des champignons non comestibles	☐	☐
b. On va chercher des œufs dans le nid	☐	☐
c. On attrape des vipères	☐	☐
d. On revend des chiffons	☐	☐
6. Tigibus dit toujours : « Si j'aurais su, j'aurais pas v'nu »	☐	☐
7. Tigibus boit la goutte à Velrans	☐	☐
8. La cabane est détruite par un tracteur piloté par l'Aztec	☐	☐
9. La cabane est saccagée par la bande des Velrans	☐	☐
10. Lebrac se cache dans la forêt	☐	☐
11. Lebrac monte à cheval	☐	☐
12. Lebrac se retrouve en pension avec l'Aztec	☐	☐
13. Lebrac se promet de recommencer la guerre	☐	☐
14. Lebrac se protège des plombs de chasse avec un parapluie	☐	☐

Déduisez les raisons d'être de ces différences. Pourquoi le cinéaste a-t-il tant développé le rôle de Tigibus, changé celui de l'instituteur, allongé la fin de l'histoire ?

Connaissez-vous d'autres œuvres littéraires qui ont été transposées au cinéma (ou bien au théâtre) ?
- Quelles modifications sont nécessaires ?
- Une transposition au cinéma peut-elle rester vraiment fidèle à un roman ?

3
JEUX ET APPLICATIONS

Le jeu des sept familles
de « La Guerre des boutons »

Composez et dessinez votre jeu de cartes personnel !
Chaque famille est composée du grand-père, de la grand-mère, du père, de la mère, du fils, de la fille.
On sait que les pères et les grands-pères se sont aussi bagarrés dans leur jeune temps ; il est vraisemblable d'imaginer qu'ils ont ressemblé à leurs petits et qu'il leur en reste quelque chose.
Il faut donc déterminer le point commun à tous les membres d'une même famille.

1. *Les familles*
Famille CAMUS. Sachant que le fils est un « fin grimpeur » juché sur un chêne, on pourra jucher : l'un sur un escabeau pour laver les vitres, l'autre sur une échelle pour cueillir des cerises, un troisième sur une chaise pour attraper un pot de confitures...

Famille LEBRAC. Ce sont sûrement des gens habitués à commander, à haranguer les autres ; on peut armer le père du « raim de coudre » avec lequel il donne une raclée...

Famille TINTIN. On connaît déjà le fils, la fille, la mère, le père (aux célèbres sabots), et on peut leur supposer à tous un intérêt pour la trésorerie.

Famille GIBUS. Pas de petite sœur, mais un petit frère ! A défaut d'autre point commun, on peut jouer sur les chapeaux (puisqu'un gibus, c'est...)

Famille LA CRIQUE. Ce sont tous des savants !

Famille MIGUE LA LUNE. Des froussards ! Et quoi d'autres ?

Famille BACAILLÉ. Des sournois, avec des têtes de traîtres...

2. *Le détail qui fait vrai*
Au coin de chaque carte, un signe pour distinguer une famille d'une autre : un bouton différent par famille, bien sûr !

3. *Et maintenant, jouez !*
Pour gagner, il faut réunir devant soi le maximum de familles complètes.
Distribuez les cartes, en nombre égal, à chaque joueur tout en prenant soin d'en laisser quelques-unes au milieu de la table (en un petit tas que nous appellerons « pioche »). Demandez au joueur de votre choix s'il a la carte qui vous intéresse. S'il l'a, il vous la donne, et vous continuez à demander les cartes qui vous manquent à n'importe quel joueur. Sinon, vous piochez une carte et vous cédez la parole au dernier joueur que vous avez interrogé.

Jeux de mots

1. *Cherchez le traître !*
Trouvez les noms des guerriers de *La Guerre des boutons* qui composent cette liste. Le nom du traître y figure verticalement : déplacez chaque nom vers la droite ou vers la gauche jusqu'à ce que le nom cherché apparaisse.

- Son père ne se saoule jamais
- Habite sur la Côte
- C'est un vrai chef
- Juché sur un chêne
- Le petit
- Il a une tache de vin au derrière
- Il sait tout
- Le chef ennemi

2. *L'ennemi surgit parfois là où on ne l'attend pas !*
Quand vous aurez trouvé les noms propres, lisez la grille verticalement. Qui trouvez-vous ?

Là où habitent les Gibus

Le vieux Briscard

Le gros de la troupe

Général de Longeverne

Un fin grimpeur

Il a des soucis d'argent

Le grand ou le petit

3. *Offensive ou défensive*

Retrouvez tout ce qui sert à l'armée de Longeverne pour attaquer ou se défendre :

Lancer

Frapper

Tendre

Lancer

Fendre

Faire trébucher

Porter des provisions

Rosser

En découdre

Battre

L
O
N
G
E
V
E
R
N
E

4. *Ils font la paire*

Aidez les mots de la colonne de droite à retrouver ceux de la colonne de gauche auxquels ils s'associent normalement.

1. une ficelle	A. de cailloux
2. une grêle	B. de fouet
3. une épingle	C. de bourrique
4. un marchand	D. de gésine
5. un système	E. de biques
6. un travail	F. d'eau bénite
7. un bidon	G. de nourrice
8. un ados	H. de baguette
9. un raim	I. de tendresse
10. un coup	J. de choux
11. un chien	K. de coudre
12. un regard	L. de garde

Continuez le jeu : allongez la liste en cherchant d'autres formules du même type dans *La Guerre des boutons* ; mélangez bien et proposez votre nouvelle liste à quelqu'un.

- Combien de temps mettra-t-il à reconstituer les formules exactes ?
- Chronométrez vos amis pour tester leur habileté !

Solutions page 329

4
LES BAGARRES D'ENFANTS DANS LA LITTÉRATURE

L'Année du miracle et de la tristesse

Nouveau venu au village de Maritouï, sur la rive du Baïkal, le fils de l'instituteur est fasciné par le lac et les légendes qu'il a inspirées. Il rêve d'une promenade sur ses eaux ; un jour, il monte à bord d'une barque, au hasard.

« – Eh là, toi, veux-tu bien descendre de là !

Le garçon était un peu plus âgé et plus fort que moi ; bref, le parfait bagarreur campagnard. Je descendis de la barque et me plantai derrière elle, la mine désinvolte.

– Est-ce qu'elle est à toi ?

– Et alors ? répliqua-t-il d'un ton sans réplique.

Je poussai un caillou du pied, glissai mes mains dans mes poches et tournai le dos.

– Holà !

Je me retournai.

– Qu'est-ce que tu as fait de la coquille ? demanda le garçon en plissant les yeux d'un air menaçant.

– Quoi ?

– Je te demande ce que tu as fait de la coquille.

– Quelle coquille ? demandai-je, intrigué.

Le garçon se redressa et expliqua d'une voix triomphante :

– Celle dont tu viens d'éclore.

La journée était si belle, j'étais de si bonne humeur que je n'avais nulle envie de me bagarrer, et de plus, d'être battu. Mais comment souffrir un tel affront ? Je ramassai une pierre.

– Tu ne m'auras pas ! dit-il en grimaçant encore plus.

– Bien sûr que si !

– Non, tu ne m'auras pas !

– Je vais te toucher au front, menaçai-je en brandissant le bras.

– Allez, vas-y.

Il retira sa casquette sans visière, la suspendit au rail auquel était attachée la barque et s'avança dans ma direc-

tion. Le rail était à quinze ou vingt mètres de moi. Je visai, tirai et eus juste le temps de voir la pierre voler à côté de lui et le garçon foncer sur moi comme un taurillon ; en une seconde, il m'avait cloué à terre sur le dos, les paumes plaquées contre les épaules.

– Tu as marché comme un seul homme ! Je vais te tordre les oreilles tout de suite.

Je me tortillais en vain sous sa poigne de fer. L'humiliation m'arracha des larmes, ce qui ne fit qu'exacerber mes sentiments. Il pressa son genou contre mon ventre et m'ordonna d'une voix méchante :

– Crie "Ma petite maman, je veux me marier !" Si tu ne le fais pas, je te mets les tripes au soleil.

Cela valait mieux que de crier une sottise pareille ! Complètement désespéré, je fermai les yeux et secouai la tête. Aussitôt, un liquide brûlant me coula sur le visage. J'ouvris les yeux et vis deux filets de sang ruisseler des narines de mon adversaire. Je me dégageai et bondis sur mes pieds ; il comprima son nez de deux doigts et, assis par terre, renversa la tête en arrière. Ma chemise était complètement ensanglantée. Avec un pan, je me frottai vigoureusement le visage, triomphant à la vue du garçon qui m'avait presque vaincu. »

Léonide Borodine,
L'Année du miracle et de la tristesse,
traduction d'Andrée Robel,
© Gallimard

Stalky et Cie

Stalky et ses éternels complices Beetle et M'Turk – Stalky et Cie –, lassés de voir Sefton et Campbell brimer quotidiennement le petit Clewer, leur ont tendu un piège. Les deux tortionnaires ne savent pas quels risques ils prennent à se livrer ainsi pieds et poings liés au pouvoir du rusé Stalky !

« Sefton et Campbell virent en entrant Beetle couché sur le côté, la tête dans la cheminée, qui pleurait copieusement, tandis que M'Turk le poussait dans le dos du bout du pied.

– Ce n'est que Beetle, expliqua Stalky. Il fait semblant d'avoir mal. Je ne peux réussir à faire marcher Turkey carrément.

Sefton donna aussitôt un coup de pied aux deux combattants ; son visage s'éclaira :

– Ça va bien, je m'en charge. Voulez-vous vous lever, vous deux, et continuer le combat de coqs ? Passe-moi le bâton. Je m'en vais les chatouiller un peu. En voilà une blague ! Viens donc, Campbell, nous allons les cuisiner.

M'Turk se retourna vers Stalky et lui adressa les épithètes les plus malsonnantes.

– Stalky, tu disais que tu ferais aussi le combat de coqs, arrive !

– Faut-il alors que tu sois bête pour m'avoir cru ! hurla Stalky.

– Vous avez eu une dispute ? demanda Campbell.

– Une dispute ? dit Stalky. Tais-toi donc ! Je les dresse, voilà tout. Connais-tu quelque chose aux combats de coqs, Seffy ?

– Si je m'y connais ? Mais quand j'étais à la boîte de Maclagan, à Londres, nous avions des combats de coqs dans le salon et le petit Maclagan n'osait rien dire. Bien entendu, on nous traitait là en hommes faits. Si je m'y connais ? Tu vas voir.

– Puis-je me lever ? gémit Beetle, comme Stalky s'était assis sur son épaule.

– Tais-toi, gros fainéant. Tu vas te battre avec Seffy.

– Il va me tuer !

– Traînons-le donc dans notre étude, dit Campbell. On y est confortable et tranquille. Moi je ferai le combat de coqs avec Turkey. Tout ça vaut mieux que le jeune Clewer.

– Ça va, cria joyeusement Sefton. Je propose de leur enlever leurs souliers et de garder les nôtres.

On jeta Beetle et M'Turk sur le plancher de l'étude. Stalky les roula derrière un fauteuil.

– Maintenant, je vais vous attacher tous les deux, dit-il, je dirigerai la course de taureaux. Mazette ! Tu en as des poignets, Seffy. Ils sont trop gros pour un mouchoir. Tu n'as pas une corde ?

– Il y en a des tas dans le coin, répondit Sefton. Dépêche-toi. Beetle, cesse de pleurnicher, espèce de brute ! Nous allons avoir une belle bataille. Les vaincus devront chanter pour les vainqueurs, chanter des odes en l'honneur du conquérant. Tu es un sale poète, hein, Beetle ? Je m'en vais te poétiser.

En se tortillant, il se mit en position à côté de Campbell.

Stalky fixa rapidement et savamment les bâtons entre les bras et les genoux des combattants et leur attacha aussi

les poignets solidement avec des cordes, pendant que M'Turk, lié et trahi, l'injuriait avec volubilité de derrière le fauteuil.

Stalky plaça de côté Campbell et Sefton et se dirigea vers ses alliés ; en passant, il ferma la porte à clef.

– Tout va bien, dit-il d'une voix changée.

– Que diable ? commença Sefton.

Les fausses larmes de Beetle avaient cessé de couler, M'Turk, souriant, était sur pied. Ensemble, ils resserrèrent encore les cordes qui liaient les genoux et les chevilles de leurs ennemis.

Stalky prit le fauteuil et contempla la scène avec son sourire le plus doux. L'homme troussé pour le combat de coqs est peut-être l'individu le plus impuissant qui soit au monde.

– *Les bêlements de l'agneau excitent le tigre.* Oh ! quels ânes vous faites !

Stalky se rejeta en arrière et rit jusqu'à ce qu'il n'en pût plus. Les victimes ne comprirent que lentement quelle était la situation. »

Rudyard Kipling,
Stalky et Cie,
traduction de P. Bettelheim et R. Thomas,
© Mercure de France

Olivier Twist

A sa sortie de l'hospice, Olivier Twist a été placé comme apprenti chez un entrepreneur de pompes funèbres. Mais les faveurs qu'il obtient rendent jaloux Noé, un autre apprenti.

« Enhardi par le silence d'Olivier, Noé poursuivit sur un ton railleur de pitié affectée, exaspérant entre tous :

– T'sais, hospiceux ; t'y peux plus rien maintenant et, ben sûr, t'y pouvais rien à ce moment-là non plus, et je suis navré. On est bien certain qu'on l'est tous et qu'on a bien pitié de toi. Mais y faut bien que tu le saches, hospiceux, ta mère, c'était une pas grand-chose.

– Qu'est-ce que vous dites ? demanda Olivier, en levant vivement la tête.

– Une pas grand-chose, hospiceux, répéta froidement Noé. Et il vaut bien mieux qu'elle soye morte quand elle est morte, hospiceux, ou bien elle serait en train de fabriquer des chaussons de lisière à Bridewell, ou bien elle serait déportée ou encore elle aurait été pendue, c'qu'est encore le plus probable, tu crois pas ?

Pourpre de rage, Olivier bondit en renversant la table et sa chaise, saisit Noé à la gorge, le secoua avec toute la violence de sa fureur au point qu'on entendit ses dents claquer, puis, rassemblant toutes ses forces, l'étendit à terre d'un seul coup de poing bien assené.

Une minute avant, l'enfant paraissait n'être que la créature douce, tranquille et morne qu'avaient façonnée les mauvais traitements. Mais il sortait enfin de sa passivité ; la cruelle insulte à sa mère morte avait enflammé son ardeur. Sa poitrine se soulevait ; il était dressé ; ses yeux brillaient d'un vif éclat ; toute sa personne était changée, tandis qu'il se tenait là debout, contemplant avec indignation le lâche tourmenteur maintenant écroulé à ses pieds et qu'il le défiait avec une énergie toute nouvelle. »

Charles Dickens,
Olivier Twist,
traduction de Francis Ledoux,
© Gallimard

L'Invité d'un jour

Dans une petite école de l'Alabama, le jeune Buddy est en butte aux persécutions que lui réserve Odd Henderson, l'élève le plus vieux de la classe.

« Bien entendu, ce n'était pas l'école que je haïssais, c'était Odd Henderson. les tortures qu'il pouvait imaginer ! Par exemple, il allait m'attendre sous un chêne qui ombrageait l'un des bords du terrain de jeux de l'école ; il tenait à la main un sac en papier bourré de graterons qu'il avait ramassés le long de son chemin. Ce n'était pas la peine d'essayer de lui échapper, car ses détentes étaient aussi rapides que celles d'un serpent lové ; comme un serpent à sonnette, il s'abattait sur moi, me jetait à terre et, ses petits yeux mi-clos pétillant d'allégresse, frottait les graterons dans ma chevelure. Ordinairement, un cercle de gamins s'assemblait autour de nous pour ricaner, ou faire semblant de ricaner. Ils ne trouvaient pas cela tellement drôle, mais Odd les intimidait et ils cherchaient à lui plaire. Ensuite, caché dans les toilettes du vestiaire des garçons, je détachais les graterons qui emmêlaient mes cheveux ; cela me prenait du temps et me faisait souvent manquer le premier appel.

Notre maîtresse du cours élémentaire était compréhensive car elle se doutait de ce qui se passait ; elle finit pour-

tant, exaspérée par mes continuels retards, par se déchaîner contre moi devant toute la classe : "Petit monsieur grandes culottes. On a une grosse tête, hein ! Et on arrive vingt minutes, une demi-heure après la cloche." Sur quoi, je cessai de me contrôler et, montrant du doigt Odd Henderson, m'écriai : "Fâchez-vous contre lui. C'est lui le seul coupable. Le fils de pute !"

Je connaissais un grand nombre d'injures et pourtant je fus frappé d'horreur en entendant les mots que je prononçais tomber dans un silence terrifiant. Miss Armstrong, tenant ferme une lourde règle, s'avança vers moi et dit : "Tendez les mains, monsieur. Les paumes ouvertes, monsieur." Alors, tandis qu'Odd Henderson contemplait la scène avec un petit sourire en coin, elle couvrit d'ampoules les paumes de mes mains avec sa règle aux arêtes de cuivre jusqu'à ce que la salle de classe devînt floue. »

Truman Capote,
L'Invité d'un jour,
traduction de Georges Magname,
© Gallimard

Kes

Billy est un petit Anglais muré dans sa solitude, raillé par tous ses camarades. A la compagnie de ses camarades, il préfère celle de Kes, le faucon-crécerelle qu'il a apprivoisé.

« – J'y dirai ! J'y dirai c'que t'as dit, MacDowall !

Billy se jeta sur lui. La bande s'éparpilla. MacDowall fit un pas en arrière, leva la jambe et repoussa Billy du pied. Celui-ci chargea à nouveau. MacDowall lui porta un direct de la droite qui l'atteignit en pleine poitrine et le fit tomber cul par-dessus tête.

– Fous le camp, p'tite merde, si tu veux pas que je te noie en te crachant dessus !

Billy se releva en larmes, se frottant la poitrine. Sans bouger, il regarda autour de lui tandis que ses poings se crispaient. Soudain il tourna les talons et s'enfuit en courant, traversa l'allée et se précipita vers le tas de charbon. Il en prit deux poignées, les serra contre sa poitrine avec sa main gauche et se mit à bombarder l'intérieur du hangar. MacDowall fit le gros dos et les autres s'égaillèrent. Dans leur fuite, ils firent tomber des vélos les uns sur les autres. Le charbon crépitait sur la tôle ondulée à un tel rythme que les vibrations s'enchaînaient dans un roule-

ment de tambour. Atteint par un projectile dans le dos et à la jambe, MacDowall se mit à injurier Billy et sortit à reculons, risquant un regard par-dessus son bras gauche replié. Comme Billy se baissait pour renouveler ses munitions et tentait de reprendre son souffle, MacDowall se redressa et se précipita vers lui. Billy se retourna, lança un morceau de charbon qui manqua son but et tenta de s'enfuir en grimpant sur le tas de charbon où ses baskets disparaissaient à chaque pas. En quelques enjambées, Mac-Dowall fut au pied du tas ; d'un bond, prenant appui sur la terre ferme, il sauta sur le dos de Billy. Le charbon crissait sous leur poids et s'effritait en poussière mouvante.

– Une bagarre ! Une bagarre !

La nouvelle se répandit comme une traînée de poudre et en quelques secondes les masses tourbillonnantes de gamins abandonnèrent leurs jeux pour se ruer à la queue leu leu vers l'arrière des bâtiments. Dans leur lutte, Billy et MacDowall avaient aplani le sommet de la pile de charbon. Au fur et à mesure que les spectateurs arrivaient plus nombreux, les premiers sur place se trouvaient repoussés vers le haut de la pile et le charbon dispersé recouvrait maintenant l'allée. Les derniers arrivés grimpèrent sur les poubelles à trois ou quatre sur chaque couvercle. Pour garder l'équilibre, ils devaient se tenir enlacés, mais parfois ils tombaient tous ensemble, alors ils hurlaient en s'agrippant aux autres occupants des poubelles voisines, de sorte que, par moments, des grappes entières de garçons basculaient comme une rangée de dominos. D'autres prenaient leur place pour être aussitôt tirés par les jambes et délogés.

Grimpé sur Billy, MacDowall lui coinçait les bras sous ses genoux. Le cercle des spectateurs les entourait de très près ; leurs têtes réunies semblaient délimiter vaguement la lumière d'un projecteur dont leur corps et leurs jambes formaient le faisceau, tandis qu'ils tentaient de résister à la poussée de la foule. On entendait dans le vacarme quelques cris d'encouragement, et le charbon écrasé fournissait le bruit de fond. Sur les bords de la masse grouillante, éclataient d'autres escarmouches, qui détournaient fragmentairement l'attention générale. »

Barry Hines,
Kes,
traduction de Lola Tranec-Dubled,
© Gallimard

5
SOLUTIONS DES JEUX

Êtes-vous le digne héritier des Longevernes ?
(p. 295)

Si les △ dominent : vous êtes trop prudent, peut-être même craintif. Vous n'osez pas encore affronter les situations en face. Mais cette tendance est atténuée par les autres signes obtenus.

Si les ○ dominent : vous savez vraiment vous débrouiller dans la vie ; mais n'en faites-vous pas un peu trop ? Il serait plus habile de nuancer vos propos et de mieux adapter vos attitudes aux situations.

Si les □ dominent : votre sens de l'humour vous rend très astucieux. Vous savez vous tirer des situations les plus épineuses. Mais il faut aussi parfois garder son sérieux...

Dix questions autour du trésor de guerre
(p. 302)

1 : B (p. 112) - 2 : A (p. 129) - 3 : B (p. 165) - 4 : B (p. 175-177) - 5 : A (p. 128) - 6 : B (p. 130) - 7 : C (p. 134) - 8 : C (p. 125) - 9 : A (p. 115) - 10 : C (p. 119)

Si vous avez moins de 5 bonnes réponses : les problèmes d'argent ne vous intéressent guère. Êtes-vous totalement démuni, ou l'argent vous tombe-t-il du ciel ?

Si vous avez entre 5 et 8 bonnes réponses : vous êtes dans le coup ! Vous gérez bien votre budget et vous ne devez pas souvent vous trouver à court, même si vous ne vivez pas sur un tas d'or.

Si vous avez plus de 8 bonnes réponses : bravo ! Vous auriez pu être le trésorier de Longeverne. Vous êtes économe et avisé.

Des expressions bizarres
(p. 309)

1 : B - 2 : B - 3 : B - 4 : A - 5 : B - 6 : B - 7 : C - 8 : C - 9 : A - 10 : A

Si vous avez moins de 4 bonnes réponses : revenez sur les solutions et, lorsque vous serez bien au point, faites passer le test à quelqu'un d'autre, vous serez peut-être meilleur pédagogue qu'élève !

Si vous avez entre 4 et 7 bonnes réponses : c'est bien, vous êtes sans doute doué pour les langues ; alors ne négligez pas les langues mortes, elles vous feront faire encore des progrès.

Si vous avez plus de 7 bonnes réponses (et que vous n'avez pas triché) : alors bravo ! Vous êtes très savant... ou très astucieux.

Connaissez-vous bien les personnages de « La Guerre des boutons » ?

(p. 312)

VRAI : 3 - 4 - 6 - 7 - 11 - 13 - 16 - 19
FAUX : 1 - 2 - 5 - 8 - 9 - 10 - 12 - 14 - 15 - 17 - 18 - 20

Il y a couper et couper !

(p. 313)

A : 2 - B : 3 - C : 1 - D : 4

Jeux de mots

(p. 319)

2.

```
        V E R N O I S
      B E D O U I N
  B O U L O T
  L E B R A C
      C A M U S
    T I N T I N
G I B U S
```

3.

```
  C A I L L O U
  B A T O N
  F R O N D E
      G O D O N
S A B R E
      V E L L I E
    B E R E T
    T R I Q U E
  L A N C E
E P I E U
```

4. 1 : B - 2 : A - 3 : G - 4 : E - 5 : C - 6 : D - 7 : F - 8 : J - 9 : K - 10 : H - 11 : L - 12 : I